木馬文學

紙牌的祕密

Kabalmysteriet

喬斯坦・賈德◎著
Jostein Gaarder
林曉芳◎譯

木馬文化

木馬文學 58

紙牌的祕密
Kabalmysteriet

作者　　喬斯坦・賈德（Jostein Gaarder）
譯者　　林曉芳
社長　　陳蕙慧
副社長　　陳瀅如
總編輯　　戴偉傑
責任編輯　　林立文
行銷企畫　　李逸文、廖祿存
內頁排版　　極翔企業有限公司

出版　　木馬文化事業股份有限公司
發行　　遠足文化事業股份有限公司（讀書共和國出版集團）
地址　　231 新北市新店區民權路 108 之 4 號 8 樓
電話　　02-2218-1417 傳真 02-8667-1891
email　　service@bookrep.com.tw
郵撥帳號　　19588272 木馬文化事業股份有限公司
客服專線　　0800221029
法律顧問　　華洋法律事務所　蘇文生 律師
印刷　　成陽印刷股份有限公司
初版　　2011 年 6 月
初版 26 刷　　2024 年 1 月
定價　　新台幣 280 元
ISBN　　978-986-120-798-8

國家圖書館出版品預行編目 (CIP) 資料

紙牌的祕密 / 喬斯坦・賈德（Jostein Gaarder）
著；林曉芳譯 . -- 初版 . -- 新北市：木馬文化
出版：遠足文化發行 , 2011.06
面：　公分 . --（ 木馬文學；58）
譯自：Kabalmysteriet
ISBN 978-986-120-798-8（平裝）. --
ISBN 978-986-120-836-7（精裝）
881.457　　100007557

紙牌的祕密
Kabalmysteriet

作者最新中文版序

親愛的台灣讀者：

自從我和我太太結束了二〇一一年初的訪台之旅以來，我的行程非常忙碌，但我們心裡時常懷念在台灣與讀者共度的美好時光。全新重譯並包裝的《紙牌的祕密》即將在台推出，我們更感到高興。

《紙牌的祕密》這本書裡，我講了一個故事：漢斯小朋友踏上了一段旅程，前往西方哲學的發源地，希臘。在路上，他拿到一本小書，書中提到一七九〇年的一場船難。在那個故事中，水手佛羅德在加勒比海的荒島上一個人住了五十二年之久，身邊除了一副撲克牌，什麼也沒有。後來，這副紙牌很奇妙地變成了五十三個活生生的小矮人，這五十三個小矮人在荒島上建立村落，住在水手佛羅德的身旁。可是這五十三個小矮人都無法解釋自己到底是誰、自己怎麼來的。唯獨一個小矮人例外，那就是紙牌中的小丑……

在我的小說裡，小丑是一個「旁觀者」，別人看不清的事，他看得很清楚。他知道生命充滿不可思議的奧祕，所以他永遠有問不完的問題。

在人生這場紙牌遊戲裡，我們每個人生下來都是小丑牌。但後來隨著年紀增長，我們慢慢地變成了紅心、方塊、梅花和黑桃。不過，這不表示我們內心的小丑牌從此完全不見了。在人生每一場牌局裡，我們不妨朝這個角度思考：撲克牌的表面無論是方塊還是紅心圖形，底下或許都潛藏一個旁觀的小丑牌？

這種情況很像你正看著重複書寫多次的古代羊皮紙，表面上看來這是一份中古時期的日常開銷紀錄，可是在穀物和漁獲的數字底下，隱約看得到上面寫過羅馬喜劇的台詞。同理，這世界有許多令人驚喜的一面，需要我們每個人用心觀察。

在《紙牌的祕密》裡，小丑是個小矮人，一個永遠長不大的小孩，對生命永遠充滿好奇。從這一點來說，他可算是歷史上的偉大哲學家。古希臘哲人蘇格拉底是他那個時代的小丑牌。蘇格拉底說過：「雅典是一匹走不快的馬，我是一隻牛虻，我要讓雅典醒過來、保持活力。」

蘇格拉底生平最愛刺激人不斷思考。他認為，我們每個人的心裡都住著一個小丑。

我們一誕生，就進入了童話故事。我們處在一個超大型的童話故事裡，是一般小朋友閱讀的童話故事比不上的。可是，等我們習慣了童話故事裡的一切，漸漸地也覺得這些都沒什麼好稀奇。可是你有沒有想過，當你從IKEA買一張新的嬰兒床回家，站在嬰兒床欄杆後面的小嬰兒，代表一個新的世界正在生成。

因為這個世界永遠不會變老。是我們變老了。

嬰兒床上的小嬰兒，剛進入這個童話世界不久。說不定小嬰兒很想告訴我們大人：自從我們把這個世界貼上了「現實」的標籤，距離童話世界也愈來愈遠了。

「媽，為什麼星星會一閃一閃？」「天上的小鳥為什麼會飛？」「大象的鼻子為什麼那麼長？」

「唉，我不知道啦。你現在快去睡覺，要不然媽咪會生氣喲。」

矛盾的是，當小孩開始學會說話，同時也慢慢失去了對生命的熱情與活力。正因為如此，小朋友需要故事書來提醒自己，不要丟了這份熱情與活力。正因為如此，大人需要兒童故事書，把生命的新鮮感永遠留住。

人在成長的過程中會不斷學習，這是理所當然；但是永遠不要忘了，生命處處充滿驚喜。我們可以藉由閱讀故事回到過去，或許我們會因此發現新天地。此時此刻，就在我們眼前，萬事萬物正不斷衰亡與再生，世間一切從無生有……這麼天大的事，竟然還有人說，他們覺得日子好無聊啊！

我衷心期盼，《紙牌的祕密》這本特別的故事書，可以讓大家重新睜開眼睛，心靈的視野重新開展。

喬斯坦・賈德

二〇一一年五月十日

目次

人物介紹

在這個故事裡你會看到——

漢斯．湯瑪斯在前往哲學家的故鄉途中，閱讀小圓麵包書。

老爸是德國軍人的私生子，從小在挪威阿倫達爾長大，後來逃離故鄉到海上當船員。

媽咪在時尚界迷失了自我。

琳恩是漢斯．湯瑪斯的奶奶。

爺爺在一九四四年被派往歐洲東線戰場作戰。

小矮人送給漢斯．湯瑪斯一只放大鏡。

胖胖的女士在朵夫小鎮開了一間酒吧旅館。

老麵包師請漢斯喝了一杯梨子汽水，還送給他四個裝在紙袋裡的小圓麵包。

其他出場人物還包括：算命師和她美麗的小女兒、一位能夠自我分裂的美國女士、希臘時尚業的模特兒經紀人、蘇聯腦科學研究員、蘇格拉底、伊底帕斯國王、柏拉圖、多話的服務生。

在小圓麵包書裡你會看到——

路德威在一九四六年來到位於山中的朵夫小鎮。

艾伯特因為母親過世，自小孤苦無依。

貝克・漢斯於一八四二年搭船出海，從阿姆斯特丹到紐約的途中遭遇船難。後來他在朵夫定居，開了一家麵包小舖。

佛羅德於一七九〇年隨同一艘滿載白銀的帆船從墨西哥前往西班牙，途中遭遇船難。

史黛恩和佛羅德有婚約，未婚夫離開墨西哥之前她已有身孕。

農人法利茲・安德烈和店家老闆亨利奇・艾伯契。

五十二張撲克牌，其中包括紅心么點、方塊傑克、紅心國王。

小丑看穿世間事。

序曲

六年過去了，記得那年我站在蘇尼恩海岬的普賽頓海神廟前，遠望遼闊的愛琴海。貝克・漢斯漂流到大西洋上那座奇怪的小島，幾乎是一世紀半以前的事了。佛羅德從墨西哥到西班牙的航行途中遭遇船難，也過了整整兩百年。

我必須回到遙遠的過去，才能明瞭媽咪當初為什麼要遠走雅典……

我其實希望自己能想點別的事，但我知道，我必須趁自己單純的童真還沒完全失去以前，趕緊動筆把那段旅程的點點滴滴寫下來。

現在，我正坐在挪威希梭伊島自家客廳的窗邊，望著窗外整排樹木落葉紛紛，葉子在空中盤旋飛舞最後落定，路面彷彿鋪上編織寬鬆的地毯。有個小女孩正踢踩著七葉樹的落葉前行，葉子不時飛揚起來，灑得花園圍籬兩旁到處都是。

彷彿一切全變了調。

當我想起佛羅德那副撲克牌，彷彿自然萬物已經開始分崩離析。

黑桃牌

黑桃A

……一名德國軍人騎腳踏車行經鄉間小路……

這趟偉大的哲學家故鄉之旅，從挪威南岸古老的港都阿倫達爾啟程。我們先在附近的科斯蒂安桑港搭汽車渡輪「波麗露」號，在丹麥的希茲賀爾港下船。從丹麥到德國這段行程，我不打算多談，因為我們除了到樂高遊樂園和漢堡寬廣的碼頭走走，沿途最常看到的不是高速公路就是農村。等我們來到了阿爾卑斯山，才有故事可說。

我和老爸兩人事先講好了：要是不得已在找到過夜處之前必須開長途車，我不可以抱怨，另外，就是老爸不准在車上抽菸。為此，我們同意不定時半途停車解他的菸癮。在抵達瑞士前，暫停路邊抽菸這些零碎的時間，是旅途中讓我記憶最深刻的。

老爸每次暫停路邊抽菸，總會來段小小的開場白，談談先前他開車而我在後座看漫畫或者玩單人紙牌遊戲的時候，他腦中在想什麼。老爸開講的內容往往和媽咪有關，要不然，就是滔滔不絕大談那些我印象中他很感興趣的事情。

老爸自從暫別海上生活回到陸地後，一直對機器人很好奇。對機器人有興趣這種事說來沒什麼不尋常，但老爸的好奇心可沒那麼簡單。他說，他堅信有一天科學技術一定可以創造「人造人」。他口中的人造人，不是那種身上許多紅紅綠綠小燈閃爍、聲音空洞、呆呆的金屬機器人——喔，才不是那種。老爸相信，終有一天科學能夠創造出和我們一樣會思考的人類。他甚至認為，人類根本是人造的。

「我們是充滿生命力的玩偶。」他這樣說。

他只要喝點小酒，總會發表這種言論。

當我們逛樂高兒童樂園時，他常常會停下腳步，靜靜看著裡面的樂高小人。我問他是不是想起了媽咪，可是他搖搖頭。

「漢斯，想像一下，萬一這些假人突然動了起來，繞著塑膠小屋搖搖晃晃走來走去，那我們該怎麼辦？」

「你頭殼壞了喔。」我只能這麼回應，因為我覺得天下哪有爸爸在帶孩子逛樂高兒童樂園時會講這種怪怪的話。

我可以準備討冰淇淋吃了。告訴你，我現在已經知道了，只要老爸開始發表一些稀奇古怪的言論，等他說完後就是討賞最佳時機。我想，他偶爾也會覺得內疚吧，怎麼老對自己的兒子說這些有的沒的。人只要覺得內疚，就會變得比較大方。正當我準備討冰淇淋的時候，老爸又說了：「基本上，人類就是擁有生命的樂高玩偶。」

於是我知道，冰淇淋這下子跑不掉了，因為老爸準備大談人生哲理。

我們並不是帶著一般人度假的心情大老遠跑到雅典。我們期盼在雅典——或者希臘某個地方——可以找到媽咪。我們沒把握是否找得到她，即便找到了，也沒把握她是否願意和我們一起回到挪威的家。可是老爸說，無論如何還是要試試看，因為老爸和我只要一想到未來的生活沒有她，實在受不了。

媽咪在我四歲時拋下老爸和我走了，或許，這也是為什麼我至今沒改口，還繼續叫她媽咪的緣故。相較之下，老爸和我相處的時間愈來愈久，有一天，我突然覺得好像不該再叫他爸比了。

媽咪出外見世面是為了找尋自我。當時老爸和我都認為，既然妳可以做好一個四歲男孩的媽，那也差不多是時候該找尋自我了。其實，我們很認同這種想法，我只是不明白，為什麼她一定要離開才能找尋自我？為什麼她不能待在阿倫達爾的家中找到答案？——不然，到附近的科斯蒂安桑散散心也夠了吧？對於那些想要找尋自我的人，我要鄭重建議：待在原地切勿妄動，否則一不小心就會永遠迷失自我。

媽咪離開我們好幾年了，我都快記不得她的樣貌了。我只記得她是大美人，沒人比得上；至少，老爸都是這樣說的。他覺得，愈美麗的女人愈難找到自我。

自從媽咪消失不見的那天起，我一直在找尋她的蹤影。每次我走過阿倫達爾的市集，總以為會突然看見她；每次到奧斯陸探訪外婆時，我常常會在卡爾瓊恩大街四處找尋她的身影，可是我從沒看到她。直到有一天，老爸拿著一本希臘的時尚雜誌回家，我才看到她。從雜誌封面和內頁看來，她肯定還沒找到自我，因為照片裡的人不是我媽咪：她看起來一副想裝成別人的樣子。老爸和我替她感到十分惋惜。

這本時尚雜誌最後會來到我們的手中，是因為老爸的阿姨去了克里特島。那裡隨便一個報攤都掛著這本印著媽咪照片的雜誌。只要扔幾枚希臘的德拉克馬硬幣，雜誌就是你的。我覺得這有點荒謬：我們找媽咪找了好幾年，原來這段時間她一直在對著行人搔首弄姿擺笑臉。

「她到那裡幹嘛把自己弄成這樣？」老爸邊問邊搔頭。話雖這樣說，老爸還是把她的照片剪下來，貼在自己的房間。他覺得，有張看起來有點像媽咪的照片總比一張也沒有來的好。

老爸就是在這時決定我們一定要去希臘找她。

「漢斯，我們非把她拖回家不可，」他說。「不然，我怕她會淹死在時尚的童話世界裡。」

我不太懂他話裡的意思。我常聽人說買太多衣服被衣服淹沒，可是我還沒聽過人會淹死在童話王國。現在我才知道，原來這種事大家應該要小心防範。

我們在德國漢堡外圍的高速公路旁停下來，老爸開始聊起自己的父親。這些事我早聽過了，但是，現在身邊有車輛呼嘯而過，再聽一遍有不同的感受。

告訴你，老爸是德國軍人的私生子。這種話我再也不會不好意思說出口，因為我現在知道私生子和其他小孩一樣是好孩子。這種話我可以說得很輕鬆，是因為我從沒體會過那種在挪威南方小鎮長大、從小沒有父親的痛苦。

可能是因為我們已經到了德國，老爸才又說起爺爺和奶奶兩人的故事。

大家都知道二次世界大戰期間不容易取得食物。這點奶奶琳恩也知道，所以有一天奶奶騎著腳踏車跑到佛洛蘭摘蔓越莓。她那年才十七歲，那天她在路上出了狀況：腳踏車爆胎了。

那趟採蔓越莓之旅是我人生中最重要的一件事。這話聽來或許很怪，因為我生命中最重要的一件事竟然發生在三十多年前，而那時我還沒出生。可是沒錯啊，要是那個星期天奶奶的腳踏車沒爆胎，老爸就不會出生；如果老爸沒出生，哪裡輪得到我？

事情的經過是這樣的：奶奶的腳踏車爆胎了，當時她人在佛洛蘭，籃子裡還裝了滿滿的蔓越莓。她當然沒帶維修工具在身邊，即便她帶了一大堆維修工具，她大概也不會自己修。

這時剛好有個德國軍人騎腳踏車經過鄉間小路。雖然他是德國人，可是他不是那種具侵略性的人，遇見一個載著一大籃蔓越莓卻回不了家的少女，他的表現甚至可說是彬彬有禮。巧的是，他手邊帶了維修工具。

如果爺爺和當年占領挪威的其他德國軍人沒兩樣，是我們刻板印象中那種邪惡的壞蛋，那麼他大可繼續往前走。可是這當然不是重點，因為無論如何，奶奶都應該下巴抬得高高，拒絕德國軍人的幫忙。

問題就出在那名德國軍人竟然對那個倒楣的少女漸漸有了好感。她後來會遭遇天大的不幸說來要怪他，可是這些都是幾年後的事了……

故事說到這裡，老爸通常會停下來抽根菸。

重點是，奶奶也喜歡那個德國人，因而鑄下大錯。她不是只有謝謝爺爺幫她修腳踏車而已，她甚至同意和他一起走回阿倫達爾。說到這裡，她實在又笨又不聽話。最糟的是，她竟然同意和那位德國軍人路德威．梅斯納中士再見一面。

奶奶就這樣成了德國軍人的情人。不幸的是，你會愛上什麼人通常是不由自主的。可是，至少她可以選擇不再見他，這樣後來就不會愛上他。她當然沒這樣做，所以後來也付出了代價。

爺爺和奶奶繼續私下偷偷見面。萬一被阿倫達爾的居民發現她和德國人約會，下場可說是等同於被驅逐出境，因為當時挪威人對付德國人唯一的作法，就是完全和他們撇清關係。

一九四四年夏天，路德威．梅斯納被調遣回國，回到德國東部戰線捍衛第三帝國的勢力。他完全來不及和奶奶正式道別。從他搭上火車離開阿倫達爾那時起，就從此走出奶奶的生命。即便戰後她努力花了好幾年找尋他的下落，卻始終音訊全無。時間一久，她便心裡有數，認為他一定死在蘇聯軍隊的手下了。

那次騎單車到佛洛蘭乃至後來發生的事，原本可以當作從沒發生過，偏偏奶奶懷孕了。這件事正好發生在爺爺前往德國東部戰線之前，就在他離開數週之後，她才知道自己懷孕了。

接下來發生的事，老爸說是人性殘忍的一面——話說到這裡，他通常會再點根菸。老爸正好出生在一九四五年五月挪威重獲自由的前夕。等德國人一投降，痛恨挪威少女和德國軍人交往的挪威人立刻把奶奶關入監牢。不幸的是，這樣的少女不在少數，那些和德國人有了小孩的少女下場更慘。事實上，奶奶會和爺爺在一起是因為愛，不代表她是納粹份子；其實，爺爺本身也不是納粹份子。他被硬拖回德國之前，原本計畫和奶奶一同逃到瑞典，後來因為聽說瑞典邊界的衛兵會射殺企圖跨越邊界的德國逃兵，所以作罷。

阿倫達爾的居民對奶奶動粗，把她的頭髮剃光。他們還打她、踢她，完全不顧及她是個新生兒的媽。坦白說，路德威．梅斯納對待挪威人也沒這麼過分。

於是，奶奶頂著幾乎光禿禿的頭，千里迢迢遠赴奧斯陸投靠她的舅舅特格維和舅媽英格麗；阿倫達爾再待下去會有危險。當時雖然時值春天，天氣很暖和，她還是必須戴著毛線帽，因為她的頭禿得像個老頭子。奶奶的母親一直住在阿倫達爾，但是奶奶等到戰後五年，才牽著老爸的手一起回家。

關於佛洛蘭那段往事，奶奶和老爸從沒想過要辯解什麼。你唯一可以質疑的是處罰的分寸。譬如，犯一次錯到底要懲罰幾代才算數？當然，奶奶錯就錯在她不該懷孕，這點她從不否認。但我覺得最讓人無法接受的，是她的小孩竟然活該連帶受懲罰。

我常常這樣想，老爸會來到這個世界，是因為「人類的墮落」①，難道大家不能把一切全怪到亞當和夏娃頭上就好嗎？我知道這個比喻有點勉強，一個和蘋果有關，另一個卻是和蔓越莓有關。可是，那條讓爺爺和奶奶相遇的腳踏車內胎，至少看起來有點像誘惑亞當和夏娃的那條蛇吧。

總之，天下的母親都知道，既然孩子已經生了，沒必要為了這件事一輩子責怪自己。而且，妳也不能怪小孩。我還認為，德國軍人的私生子也有幸福快樂的權利。關於這一點，老爸的看法和我有點分歧。

老爸不但一出生就是私生子，他的父親甚至還是國家的敵人。雖然阿倫達爾的居民後來已經不再毆打「叛徒」，可是施暴者的下一代還是繼續迫害無辜不幸的小孩；小朋友很聰明，懂得模仿大人殘忍的一面，因此，老爸的童年並不好過。到了十七歲，他再也受不了。雖然他和其他人一樣喜愛家鄉阿倫達爾，最後還是被迫到海上展開新生活。七年後他回來了，這時老爸已經在科斯蒂安桑認識了媽咪。他們搬到希梭伊小島一棟舊房子居住；一九七二年二月二十九日，我出生了。當然，發生在佛洛蘭的事，如果要責罰，說來我也有份，這就是所謂的原罪吧。

老爸童年一直活在德國軍人私生子的陰影下，之後又在海上過了好幾年，因此他養成了小酌烈酒的習慣。但我覺得他平常好像喝太多了點。他說，喝酒是為了遺忘，可是他錯了。他只要喝了酒，就會開始講起奶奶和爺爺，講起他這個德國軍人私生子的日子是怎麼過的。有時候，他說一說會哭起來。我覺得酒精反而讓他記得更清楚。

車子開在德國漢堡外圍的高速公路上，老爸又對我聊起他的人生。他說：「後來媽咪不見了。你還在托兒所時候，她的第一個工作是舞蹈教學；後來她改當模特兒，常常到奧斯陸出差，還去了斯德哥爾摩好幾次。直到有一天，她就再也不回家了。我們只收到她簡短的一封信，她說，她在國外找到工作，不知何時會回來。別人這樣說的時候，通常表示他們頂多離開一、兩個星期，可是媽咪一去就是八年多……」

這些話我以前不曉得聽老爸說幾遍了，但這回他多說了幾句：「漢斯，我們家族常常有人不見，不知為什麼老是有人失蹤。我想，這一定是家族的詛咒。」

他提到了詛咒，讓我有些害怕。可是，當我坐在車上回想起他這番話，又覺得他說得對。看看老爸和我，一個少了爸爸一個少了祖父，一個少了妻子一個少了媽媽。老爸心中一定還有更多例子。譬如，奶奶的父親在她小時候被倒下來的樹壓死了，導致她成長過程中缺少父愛。或許這也是為什麼，她和德國軍人生了小孩以後，小孩的父親在沙場上戰死了；或許這也是為什麼，這個小孩長大以後娶妻成家，妻子會遠走雅典找尋自我。

---

①人類的墮落（Fall of Man）指的是聖經典故裡，夏娃受到蛇的誘惑與亞當偷嚐智慧之果，犯下人類的原罪，被上帝逐出伊甸園。

黑桃

2

……上帝正坐在天堂哈哈大笑，因為人們不相信祂的存在……

我們來到瑞士邊界，在一處廢棄的加油站前停了下來，這裡只有一枝加油槍。有個人從一間綠色房屋走了出來，他的個子好小，看起來像個小矮人。老爸攤開大幅地圖，問他從阿爾卑斯山到威尼斯怎麼走最好。

那個小矮人手指著地圖，說話聲音很尖銳。他只會說德語，但是老爸為我翻譯，他說小矮人認為我們應該到一個叫做朵夫的小鎮過夜。

老爸說話時，小矮人一直看著我，好像世上就我這麼一個小孩。我覺得他好像很喜歡我，因為我們兩人長得幾乎一樣高。我們的車正準備啟動時，他匆匆忙忙跑過來，手裡拿著一只有綠色外殼的放大鏡。

「收下這個，」他說（老爸翻譯）。「我發現一隻受傷的獐鹿，牠的胃嵌了一片舊玻璃，我割了一點下來做成放大鏡。孩子，等你到了朵夫會用得到；真的，你會用得到的。告訴你一件事：我第一眼看到你，就知道你在旅途中會需要一個小小放大鏡。」

我開始猜想，這個朵夫小鎮真有這麼小嗎，還得用放大鏡來找？最後我和他握握手，謝謝他送的禮物，然後上車。我發現他的手不僅比我小，還很冰涼。

老爸搖下車窗對著小矮人揮揮手，小矮人也揮了揮兩隻短短的手臂。

「你應該是從阿倫達爾來的吧？」小矮人問老爸，這時老爸已經啟動飛雅特汽車。

「沒錯。」老爸說，接著就把車子開走了。

「他怎麼知道我們是從阿倫達爾來的？」我問。

老爸從照後鏡看著我說：「不是你告訴他的嗎？」

「才沒有！」

「有，你一定有，」老爸不信。「因為我根本沒告訴他。」

我非常確定我什麼也沒說，即便我真的告訴小矮人我來自阿倫達爾，他也聽不懂，因為我根本不會德語。

「你知道他為什麼個子這麼小嗎？」我問，這時我們已經在高速公路了。

「你不知道嗎，」老爸說。「那個人是人造的才會這麼小，他是好幾百年前一個猶太法師變出來的。」

我當然曉得老爸只是開玩笑，可是我還是說：「那他不是好幾百歲了嗎？」

「你怎麼連這個也不知道？」老爸繼續說。「人造人和我們不一樣，他們不會老。他們也只有這個優點可以炫燿，可是這點很重要，因為這表示他們永生不死。」

車子繼續往前開，我拿出放大鏡仔細看看老爸有沒有頭蝨。他沒有頭蝨，可是他脖子後面的幾撮頭髮很難看。

我們跨越了瑞士邊界後，看到了前往朵夫的道路標誌。我們轉進一條小路，車子開始緩緩爬上阿爾卑斯山。這一帶幾乎沒什麼住家，只有在高高的山脊樹林間看到一、兩間瑞士小屋。天色愈來愈暗，我坐在後座快睡著了，這時老爸突然停下車來，把我驚醒。

「抽菸時間到！」他大喊。

我們下車。阿爾卑斯山空氣清新，天色幾乎整片暗了下來，星光閃閃的夜空好像掛了許許多多小燈泡的發光地毯，每盞燈泡有一百瓦這麼亮。

老爸站在路旁小便。上完廁所後，他走向我，點了一根菸，舉起手比著天空。

「乖兒子，我們都是小玩偶。我們好像那些迷你樂高人偶，開著飛雅特老爺車從阿倫達爾出發，一路慢慢開一心只想到雅典。啊哈！原來我們住在一顆豌豆上！漢斯，我想說的是，我們所在的這個行星很像一顆小種子，在這個行星之外有數不清的銀河系，每個銀河系裡面有數不清的行星，只有天知道到底有多少！」

他將菸灰輕輕抖落。

「兒子，我不信只有我們這顆行星有生命存在，絕不是這樣。宇宙到處充滿生命，只是我們永遠也不知道其他類似的行星在哪裡。銀河系好像孤立的島嶼，島嶼之間彼此沒有渡船通行。」

或許你會覺得老爸這個人毛病多多，可是我覺得和他說話很有趣。他當跑船工人太可惜了。如果我可以做主，他老早被政府請去當國家的哲學部長。他自己以前也說過這樣的話，他說，我們國家什麼部院都有，就是沒有哲學部。許多強國也覺得國家就算沒有這種部門，事情照樣能順利推行。

老爸只要不提媽咪，一定大談人生哲理，這點我多少遺傳到老爸，有時會趁機插嘴。於是我說：「宇宙是很大沒錯，可是這不表示地球是顆豌豆。」

他聳聳肩，把菸蒂扔到地上，又點了一根菸。老爸在談論人生和星球時，通常不太理會其他人的看法，完全沉浸在自己的思緒裡。

「漢斯，我們究竟從哪裡來？你有沒有想過這個問題？」他沒回答我的問題，自顧自地往下說。

這個問題我想過很多遍了，可是我知道老爸並不是真的很想知道我的答案。

於是我讓他繼續往下說。老爸和我相處這麼久了，彼此很有默契，我知道這時最好不要接話。

「你知道奶奶以前說過什麼嗎？她說，聖經裡說上帝正坐在天堂哈哈大笑，因為人們不相信祂的存在。」

「為什麼？」我問。提問題總是比回答容易多了。

「是這樣的，」他要開始了。「如果上帝創造了我們，那麼在祂眼中我們一定是假人。我們會說話、吵架、打架、分離然後死去。你知道嗎，我們人類實在太聰明了，不但會製造原子彈，還會發射火箭到月球，可是卻沒有人問問自己從哪裡來。我們就這樣莫名奇妙出現在這個世界上。」

「原來上帝在嘲笑我們啊？」

「沒錯！漢斯，假如有一天我們也造個假人出來，然後這個假人開始說話了，會聊一些股票買賣或賽馬之類的話題，可是連世界萬物從哪裡來這種最基本、最重要的問題，竟然問也不問，那我們是不是也會放聲大笑？」

他真的放聲大笑了。

「兒子，我們實在應該多讀一點聖經。上帝創造亞當和夏娃之後，就在伊甸園走來走去偷偷監視他們。我可是一點也沒誇大，上帝真的悄悄潛伏在矮樹叢和樹林裡，仔細觀察他們的一舉一動。你知道嗎？上帝被自己一手創造出來的假人迷住了，看得目不轉睛，這也難怪。哎呀，祂這種這心情我太瞭解了。」

老爸把菸捻熄，休息時間結束。儘管旅途漫長，這趟希臘之旅能夠和老爸共度三、四十回抽菸休息時間聽他開講，我覺得自己真幸運。

我們一回到車內，我馬上拿起那個神祕小矮人送給我的放大鏡。我決定用放大鏡把大自然研究個仔細：假如我趴在地面用力盯著一隻螞蟻或一朵花，說不定可以探出一點大自然的奧祕。到時候，我可以把這個新發現當作耶誕禮物送給老爸，多少了他一樁心事。

我們的車開進阿爾卑斯山愈爬愈高，時間也一分一秒過去。

「漢斯，你睡著了嗎？」老爸過了一會兒問我。如果不是他問話，我本來快睡著了。我直接說沒有。話一脫口，睡意全消。

「你知道嗎，」他說。「我開始在懷疑那個小矮人是不是在耍我們？」

「所以那不是真的啊？這個放大鏡本來不是在獐鹿的胃裡面？」我喃喃地說。

「漢斯，你累了。我說的是這條路，他為什麼指這條路把我們弄到荒郊野外？走高速公路也可以到阿爾卑斯山啊。我們開了四十公里都沒看到一戶人家，更不要說找地方過夜了。」

我已經累到沒力氣回答了。我想，我應該是世上最愛老爸的人吧。他當跑船工人太可惜了，真的。他應該被派去和天上的天使談談生命的奧祕。老爸以前告訴我，天使比人類聰明多了。天使雖然沒有上帝那麼聰明，但是他們連想都不用想，就懂得所有人類都知道的事情。

「他沒事幹嘛要我們開車到朵夫小鎮？」老爸繼續說。「他要我們去的地方一定是矮人村。」

這是我入睡前聽到的最後一句話。我夢見一個村莊，裡面全是小矮人，每個人都很和善。他們同時一起說話，什麼話都說，但就是沒人說得出自己到底在什麼地方？又從哪裡來？

記憶中老爸好像把我從車裡抱出來，把我弄上床。空氣中聞得到蜂蜜的香氣，我還聽到有個女士在說：「好的、好的，先生，絕對沒問題。」

黑桃3

……這不是很怪嗎，為什麼要跑到山間樹林這麼偏僻的地方，在地上弄這個呢……

隔天早上醒來，我發現我們已經到了朵夫小鎮。老爸睡得很熟，和我擠在一張床上。現在是早上八點多，雖然時間不早了，可是我知道老爸得多睡一會兒，因為不管時間有多晚，他每次睡前總要喝點小酒。「喝點小酒」是他自己說的，我知道其實他喝很多，會喝好幾杯。

從窗外看得到寬廣的湖泊。我迅速穿好衣服下樓，遇到一位胖胖的女士，她好親切，雖然她一句挪威話也不會說，還是想辦法和我說幾句話。

「漢斯．湯瑪斯。」她說了好幾次。一定是我昨晚睡著時，老爸跟她提過我的名字，再把我抱到樓上房間。我只知道這麼多。

我穿越湖泊前方的草坪，坐上阿爾卑斯山上的鞦韆用力地盪，盪得比屋頂還高。我一邊盪鞦韆，一邊觀察這個位處阿爾卑斯的山中小鎮。我盪得愈高，四周的景色看得愈清楚。

真希望老爸快點起床。他要是看到朵夫小鎮大白天的模樣，一定會很興奮。朵夫是名符其實的娃娃國①。鎮上只有幾條狹窄的街道，店家零零星星，山巔雪白的高山綿延不絕圍繞著小鎮。我把鞦韆盪到半空中，感覺好像從高處偷看下方樂高兒童樂園的迷你小鎮。我們住的那間旅館是一棟三層樓高白色建築，配上粉紅色的百葉窗，還有許多小小的彩繪玻璃窗。

正當我快要玩膩盪鞦韆時，老爸走了出來，叫我進去吃早餐。

我們走進一間可說是全世界最小的用餐室，裡面的空間只夠擺四張桌子——更慘的是，老爸和我是唯一的客人。用餐區隔壁有間大餐廳，但是沒有營業。

我猜想，老爸睡得比我晚應該會有罪惡感，於是我趁機不點阿爾卑斯山的牛奶，改點蘇打汽水當早餐。老爸二話不說馬上讓步，隨後自己也跟進，從菜單上點了一杯名叫「四分之一」的飲料，很怪的飲料名。可是等飲料倒入了玻璃杯，看起來卻疑似紅酒。我知道了，這表示我們會一直待到明天再走。

老爸說我們投宿的地方提供食宿，算是民宿的一種，可是除了窗戶，這間民宿看起來和一般旅館沒兩樣。旅館的名稱是瓦德瑪爾，外頭的湖泊名稱是瓦德瑪西。如果我沒猜錯的話，這兩個地方是根據瓦德瑪爾這個人命名的。

「他在耍我們，」老爸喝了一點「四分之一」後這樣說。

我知道老爸指的是小矮人。他的名字一定叫做瓦德瑪爾。

「他害我們繞遠路嗎？」我問。

「你說繞遠路是嗎？從這裡到威尼斯和從加油站到威尼斯的距離是一樣的，從里程數來算是一樣的。也就是說，我們問了路，開了老半天的車，結果根本在浪費時間。」

「唉！怎麼搞的！」我說。和老爸相處的時間一久，我漸漸染上他的口頭禪。

「我的假期只剩兩個星期，」他繼續說。「就算我們到了雅典，也不是馬上就能找得到媽咪。」

「我們為什麼不今天就出發呢？」我忍不住問了，因為我和老爸一樣也想快點找到媽咪。

「你怎麼知道我們今天不會出發？」

這個問題我懶得回答，直接用手比著他的「四分之一」。

他大笑了起來，笑得太大聲太聒噪，弄得一位胖胖的女士雖然不清楚我們到底在聊什麼，也忍不住跟著大笑。

「我們昨晚凌晨一點才到這裡，」他說，「我想我們多待一天休息一下也是應該的。」

我聳聳肩。畢竟那個討厭一直開車拼命趕路、不找地方休息的人是我，所以我沒資格多說什麼。我只是懷疑老爸到底是真心想要「休息一下」，還是打算一整天猛喝酒。

老爸走到他的飛雅特汽車翻找行李。我們昨天半夜才到這裡，他累到連牙刷這種小東西也懶得帶下車。

老爸把車內東西整理好之後，我們決定出門健行。旅館的老闆娘告訴我們有一座山景色很美，但是上午已經過了一半，她認為我們走上去再走下來的路程有點遠。

老爸要發表高見了。想要從高山走下來卻懶得爬上去，這時該怎麼辦？一定有什麼方法可以直接到山頂。老闆娘告訴我們，我們可以開車上去然後走下山，可是這樣還不是得再回山上取車？

「我們搭計程車上去然後走下山，」老爸說。最後我們就是這麼做。

老闆娘叫來一輛計程車。計程車司機覺得我們是怪胎，可是老爸揮揮手中的瑞士法郎，司機就二話不說照老爸的意思辦。

老闆娘顯然比加油站那個小矮人對這一帶更熟，因為老爸和我從沒看過這樣的高山美景，即便在挪威也沒看過。

我們往山下看，發現遠處有一堆小到看不清的細小圓點，旁邊還有個小池塘，那裡就是朵夫小鎮和瓦德瑪西湖。雖然現在是仲夏，山頂依舊陣陣涼風，直接穿透我們的衣服。老爸說，這座山的海拔比我們故鄉挪威隨便一座山都還要高。我覺得這真是了不起，可是老爸卻很失望，他這時才說他之所以想到山頂走走，其實是因為他很想看到地中海。我想，他大概以為從這裡可以看到在希臘的媽咪正在做什麼。

「出海的日子讓我習慣各種極端的景色，」他說。「就算完全看不到陸地的影子，我也可以站在甲板看很久很久。」

我努力想像那是什麼感覺。

「那種感覺好棒，」老爸補了一句，彷彿知道我在想什麼。「我只要看不到海洋，就覺得自己好像被關起來了。」

我們開始下山。我們沿著一條小路走，兩旁樹木高聳，枝葉茂密，我還聞到蜂蜜的香氣。

走了一會兒，我們在一處草地上休息。我取出放大鏡，老爸點了根菸。我發現有隻螞蟻在一根小樹枝上爬行，可是牠一直動，害我沒辦法仔細看。最後我乾脆把螞蟻甩落，直接研究樹枝。樹枝放大的樣子很特別，可是看半天也沒看出什麼。

突然，我們聽到樹葉沙沙作響。老爸跳了起來，好像害怕會有什麼凶狠的強盜在這裡出沒。結果是一隻可愛的獐鹿。小鹿靜靜站了一會兒，眼睛直直盯著我們，最後跳進樹林裡。我看著另一邊的老爸，這才發現原來他和小鹿一樣都被對方嚇到了。從此以後，我常常把老爸想像成一頭獐鹿，可是這件事我一直不敢說出來。

老爸即便早餐喝了酒，整個早上還是精神奕奕。我們沿路快步跑下山，直到無意間在林間草地發現一堆白色小石頭排列在一起，腳步才停下來。那裡至少有幾百個小石頭，全都圓圓的，表面光滑，每顆大小和一顆方糖差不多。

老爸站著搔搔頭。

「這些石頭是從地底長出來的嗎？」我問。

他搖搖頭，說：「漢斯，這應該是人類堆出來的。」

「這不是很怪嗎？為什麼要跑到山間樹林這麼偏僻的地方，在地上弄這個呢？」

他沒辦法馬上回答這個問題，但是我知道他想的和我一樣。

老爸最無法忍受遇到自己無法解釋的事情，這時的他有點像福爾摩斯。

「這畫面讓我想起了墳場，每顆小石頭平均占地幾平方公分……」

我以為他會說這是朵夫的居民弄的，他們把一些迷你樂高人偶埋在這裡。可是這樣說未免太離譜了，老爸應該不會說這種話。

「大概是一群小朋友把甲蟲埋在這裡吧。」顯然找不到比這個更好的說法。

「大概吧，」我說。我握著手中的放大鏡在一顆石子前蹲下來。「可是甲蟲好像不會下白色的卵啊。」

老爸不安地哈哈大笑。他伸出手臂摟著我的肩膀，我們繼續往山下走，腳步放慢了些。沒多久，我們來到一間小木屋。

「你覺得這裡有人住嗎？」我問。

「當然囉！」

「怎麼這麼肯定？」

他用手比著煙囪，我看見一道淡淡的煙霧緩緩升起。

有人從小溪流接了一條水管一路延伸到小木屋下方，我們喝了幾口從管中流出來的水。老爸說，這叫做打水機。

---

①朵夫小鎮（Dorf）和玩偶（Doll）發音近似。

黑桃4

……手上拿著一本迷你書……

等我們回到山下的朵夫小鎮時，已經接近傍晚了。

「現在正好吃晚餐，」老爸說。

那間大餐廳開始營業了，我們不用擠在那間小小的用餐室吃飯。幾個當地人圍坐一張餐桌，桌上放了幾個大啤酒杯。

我們吃了幾根香腸和瑞士酸菜，甜點是蘋果派沾鮮奶油。

晚餐吃完了，老爸坐在桌前「品嚐阿爾卑斯山的白蘭地」——這是他自己的用字。我覺得看人喝東西好無聊，於是拿起覆盆子汽水走回房間。我翻開那本看了十幾二十遍的挪威漫畫書再看一遍。看完了，便玩起單人紙牌遊戲。七張牌梭哈我玩了兩次，可是每次幾乎都是一發牌就輸了，於是我又下樓回到餐廳。

我想我得想辦法把老爸弄到樓上的房間，不然等他喝得酩酊大醉就不能講海上生活的故事給我聽了。可是他的阿爾卑斯山白蘭地還沒喝完，而且慘的是，他已經用德語和當地人聊開了。

「你可以自己去散步，到小鎮逛逛，」他對我說。

我覺得老爸太差勁了，竟然不陪我一起去。可是今天——今天幸好我照他的意思做。我想，我的運氣比老爸好。

「到小鎮逛逛」只要五分鐘。這地方太小了，只有一條大街，叫做瓦德瑪西。朵夫小鎮的人實在沒什麼創意。

我很生氣，老爸竟然和當地人坐在一起喝阿爾卑斯山白蘭地。「阿爾卑斯山白蘭地」至少這名字聽起來感覺比一般的酒好多了。老爸之前說過，戒酒對他的健康有害。我一邊走一邊喃喃自語重複這句話好幾遍，結果還是想不通。這句話大家都是反過來說的，只有老爸例外，他這個德國軍人的私生子果然與眾不同。

鎮上所有的店家全部關門了，只見一輛紅色貨車開到一間雜貨鋪前卸貨。有個瑞士女孩對著磚牆拍球，有位老先生坐在大樹下的長板凳抽菸斗。就這樣！雖然這裡的房子很像美麗的童話故事小屋，可是我覺得這個阿爾卑斯山小鎮實在太無聊了。我實在搞不懂放大鏡可以拿來做什麼？

現在唯一可以讓我心情好起來的，就是明天早上我們就會離開這裡。大約下午或傍晚，我們會抵達義大利，然後車子繼續往前開，經過南斯拉夫，最後來到希臘……到了希臘，我們就可以找到媽咪了。想到這裡，我的心忐忑不安。

我走到對街一間小麵包店，這是我唯一還沒逛到的店家。店裡擺了一盤古早味蛋糕，蛋糕旁邊有一個玻璃魚缸，裡面養了一條魚，孤孤單單的。魚缸頂部的邊緣有個很大的缺口，缺口大小和那個加油站的神祕小矮人送給我的放大鏡差不多。我從口袋裡掏出放大鏡，取下封套看仔細，結果發現放大鏡比魚缸的缺口小了一點。

橘色的小金魚在玻璃缸裡游來游去繞圈圈，牠的食物或許就是蛋糕屑。我猜，那隻獐鹿本來可能想吃金魚，沒吃到魚反而把魚缸咬了一口。

傍晚的陽光突然從小窗照了進來，照亮了玻璃魚缸。我這才發現，小魚身上不但有橘色，還有紅色、黃色和綠色。玻璃缸和缸裡清澈的水全被小魚染了色，彷彿顏料盒裡所有色彩同時灑了出來。我專注看著小魚、玻璃還有水，時間一久，我漸漸失去空間感。剎那間，我還以為自己是玻璃缸裡游來游去的小魚，另一條小魚在外面靜靜看著我。

正當我看著玻璃魚缸裡的小魚看得出神，我突然發現有個滿頭白髮的老先生站在店裡櫃檯的後方。他低頭看著我，揮揮手叫我進去。

這家麵包店怎麼晚上還在營業，我覺得有點怪。一開始，我回頭望了望瓦德瑪爾旅館，想看看老爸的阿爾卑斯山白蘭地喝完了沒，可是我看不到他的人，於是我打開麵包店的門走了進去。

「您好（Grüss Gott）！」我很有禮貌地說。我只會這句瑞士方言，這句話本身還有「讚美上帝」的意思。

我馬上感覺得出這位麵包師傅是個好人。

「我是挪威人！」我話說完，同時拍拍胸膛，讓他知道我不會他們的語言。

老先生壓低身子貼近寬廣的櫃檯，直直看著我的眼睛。

「真的嗎？」他說。「很久很久以前，我住過挪威。現在我的挪威話幾乎忘光光了。」

他轉過身打開老舊的冰箱，取出一瓶蘇打汽水，開瓶後放在櫃檯上。

「你喜歡喝蘇打汽水，對吧？」他說。「來，我的小小朋友，這給你喝。這是很好的蘇打汽水喔。」

白髮老人家又壓低身子貼近櫃檯壓低嗓門說：「很好喝吧？」

「太好喝了！」我回答。

「好極了，」他又壓低嗓門說話。「這種蘇打汽水真的很好喝。我們朵夫還有一種蘇打汽水比這更好喝，可是這種蘇打汽水市面上買不到。你懂我的意思嗎？」

我點點頭。他壓低嗓門說話的感覺好詭異，我不禁有些害怕。可是，當我抬頭看著他藍色的眼睛時，發現他的眼神很和藹。

「我從阿倫達爾來的，」我說。「老爸和我要去希臘找媽咪。她迷失在流行時尚的世界裡，很可憐。」

他緊緊盯著我看：「小朋友，你說你是從阿倫達爾來的？還迷失了？這種事別人可能也遇過。我以前在挪威的格里斯達住了好幾年，可是那裡的人大概不記得我了。」

我抬頭看著他。他真的住過格里斯達嗎？那個小鎮在阿倫達爾附近，老爸和我夏天常常坐小船到那裡。

「那裡……那裡離阿倫達爾不會很遠，」我說得結結巴巴。

「不會，不會很遠。我很早就知道有個少年會從朵夫來到這裡，把一樣寶物要回去。小朋友，那樣寶物現在已經不是我的了。」

我突然聽到老爸在喊我。從他的聲音聽得出來，他喝了很多阿爾卑斯山的白蘭地。

「謝謝您請我喝蘇打汽水，」我說。「可是我現在得走了，老爸在叫我。」

「啊，爸爸在喊啊，當然當然。小朋友，再等一下，你剛剛看魚的時候，我正好把一盤小圓麵包放進烤箱。我看到你手上有一個放大鏡，所以我知道，你就是那個少年。以後你會懂我在說什麼的，孩子，你會懂的……」

老麵包師走到後面的房間消失不見。沒多久他回來了，手上捧著一個紙袋，裡面裝了四個剛烤好的小圓麵包。

他把紙袋交給我，嚴肅地說：「有一件事很重要，你答應我一定要做到。你要把最大的小圓麵包藏起來留到最後，只有你一個人的時候才可以吃。這件事你千萬不可以讓別人知道，懂嗎？」

「我懂，」我說。「謝謝你。」

我隨即離開麵包店回到街上。事情發生得太快了，在我恍恍惚惚從小麵包店走回瓦德瑪爾旅館的途中碰到了老爸。

我告訴他，有個從格里斯達移民到這裡的老麵包師請我喝了一瓶蘇打汽水，還送我四個小圓麵包。老爸大概以為我在編故事，可是他還是拿了一個小圓麵包，邊走邊吃回到下榻的旅館。我吃了兩個，最大的那個藏在袋子裡。

老爸一躺到床上很快就睡著了。我眼睛睜得大大的，腦中全是那位老麵包師和那條金魚。想到最後，我肚子好餓，起床把那個裡面裝了最後一個小圓麵包的紙袋拿過來，在黑暗中坐在椅子上啃麵包。

突然，我的牙齒咬到硬硬的東西。我把麵包剝開，發現裡面有個火柴盒大小的東西。老爸此時正躺在床上呼呼大睡，我把椅子旁邊的燈打開。

結果我發現，那是一本迷你書，封面寫著：《彩虹汽水與奇幻島》。

我開始一頁一頁地翻。雖然這本書很小，裡面卻有一百多頁，字體細細小小的。我翻開第一頁，想要看清楚上面小小的字母是什麼，可是根本看不清楚。這時，我想起那個加油站的小矮人送我的放大鏡。我把牛仔褲拿來，在口袋裡找到那只有綠色封套的放大鏡，擺在第一頁對準字母。字體還是很小，但是在我彎腰貼近放大鏡後，字體就變得比較大，可以清楚閱讀。

黑桃 5

……我聽到老人家在閣樓走來走去……

親愛的兒子：

請容我這樣稱呼你。我現在坐在這裡寫下我一生的遭遇，因為我知道有一天，你會來到這個小鎮。或許你會在瓦德瑪西大街閒逛，然後走到這家麵包店，站在玻璃魚缸前看金魚。你完全不曉得自己為什麼會來到朵夫，可是我知道你會來，因為你要把這個《彩虹汽水與奇幻島》的故事傳承下去。

我從一九四六年一月開始動筆，這時的我還很年輕。三、四十年後等你見到我，我已經白髮蒼蒼了。因此，我這本書是寫給未來。

我素未謀面的兒子啊，我現在書寫用的這張紙好比一艘生命之筏。這艘生命之筏會在風雨中飄流，最終流向遠方的大海。可是有些小船的航向全然不同，他們朝未來的國度航行，一旦啟程，絕不回頭。

我怎麼知道你是故事的傳承者？兒子啊，當你走近我的時候，我會曉得，因為會有跡象告訴我，你來了。

我現在用挪威語寫下這個故事，一來是要讓你看得懂，二來，關於小矮人的故事，我不希望讓朵夫的居民看到。萬一他們看到了，奇幻島的祕密會大轟動，事件只要轟動就變得和新聞沒兩樣。新聞只是一時的，今天它吸引眾人的目光，明日就被遺忘。可是小矮人的故事絕對不能因為短暫熱潮喧囂過後而埋沒。小矮人的祕密與其讓大眾看了又遺忘，不如只給一個人知道。

恐怖的二次世界大戰結束後，許多人想到其他地方重新過活，我正是其中之一。戰後半個歐洲大陸瞬間變成了難民營，全世界大半國家陷入人口大量出走的陰影，可是我們不只是政治難民，我們更是迷失的靈魂，期待找到自我。

我也被迫離開德國展開新生活，可是對一個從第三帝國逃出來的軍官來說，我的機會實在不多。

返國後，我不僅發現自己的國家支離破碎，更發現自己從北國帶回一顆破碎的心。眼前整個世界殘破不堪。

我知道自己不能住在德國，可是我也不能回到挪威。最後，我設法偷偷跨越邊界潛入瑞士山林。

我連續幾週不知所措地四處遊走。我一抵達朵夫小鎮，就遇見一位名叫艾伯特．凱吉斯的老麵包師。

那時我正往山下走，覺得又累又餓，流浪好幾天之後，突然看見一個小村莊。因為我餓壞了，一見到村莊就像看到獵物拼命往前衝，穿越濃密的樹林，最後癱倒在一間老舊的小木屋前。此時，我的耳朵聽見了蜜蜂的嗡嗡聲，空氣中傳來牛奶和蜂蜜甜甜的香氣。

那位老麵包師一定費了一番功夫才把我弄進小木屋。我醒來時人已經在床上，我看到一個白髮老先生抽著菸斗坐在搖椅上。他發現我睜開眼睛，隨即走了過來，坐在我身邊。

「我的孩子，你回來了，」他的語氣很溫暖。「孩子，我就知道有一天你會來到我門前，把寶物要回去。」

後來我一定又昏睡過去了。等我再度醒來，小木屋只剩下我一人。我起身走到外面的石階，發現老人家弓著身子坐著在石桌前，厚重的石桌上有個美麗的玻璃魚缸，裡面有一條五顏六色的金魚游來游去。

我頓時覺得很奇怪，在歐洲中部這麼偏遠的高山，這條小魚竟然還能這麼快樂地游來游去，彷佛海洋活生生被搬到了阿爾卑斯山上。

「您好！」我問候老人家。

他轉過身抬頭看著我，眼神很慈祥。

「我的名字是路德威。」

「我叫艾伯特．凱吉斯，」他回答。

他走進小木屋，但隨即又回到戶外陽光下，手上端著麵包、起士、牛奶和蜂蜜。

他的手比著下方的小村莊，告訴我這裡叫朵夫，他在這裡開了一間麵包店。

我在老人家裡住了好幾個星期，沒多久，我也開始學著如何做麵包。艾伯特教我怎麼烤一般麵包、小圓麵包、糕餅和各式蛋糕。我以前總是聽人說，瑞士人是烘焙高手，果然如此。艾伯特多了人手幫忙堆疊一袋袋笨重的麵粉，顯得特別高興。

我很想見見鎮上其他人，所以我偶爾會到一間叫做瓦德瑪爾的老酒館坐坐。我覺得當地居民還滿歡迎我的。雖然我是德國軍人，可是沒人問起我的過去。有天晚上，酒館裡有人聊起了一直很照顧我的艾伯特。

「這個人腦筋不太正常。」農夫法利茲．安德烈說。

「前一個麵包師也是這樣。」店家老闆亨利奇．艾伯契接著說。

我加入他們的談話，問他們這麼說是什麼意思，他們起初回答得模稜兩可。我灌了幾瓶酒，覺得臉頰紅紅熱熱的。

「如果你們不能直接了當回答我，那麼至少請你們不要在老人家背後中傷他，別忘了你們吃的麵包是他做的！」我怒斥。

於是當天晚上再也沒有人提起艾伯特。可是過了幾週，法利茲又開始大談這個話題。「你知道他那麼多金魚哪裡來的嗎？」他問我。我已經察覺到當地居民因為我和老麵包師生活在一起，所以對我特別好奇。

「我以為金魚只有一隻，」我老實回答。「或許他是從寵物店買回來的，或許是在蘇黎世買的。」

那位農人和店家老闆兩個人同時看著我哈哈大笑。

「他有很多金魚，」農人說。「有一次我父親外出打獵，回家路上湊巧看到艾伯特把他的金魚拿到戶外，他一口氣把所有的金魚搬到陽光下。麵包店小學徒，你仔細聽好了，屋裡的魚絕不只一條。」

「而且，他從沒去過朵夫以外的地方，」店家老闆跟著說。「我們年紀一樣大。據我所知，他從未離開過朵夫。」

「有人說他是巫師，」農人壓低嗓門說。「他們還說，他不但會烤麵包和蛋糕，還會變出很多魚來。我敢跟你打包票：這些魚絕不是他在瓦德瑪西湖抓的。」

我也開始懷疑艾伯特是否真有什麼天大的祕密隱瞞我。他說過的話不時在我耳邊響起「我的孩子，你回來了。孩子，我就知道有一天你會來到我門前，把寶物要回去。」

我沒把小鎮居民的閒言閒語對他轉述，我不想傷老麵包師的心。如果他真的對我隱瞞了什麼祕密，那麼我相信時間一到，他自然會告訴我。

有很長一段時間，我一直認為大家之所以對老麵包師議論紛紛，完全是因為他獨自一人住在小鎮上頭的山上。可是對於他那棟老房子，我也很好奇。

一走進小木屋就是寬廣的客廳，裡面有壁爐，角落有個小廚房。客廳開了兩扇門，一扇通往艾伯特的臥室，另一扇通往我的小臥室，自從來到朵夫那天起，我一直睡在這裡。這兩間臥室的天花板不怎麼高，可是，當我走到戶外觀察老屋，看得出裡面應該有個大閣樓。而且，我繞到屋後山丘頂端站著看，發現石板屋頂下有扇小窗。

我很納悶，艾伯特怎麼從沒提起屋裡有閣樓，而且也不曾見他上去過。或許，這就是為什麼每當我的朋友一提起艾伯特，我會立刻想起閣樓。

有天晚上，我從朵夫小鎮回家，到家時已經很晚了，那時我聽到老人家在閣樓裡走來走去。我很驚訝——或許也有點害怕，總之我馬上衝到屋外，從打水機取了一點水來喝。我刻意慢慢喝，等我再回到屋裡時，艾伯特已經坐在搖椅上抽菸斗。

「這麼晚才回來，」他說。我感覺得出來他心裡在想其他事情。

「你剛剛在上面的閣樓嗎？」我問。我不知道打那來的勇氣，總之話就這樣溜出口了。

他整個人躺進椅子裡，抬頭看著我的表情還是那麼慈祥，和幾個月前那天他收留我、照顧我的感覺完全一樣，還記得那時我疲憊不堪地癱倒在老屋門前。

「路德威，你累了嗎？」他問。

我搖搖頭。那天是星期六晚上，隔天我們可以睡到早上被太陽照醒為止。

他站起來，扔了幾根木頭到火堆裡。

「我們今天晚上坐著好好聊聊，」他說。

黑桃6

……那種汽水更加好喝，好喝千萬倍……

我拿著放大鏡和小圓麵包書差點睡著了。看了開頭一小段，我就知道這是很棒的童話故事，可是當時我沒想過這個童話故事和我會有什麼關係。我把先前包裝小圓麵包的紙袋撕下一角當作書籤。

阿倫達爾的市集有一間丹尼爾森書店，以前我在書店看過類似的童話故事書，小小一本放在盒子裡。唯一的差別是那本書字體很大，每頁只容得下十五到二十個字。正因為如此，那種書自然稱不上什麼很棒的故事書。

現在是凌晨一點。我把放大鏡塞進牛仔褲一邊的口袋，再把小圓麵包書塞到另一邊，然後鑽進被窩。

隔天早上老爸早早叫我起床。老爸說，我們必須快點上路，不然會來不及趕到雅典。他有點不太高興，因為我昨夜吃小圓麵包掉了滿地麵包屑。

麵包屑！我心想，這麼說來，小圓麵包書不是一場夢。我把牛仔褲掏出來摸摸兩邊的口袋，硬邦邦的。我對老爸說，我半夜肚子好餓，把最後一塊小圓麵包吃完了，我不想開燈，才會掉了滿地的麵包屑。

我們趕緊打包，把行李搬到車內，然後快步前往用餐室吃早餐。我偷瞄一眼隔壁空盪盪的餐廳，想起了路德威和他的朋友以前曾坐在裡面喝酒。

吃完早餐，我們跟瓦德瑪爾旅館說再見。我們開車經過瓦德瑪西街周邊的店家，老爸這時指著那家麵包店，問我小圓麵包是不是在這裡拿的？我根本不用回答，因為那位白髮蒼蒼的老麵包師正好走到門前階梯對我揮揮手。他還對老爸揮手，老爸也向他揮手。

我們很快上了高速公路。我悄悄把放大鏡和小圓麵包書從牛仔褲掏出來開始看。老爸問了幾次我在做什麼。起先我說我在檢查後座有沒有跳蚤或蝨子；第二次他再問起，我說我在想媽咪。

艾伯特坐回了搖椅，在老舊的櫃子裡找到一些菸草，把菸斗填滿，點燃。

「我一八八一年在朵夫小鎮出生，」他開始說話。「家裡五個小孩我排行老么，可能因為這樣，我成了家裡最黏媽媽的孩子。在朵夫，未滿七、八歲的小男孩通常會和媽媽待在家裡：可是只要滿了八歲，他們就必須跟著父親一起到田裡或樹林裡工作。

我還記得那長長的幾年過得好快樂，我總是跟在母親的裙邊在廚房走來走去。我們一家人只有在星期日才能團聚，在那天，我們會外出散步走很久，晚上會多花點時間在餐桌上，餐後玩骰子。

後來家裡發生不幸。我四歲那年，我母親得了肺癆。疾病從此如影隨形跟著我們一家過了好幾年。

當然，我那時還小，很多事都不懂。可是我記得母親工作到一半常常得坐下來休息；漸漸地，她被迫臥床的時間愈來愈長。有時我會坐在床邊唸自己編的故事給她聽。

有一回，我發現她倚著廚房的工作檯彎下腰拼命咳個不停，我發現她咳血了，我頓時大發脾氣，動手把廚房裡看得見的每樣東西砸碎。杯子、碟子、玻璃杯，看到什麼砸什麼。這是我頭一次深刻感覺到她快死了。

我還記得某個星期日一大早，父親趁家裡其他人還沒起床之前，走進我房間。

『艾伯特，』他說。『我們該談談了，因為媽媽剩下的時間不多了。』

『她不會死的，』我生氣地大哭。『你騙人！』

可是他沒騙我。我們在一起的時間只剩下幾個月。雖然我只是個小男孩，可是在死亡來臨前，我已經習慣了死亡的氣息。我眼見母親日漸蒼白瘦削，還不時發燒。

我記得最清楚的就是喪禮。我的兩個哥哥和我必須到鎮上向親友借喪服。喪禮中只有我沒哭，因為我很氣母親為什麼要離開我們，所以我連一滴眼淚也不願流。從那時起，我一直以為面對哀傷最好的方法就是憤怒……」

老人家抬起頭看著我，彷彿他已經知道我的內心也隱藏著深深的哀傷。

「母親走了，父親必須想辦法養活五個孩子，」他繼續說。「一開始，我們的生活維持得還不錯。父親除了有一小塊農地要耕種，同時也是鎮上的郵政局長。當時的朵夫小鎮頂多住了兩、三百人。母親過世當年，我大姊才十三歲，已經扛起持家的責任，其他人到田裡幫忙。至於我，因為年紀太小派不上用場，只能自己一個人到處遊蕩。如果我走到母親墳前坐著哭，也是很正常的，可是我沒有，因為對於她的死我一直沒有釋懷。

可是沒多久，父親開始喝起酒了。起先，他只有週末才會喝酒，但是後來變成天天喝。於是郵政局長的工作丟了，農場也跟著垮了。我的兩個哥哥還沒成年就離家前往蘇黎世，而我只能繼續獨自一人到處晃來晃去。

我漸漸長大了，也常常受人恥笑，因為我的父親『抱著酒杯不放』——這是他們的用詞。如果他在鎮上喝得爛醉被人發現了，會有人扶他回家上床睡覺。說來，真正受罪的人是我。我常常覺得，我才是那個必須為母親的死吃盡苦頭的人。

最後，我找到一個好朋友，貝克．漢斯。他是個白髮老人，在鎮上經營一間有百年歷史的麵包店，可是，因為他從小不是在朵夫長大，所以一直被視為外地人。加上他這個人沉默寡言，鎮上的人和他也不熟。

貝克．漢斯以前是船員，過了許多年海上飄流的日子，最後在小鎮定居當起了麵包師。他偶爾只穿著件汗衫在麵包店走來走去，露出兩條手臂上四個偌大的刺青。大家認為，貝克．漢斯光是身上有刺青就已經夠神祕了，因為朵夫小鎮沒有人有刺青。

有個刺青我印象特別深刻，那是一名女子坐在大型船錨上，下面寫著瑪麗亞。這個瑪麗亞是誰，傳聞很多。有人說那是他的心上人，但是她還不滿二十歲便死於肺癆。還有人說，貝克．漢斯以前殺了一位名叫瑪麗亞的德國女子，這也是為什麼他後來會在瑞士定居下來……」

艾伯特看著我，他的表情似乎在說，他已經知道我也曾拋下一名女子。他該不會以為我殺了她吧？我忍不住這樣猜想。

可是他又說了：「還有一種說法，他出海搭乘的那艘船叫做瑪麗亞，後來在大西洋發生海難。」

艾伯特話說到這裡，起身拿了一大片起司蛋糕和幾塊麵包，還取出兩只玻璃杯和一瓶酒。

「路德威，你會不會覺得我的故事很無聊？」他問。

我用力地搖搖頭，於是老麵包師繼續說。

「我是個『孤兒』，有時我會站在瓦德瑪西街上的麵包店前。我常常挨餓，我覺得只要看著店裡的蛋糕和麵包，就不那麼餓了。有一天，貝克．漢斯對我招手，叫我進去麵包店，給了我一塊葡萄乾蛋糕。從那天起，我有朋友了。路德威，我的故事才正要開始。

從此以後，我每天都去貝克．漢斯那裡。我想，他應該已經注意到我無依無靠，必須自己照顧自己。如果我餓了，他會給我一塊剛出爐的麵包。除了麵包還有蛋糕，有時候他還會開一瓶汽水給我喝。為了報答他，我開始幫他跑腿辦事；我還不到十三歲時，就成了麵包店的學徒。但這都是多年以後的事了，那時我的生活已經漸漸穩定，我也成了他的義子。

那年父親過世了——他可以說是喝酒喝到死。直到臨終那一刻，他口中還喃喃地說他想到天堂和母親相會。我的兩個姊姊那時早已結婚遠走他方，兩個哥哥自從離開後也不知去向……

話說到這裡，艾伯特倒了一杯酒。他走到壁爐前敲落菸斗的菸灰，填入新的菸草。點燃後，他吹了一個個又大又厚的菸霧圈圈在室內飄盪。

貝克．漢斯從此和我相互為伴，有一回他還出面保護我。有一天，四、五個男生在麵包店外面欺負我。我記得他們把我推倒在地、毆打我。我非常清楚他們為什麼會這樣對我：這是一種懲罰，因為我母親死了、父親是個酒鬼。可是那天貝克．漢斯突然火速衝到街上——路德威，這一幕我永遠不會忘。他奮力把我救出來，再一個個痛扁他們一頓，他們全部掛彩落荒而逃。他出手的力道或許過猛，但是從那天起，在朵夫再也沒有人敢找我麻煩。

總之，那次鬥毆事件成了我生命中的轉捩點。貝克．漢斯把我拖進店裡，把他身上的白外套輕拍乾淨，接著打開一瓶汽水，放在我面前的大理石櫃檯上。

『喝吧！』他用命令的語氣說。

我照著他的話做。這一刻，我覺得內心的傷痕已經被撫平。

『好喝嗎？』他問我，這時我根本還來不及吞下第一口甜甜的飲料。

『很好喝，謝謝您。』

『如果你覺得這瓶汽水很好喝，』他往下說，聲音有點顫抖，『那我跟你保證，有一天我會給你一種好喝千萬倍的汽水。』

當然，我以為他只是開玩笑，可是他這番話我一直記在心裡。因為他說話的樣子，還有當時的氣氛真的很特別。先前那場街頭小衝突讓他的臉頰還紅紅的。重點是，貝克．漢斯平時不隨便開玩笑的……」

艾伯特．凱吉斯突然咳了起來，說話一陣急促慌亂。我一度以為他被菸嗆到了，但其實他只不過是有些激動。他越過桌面看著我，棕色的眼珠看起來很哀傷。

「孩子，你累不累？還是我們明天晚上再繼續？」

我又喝了一小口酒，搖搖頭。

「我當年只有十二歲，」他的語氣若有所思。「日子一天天過，沒什麼變化，唯一不同的是，再也沒有人敢動我一根汗毛。我不時到麵包師那裡走走。有時我們聊聊天，他常常送我一塊蛋糕讓我帶回家。我和大家一樣，覺得他沉默寡言；可是當他聊起海上生活，卻非常生動有趣，我也得以認識許多國家。

我一向都到貝克．漢斯的麵包店找他，麵包店以外的地方見不到他。可是，某個寒冷的冬天，我坐在瓦德瑪西湖邊，正朝著結冰的湖面扔石子，這時他突然來到我身邊。

『艾伯特，你長大了，』他淡淡地說。

『明年二月我要滿十三歲了，』我回答。

『嗯，很好。告訴我——你覺得自己是個守得住祕密的大孩子嗎？』

『只要是你告訴我的祕密，我死也不會說出去。』

『我想也是。孩子，我有重要的事要交代你，因為我剩下的日子好像不多了。』

『啊，不會的，你會活很久，』我馬上說。『你的時間還很多很多。』

突然，我覺得自己的心和周遭冰雪一樣寒冷。在我短短的年少歲月裡，這是我第二次聞到死亡的氣息。

他沒注意我說的話，自顧自地說：『艾伯特，你知道我住哪裡。今天晚上到我那邊一趟。』」

黑桃7

……一個神奇的星球……

一個字母接著一個字母這樣一路拼讀下來，小圓麵包書也看了一大段，我的眼睛好酸。字體實在太小了，有時我必須停下來想想，有些情節是不是我自己編造出來的？

我呆坐一會兒，轉頭望向窗外綿延不絕的山峰，心裡則想著艾伯特失去了母親，父親又喜歡喝酒。

過了一會兒，老爸說：「我們快要接近知名的聖哥達隧道。我記得這條隧道直直穿越你前方那座山脈。」

他告訴我，聖哥達隧道是世界上最長的公路隧道，總長超過十六公里，才剛開通沒幾年。在這之前一百多年間，雙邊交通必須依賴鐵路隧道——有鐵路隧道之前，以前的僧侶和攔路盜賊經常利用聖哥達隘口往返義大利和德國。」

「所以說，在我們之前，已經很多人來過這裡了。」他說。沒多久，我們進入長長的隧道。

穿越這條隧道花了將近十五分鐘。到了隧道另一端，我們經過一處名叫愛洛羅（Airolo）的小鎮。

「歐羅里亞（Oloria），」我說。我們從丹麥出發後，一路上我一直在車上玩一種遊戲：把路標上的地名全部反過來唸，看看裡面是否暗藏什麼祕密。有時候，我會碰巧唸到意思比較特別的，譬如說，「羅馬（Roma）」反著唸之後成了「愛（amor）」，我覺得這兩個字搭起來很合。

「歐羅里亞」其實也不錯，聽起來很像童話王國的名字。如果我稍微把眼睛瞇起來，就彷彿現在正開車穿越這個童話王國。

我們開車經過山谷，那裡有小農場和石牆。沒多久，我們跨越一條名叫提契諾的河流。老爸一看到河流，眼中瞬間泛著淚光。我們從漢堡的碼頭一路行駛至今，他從沒這樣過。

他猛然踩煞車，把車停到路旁。他跳下車，站在外面手比著下方那條蜿蜒流過陡峭山谷的河流。

等我來到車外，他已經順利點燃一根菸。

「兒子，我們總算來到海邊了，我可以聞到焦油和海草的味道。」

雖然老爸以前也常常冒出這種話，可是這次我很害怕，怕他真的神經失常了。而且我最擔心的，就是他說完那句話後就突然什麼也不說。彷彿他反覆在心中告訴自己，我們真的來到了海邊。

可是我知道我們還在瑞士，瑞士沒有海岸線。雖然我對地理一點概念也沒有，但是四周高山環繞就足以證明一件事：我們離海洋還遠得很。

「你是不是累了？」我問。

「怎麼會，」他說。他的手再度比著下方的河流。「我好像還沒跟你解釋過中歐一帶的航運路線吧？我現在說給你聽。」

我一定露出目瞪口呆的神情，因為他馬上說：「漢斯，別緊張。這裡沒有海盜。」

他比著四面的高山繼續說：「我們剛才通過聖哥達山脈，歐洲幾條長河的發源地都在這裡。萊茵河的源頭就是這裡，隆河和提契諾河也是。提契諾河先注入下游偉大的波河，接著再流入亞得里亞海。」

我現在終於明白他為什麼突然提起海洋，但是他後來說的話又把我弄迷糊了。他說：「我剛說了，隆河的起源在這裡。」他的手再度比著四面的高山。「隆河先流經日內瓦，然後是法國，最後注入馬賽港西邊幾哩外的地中海。至於萊茵河是流經德國和荷蘭，最後注入北海。還有其他許多河流的發源地也是阿爾卑斯山。」

「所以這幾條河有小船航行囉？」我問。我先前還自以為腦袋比老爸清楚。

「兒子，那是當然。而且小船不只在一條河上航行，也可以在兩河之間航行。」

他點了另一根菸。我又開始懷疑他是不是瘋了，有時我真擔心酒精是不是把他的腦子腐蝕光了。

「譬如說，你坐船沿著萊茵河航行，」他說，「其實就表示你也正航行在隆河、塞納河、羅亞爾河，甚至其他許多重要的河流。這也意味著你能夠抵達北海、大西洋、地中海等各大都市的港口。」

「可是這些河流不是被高山隔開了嗎？」我問。

「沒錯，」老爸繼續。「可是只要你能在山與山之間航行，這些高山絕不是問題。」

「你到底在說什麼啊？」我打斷他的話。有時候只要他開始打啞謎，我就會有點生氣。

「我在說運河，」他終於說了。「難道你不懂嗎，只要走運河，我們就可以從歐洲北部的波羅的海，直接航行到歐洲南部的黑海，不必經過大西洋或地中海。」

我聽不懂只好拼命搖頭。

「你甚至可以坐到裏海，也就是說，你會來到亞洲的交通要道，」他壓低嗓門，顯得很興奮。

「真的嗎？」

「真的！和聖哥達隧道一樣真實。很不可思議吧。」

我俯看遠方的河流，現在連我好像隱約也聞到了焦油味和海草的氣味。

「漢斯，你在學校都學些什麼？」老爸問。

「學乖乖坐好，」我回答。「這很難的，所以我們花好幾年學習怎麼乖乖坐好。」

「這樣啊……可是，如果以後老師上課講到歐洲的航海路線，你覺得你還坐得住嗎？」

「會吧，」我說。「會啊，我一定坐得住。」

這回合的抽菸休息時間結束，我們沿著提契諾河繼續往前走。我們首先經過貝林佐納，這個大城市有三座中古世紀遺留下來的大型碉堡。

老爸先簡單交代十字軍的歷史，後來才說：「漢斯，你也知道我對外太空一直很感興趣。嚴格說來，我最感興趣的部分是行星——尤其是有生命居住的行星。」

我沒接話。老爸和我都很清楚這是他的興趣。

「你知道嗎？」他繼續說，「最近有人發現一個神祕的星球，上面住了好幾百萬高等智慧的生命體，這些生物長了兩條腿到處閒晃，沒事還會拿著一副明亮的望遠鏡在自己的星球四下偷看。」

我不得不承認，這種事我還是第一次聽到。

「這個小行星是由繁複的網狀軌道系統所組成，那群聰明的生物經常駕著彩色電動馬車在軌道上跑來跑去。」

「真的嗎？」

「報告長官，是真的！這些神祕的生物在自己的星球蓋了很多一百樓高的建築物，他們還在高樓底下挖了許多長長的隧道，這樣他們就可以飛快往返兩地，速度快得像鐵軌上奔跑的火車。」

「你確定這是真的嗎？」

「是啊，我很確定。」

「可是……為什麼我從沒聽過這個星球？」

「這個嘛，」老爸說，「首先呢，是因為這個星球最近才被發現。其次，發現這個星球的人其實就是我。」

「那這個星球在哪裡啊？」

老爸突然踩煞車，把車子停到路邊。

「在這裡，」他說著用掌心拍打儀表板。漢斯，那個不可思議的星球就在這裡。我們就是那些高等智慧的生物，開著飛雅特到處跑。」

我坐著不說一句話，在生悶氣，因為老爸在耍我。可是我後來想想，又覺得他沒錯，我們的地球確實很神奇，於是我原諒了他。

「假如有一天太空人發現其他星球有生物存在，地球上的人們一定興奮死了，」老爸要下結論了。「因為人類已經覺得同類一點也不稀奇了。」

他靜靜地開車，久久沒說一句話，我趁機繼續看小圓麵包書。

朵夫小鎮的麵包師有好幾個，要搞清楚誰是誰並不容易。可是沒多久，我已經看出來路德威是那個寫小圓麵包書故事的人，艾伯特是那個告訴他童年生活的人，去找貝克．漢斯的人也是艾伯特。

黑桃8

……好像從世界各國吹來一陣狂風……

艾伯特．凱吉斯把玻璃杯就嘴，喝了一口酒。

我靜靜看著他蒼老的臉，真的很難想像他就是當年那個因為母親病逝、乏人關愛的小男孩。我試著想像他和貝克．漢斯那段特殊的情誼。

我還記得剛到朵夫小鎮時那種孤單無助的感覺，沒想到這位好心收留我的人，曾經和我同樣心力交瘁。艾伯特把玻璃杯放回桌上，拿起火鉗撥弄爐火，之後才繼續說故事。

「鎮上每個人都知道，貝克．漢斯住在小鎮後山一間小木屋。至於他的屋子是什麼模樣，各種傳聞都有，可是我不認為有人進去過。因此，那個冬天的晚上，我踩著厚厚的積雪朝貝克．漢斯的小屋前進，一顆心難免七上八下。畢竟，我是神祕麵包師的第一位訪客……

圓圓的白色月亮從西邊山頂緩緩升起，星星已經高掛夜空。

我一路往上爬，剩下一小段路就快到了。我突然想起那天打完架，貝克．漢斯曾對我說，有一種汽水比我以前喝過的還要好喝千萬倍。莫非這種汽水和那個天大的祕密有關？

沒多久，我看見了山上那間小木屋。路德威，我想你現在應該知道了，我們現在待的這間小屋就是當年那間。」

我連忙點點頭，老麵包師繼續往下說：

「我經過了打水機，快步走過白雪皚皚的庭院，敲敲門。我聽到裡面傳來貝克．漢斯的叫喚：『兒子，進來吧！』

你不要忘了，我那年只有十二歲，我和父親還住在農場的家裡。聽到別人喚我一聲兒子，難免覺得有點怪。

我走了進去，感覺好像一腳踩進另一個世界。貝克．漢斯坐在深長的搖椅，屋裡處處可見玻璃魚缸和小金魚，散發出一閃一閃的彩虹光芒。

可是屋裡不是只有金魚。我站著好一會兒，眼睛直盯著周遭前所未見的景物。事隔多年以後，我才知道如何描述當年看到的景象。

裡面有很多瓶中船、海螺、佛像、寶石、回力鏢、木偶、古老的雙刃劍、刀槍、波斯坐墊、南美羊駝毛皮地毯。有個古怪的動物玻璃雕像特別引我注意，它的頭尖尖的、有六條腿。感覺好像從世界各國吹來一陣狂風，把一些奇奇怪怪的東西吹到這裡。有些東西我以前可能聽過，但是我一直要到很久以後看到了照片，才知道那些東西是什麼。

這間小木屋的氣氛和我想像中的截然不同，彷彿我現在不是在貝克．漢斯的屋裡，而是無意中來到一位老水手的家。屋內四周點燃了油燈，這種油燈和我平時常見的煤油燈大不相同，那一定是他還在海上討生活時帶回來的。

老人家請我到壁爐旁一張椅子坐下，我當時坐的椅子就是你現在坐的這張，路德威，你知道嗎？」

我再度點點頭。

「坐下之前，我先在溫暖的小木屋繞一圈，看看所有的金魚。這些金魚有紅色、黃色、橘色，還有綠色、藍色、紫羅蘭色。這種金魚我以前看過一次，而且就是在貝克．漢斯的麵包店看到的，他把小魚擺在後面房間一張小桌上，當貝克．漢斯忙著揉麵糰時，我常常站在那裡靜靜看著小魚兒在玻璃缸裡游來游去。

『你養了好多金魚啊！』我驚嘆，一邊走向房間另一端的他。『你可以告訴我這些金魚是從哪裡抓來的嗎？』

他輕輕笑了幾聲，說：『時候到了你自然會知道，孩子，到時候你自然會知道。來，告訴我，如果有一天我走了，你願意留在朵夫當麵包師嗎？』

雖然當時我年紀還很小，可是這個念頭早已種下。在我的生命裡，除了貝克．漢斯和麵包店，我一無所有。母親死了，父親對於我的行蹤始終漠不關心，哥哥姊姊也搬離了鎮上。

『我早已打定主意要當個麵包師了，』我慎重回答。

『我想也是，』老人家若有所思地說。『嗯……可是，我的金魚你也要一起照顧才行。還有，以後你要繼續守住「彩虹汽水」這個祕密。』

『彩虹汽水？』

『是的，孩子，除了這個還有很多其他祕密。』

『快把彩虹汽水的祕密告訴我吧，』我說。

他揚起白色的眉毛，低聲地說：『孩子，這個祕密要用喝的才知道。』

『那你不能告訴我喝下去是什麼感覺嗎？』

白髮蒼蒼的老人家無奈地搖搖頭。

『一般的汽水你只能喝到橘子、桃子或覆盆子等個別的口味，艾伯特。可是彩虹汽水不是這樣，你可以瞬間同時喝到各種不同的口味，你的舌尖甚至還會感覺到以前從未嚐過的水果和莓果滋味。』

『那一定是很好喝的飲料，』我說。

『哈！豈止是好喝而已。一般的汽水只能用嘴品嚐……汽水先通過你的舌頭和口腔上顎，再一點一滴流入喉嚨。可是彩虹汽水你用鼻子和頭也嚐得到，往下走你的腿也喝得到，連你的手臂也可以。』

『你是不是在逗我開心啊，』我說。

『你是這麼想的嗎？』

老人家突然愣住了，於是我決定問一個比較容易回答的問題。

『那彩虹汽水是什麼顏色？』我問。

貝克．漢斯笑了。『孩子，你的問題真多。很好，但是這個問題不容易回答。我先帶你去看看那種汽水長什麼樣吧。』

貝克．漢斯起身走到門邊，那扇門通往一間小臥室，裡面有個玻璃缸，缸裡有一條小金魚。老人家從床鋪底下拉出一架階梯，把梯子靠在牆上。我這才發現天花板有扇活板門，用笨重的掛鎖扣住。

老麵包師爬上階梯，從上衣口袋掏出一把鑰匙，打開閣樓的活板門。

『孩子，進來吧。』他說。『過去五十年來，這裡除了我沒別人上來過。』

我跟著他進入了閣樓。

月光從屋頂一扇小窗灑了進來，照亮了舊衣箱和船用響鈴，看得出表面布滿厚厚的灰塵和蜘蛛網。在黑暗中將閣樓照亮的不只是月光——除了藍藍的月光，處處還搖曳著繽紛的虹彩光芒。

貝克．漢斯一直往閣樓裡走，在盡頭停了下來，伸手比著角落。傾斜的屋頂下方，有一只古老的瓶子擺在地上，瓶身反射出美麗耀眼的光芒，讓我乍看不得不用手遮住眼睛。那是一只清澈透明的玻璃瓶，但是裡面裝了紅色、黃色、綠色和紫羅蘭顏色的液體——也可以說，這些顏色混成了一片。

貝克．漢斯把瓶子撿起來，裡面的液體閃閃發光，好像水做的鑽石。

『這是什麼？』我怯生生地小聲問道。

老麵包師的表情很嚴肅：『孩子，這個就是彩虹汽水。全世界只剩下這最後幾滴。』

『那個又是什麼?』我問的時候，手指著地上一個小木盒，裡面放了一副古老的撲克牌，上頭灰塵滿布。這些紙牌幾乎成了碎紙，黑桃八躺在碎紙堆的上方，牌卡一角的數字八勉強還認得出來。

貝克．漢斯把手指貼著嘴唇，悄悄地說：『艾伯特，這些是佛羅德的紙牌。』

『佛羅德?』

『是啊，佛羅德。關於他的故事，我們改天晚上再說。我們現在先把這個瓶子拿到樓下的起居室。』

老人家手上握著瓶子邁步走過地板。他的模樣好像提著燈籠的小精靈，唯一的差別是，他手上的燈籠不時變換顏色，紅色、綠色、黃色、藍色閃來閃去，整個房間灑滿彩色斑點，彷彿上百盞迷你燈籠的燭光在不停跳躍。

我們回到樓下的起居室，壁爐前有一張桌子，他把瓶子放在桌上。滿室的異國物品被瓶子的光芒染成五顏六色：佛像變成綠色，老式左輪手槍變成藍色，回力鏢變成血紅色。

『這就是彩虹汽水嗎?』我又問了一遍。

『是的，只剩下最後幾口了。這樣也好，因為這種飲料太好喝了，艾伯特，萬一被人偷拿去賣，結果會發生什麼事，真不敢想像。』

他起身拿了一只小玻璃杯，往杯裡倒了一點點。飲料躺在杯底閃閃發光，好像冰雪結晶。

『這些就夠了，』他說。

『不可以多給我一點嗎？』我驚訝地問。

老人家搖搖頭說：『一點點就夠多了。彩虹汽水只要一滴，那種滋味好幾個小時都不會散去。』

『那我可不可以現在喝一滴，明天早上再喝一滴，』我提議。

貝克．漢斯無奈地搖搖頭：『不行，現在喝一點點，沒有下次了。有一天你會覺得這滴太好喝了，以後還想回來把整瓶偷走。這就是為什麼只要你一離開，我必須馬上再把閣樓鎖上。等我日後告訴你佛羅德撲克牌的故事，到時候你會感謝我沒把整瓶給你。』

『你自己喝過嗎？』

『有，喝過一次。但那是五十年前的事了。』

坐在壁爐旁的貝克．漢斯從椅子上站起來，拿起那瓶水鑽石走回小臥室。

他走回來後，把一隻手搭在我的肩膀說：『喝下去吧。孩子，這是你一生最重要的時刻，你永遠不會忘記，但這一刻，一去永不復返。』

我舉起小玻璃杯就嘴，把杯底閃閃發亮一丁點的汽水喝下。第一滴飲料剛觸碰到舌尖，一陣陣強烈的慾望就瞬間席捲全身。一開始，我嚐到了小時侯所嚐過的所有最棒的滋味，接著，其他千百種滋味同時湧入體內。

貝克．漢斯是對的，他說舌尖最先有感覺。然後，我的兩條手臂和兩條腿同時嚐到了草莓、覆盆子、蘋果還有香蕉的味道。我的小指末梢可以嚐到蜂蜜；我有一隻腳趾嚐到了桃子；

我的背嚐到了鮮奶油的滋味；我渾身上下甚至聞到了母親的氣味。母親都過世這麼久了，這是一種失落已久卻又如此令人懷念的味道。

在第一波種種滋味沉澱之後，這一刻，彷彿我的身體把全世界收納進來，彷彿我就是全世界。在剎那間，我覺得樹林、湖泊、高山、田野全是我身體的一部分，雖然母親已經死了，但感覺上她還在世間某個地方……

我看著綠色的佛像，佛像好像在笑。我的視線移往那兩把交叉懸掛在牆上的長劍，它們好像在比劍揮舞。那只瓶中船依舊躺在大櫥櫃的頂端，那個位置非常顯眼，當我走進漢斯的小木屋，第一眼看到的就是它。在一瞬間，我覺得自己好像站在老帆船的甲板上，帆船正往遠方綠草青青的島嶼全速前進。

『是不是很好喝？』我耳邊傳來了聲音——是貝克．漢斯在說話。他彎下腰摸摸我的頭髮。

『嗯……』我只能這麼回應。我不知道怎麼說。

時至今日，我還是無法形容彩虹汽水的滋味，因為口中什麼滋味都有。我只知道，每當我回想起那種美好的滋味，淚水還是會忍不住流下來。」

黑桃9

……別人看不清的事，他總是看得特別清楚……

當我讀到彩虹汽水這裡，老爸一直很想和我聊天，可是這段故事太精采了，我捨不得放下小圓麵包書。因此，每當老爸聊起外面的景色，我會不時禮貌性地往窗外看一眼，然後說：「哇！」或者是「好美啊！」

我的心偷偷溜回貝克．漢斯的小閣樓，耳朵同時接收老爸的聲音。他說，這一帶的路標和城市街道名稱全用義大利語標示。我們現在正行駛在瑞士的義大利語區，這裡跟其他地區不同的不只是城市街道的名稱而已。車輛行進間，我一邊低頭看彩虹汽水的故事，一邊還是忍不住看看窗外的河谷景色，我發現這裡的花朵和樹木，確實是地中海一帶特有的。

行遍天下的老爸開始一一細數花草名稱。

「那是含羞草，」他說。「玉蘭花！石楠！杜鵑花！還有日本櫻花樹！」

我們還看到幾排棕櫚樹，這時我們距離義大利邊境還遠得很。

「我們快到盧加諾了，」老爸說，這時我把書本放下來。

我提議在盧加諾過夜，但是老爸搖搖頭說：「我們講好了，先越過義大利邊境再說。現在距離不會很遠，而且才剛過中午。」

老爸為了安慰我，在盧加諾停留很久。我們一開始在街上和公園綠地四處逛。這個小鎮放眼望去盡是公園綠地，我拿起隨身攜帶的放大鏡，進行植物生態調查，老爸則是買了一份英文報紙，邊看邊抽菸。

我發現有兩棵樹很奇特，其中一棵長了大紅花，另一棵長了小黃花。這兩棵樹的花長得完全不一樣，但肯定是同一樹種，因為當我用放大鏡仔細觀察這兩棵樹的葉子時，發現它們的葉脈和纖維質地幾乎一模一樣。

突然，我們聽到夜鶯在鳴叫。夜鶯唧唧、咻咻、啾啾、吱吱了好久，太美妙動人了，聽得我都快哭了。老爸也很感動，但他只是笑笑。

因為天氣太熱了，所以我不用想辦法拐老爸大談人生哲理，兩枝冰淇淋就輕鬆到手。本來我想利用冰淇淋吃完剩下的棒子引一隻大蟑螂爬上去，好讓我用放大鏡觀察牠，可惜這隻蟑螂很怕醫生，以為那棒子是壓舌板就是不上去。

「蟑螂只要溫度接近攝氏三十度就會跑出來活動，」老爸說。

「沒關係，牠們只要看到冰淇淋棒子就會馬上溜回去，」我也說。

我們回到車上之前，老爸買了一副撲克牌。他買撲克牌的次數頻繁到和一般人買雜誌沒兩樣。他不是很喜歡玩撲克牌，也不玩單人紙牌遊戲——愛玩這種遊戲的人是我。所以我想，我最好解釋一下他買那麼多副牌要做什麼。

老爸以前在阿倫達爾一間大型修車廠當過修車工人。每天除了固定上下班外，其餘時間全用來探索永恆的人生命題，他房裡的書架擺滿各種哲學書籍。其實，他也不是沒有其他正常嗜好。嗯——到底什麼叫正常，當然，個人見解不同。

許多人有蒐集的習慣，譬如石頭、硬幣、郵票和蝴蝶。老爸也喜愛蒐集——他專門蒐集撲克牌中的小丑牌。他這個嗜好在我兒時有記憶以前已經養成了；我想，他應該跑船時就開始蒐集了。現在家裡有一整抽屜滿滿各式各樣的小丑牌。

他的小丑牌主要是跟玩牌的人要來的。他在咖啡館或碼頭，只要看到一群陌生人正坐著玩紙牌，就會走上前，對他們說自己很喜歡蒐集小丑牌，如果他們玩牌不需要用到那張，可不可以給他。人們多半會馬上把小丑牌抽出來給他，可是也有不少人會盯著他，他們的表情好像在說：「每一張都用得到。」有的人會客氣地拒絕他，有些人拒絕的方式很無禮。有時候我會覺得自己好像吉普賽人的小孩，被迫捲入這種乞討行為。

我很納悶，老爸怎麼會養成這麼特別的嗜好。不管看到什麼圖案的撲克牌，他都會想辦法弄到一張小丑牌。說來，他這種嗜好和蒐集世界各地的明信片有某種共通性。其實，整副撲克牌他顯然也只能蒐集小丑牌。譬如說，黑桃九或梅花國王他是要不到的。假如有一夥人玩橋牌玩得正起勁，他還上前打岔想要討一張黑桃九或梅花國王，那是絕對行不通的。

當然，真正的重點是，一副牌通常有兩張小丑牌。甚至一副有三、四張的也不是沒看過，但是兩張的比較常見。況且，許多紙牌遊戲都用不到小丑牌，偶爾用用，一張也夠了。其實，老爸之所以喜歡蒐集小丑牌，背後有著深刻的動機。

答案是，老爸覺得自己是一張小丑牌。這件事他很少直接說出口，但是我早已發現他覺得自己就是撲克牌當中的那個小丑。

小丑和他人完全不同，是一個不起眼的聰明傻子。他不是梅花或方塊，也不是紅心或黑桃。他不是八也不是九，他不是國王也不是傑克。他是局外人。他和其他花色的撲克牌被擺在一起，可是他不是裡面的一份子。因此，小丑牌即便被抽走了，也不會有人記得他。

在阿倫達爾出生的老爸自小在德國軍人私生子的陰影下長大，我想，他是因為這樣才覺得自己很像小丑。可是不只如此，老爸更是哲學世界裡的一張小丑牌：別人看不清的事情，他總是看得特別清楚。

所以呢，當老爸在盧加諾買了這副撲克牌，他要的不是一整副，他只是禁不住好奇心的驅使，很想看看這一副牌的小丑牌長什麼樣。他興奮地立刻拆開包裝紙，抽一張小丑牌出來。

「果然，」他說。「這是我從沒看過的小丑牌。」

他把小丑牌塞進上衣口袋後，輪到我說話了。

「這副撲克牌可以給我嗎？」

老爸把剩下的整副牌交給我。這是不成文的慣例：老爸每買一副牌，都只留下小丑牌——只拿一張不多拿——其餘的紙牌全交給我，如果我沒開口要，他會把那些牌處理掉。因此，我蒐集的撲克牌多達上百副。我是家裡的獨生子，媽媽又不在身邊，所以我很喜歡玩單人紙牌遊戲。可是我沒有蒐集的癖好，不需要那麼多副紙牌。老爸有時候就這樣買一副牌，抽走小丑牌，把其餘的丟掉，感覺就像剝完香蕉把皮丟掉。

「垃圾！」當他從一疊不喜歡的紙牌中把最愛的那張抽出來，再把剩下的全往垃圾筒一扔時，他在心裡或許是這麼說的。

其實，他通常處理「垃圾」的方式滿仁慈的。如果我沒開口要牌，他會看看附近有沒有其他小朋友，然後直接把紙牌送給他們，一句話也不說。他這樣做，也算是回報那些送他小丑牌的陌生人吧。我覺得，付出與回報是一種循環，人人受惠。

當我們的車再度上路，老爸這才對我說，他覺得這裡的風景太美了，他想繞一下遠路。於是，我們不走盧加諾通往科摩這段高速公路，改走盧加諾湖沿岸。我們的車繞行半個盧加諾湖後便進入義大利的國界。

我突然知道老爸為什麼會選擇這條路。我們的車才繞完盧加諾湖，緊接著就看到一座更大的湖，湖面上許多船隻來來往往。這是科摩湖。從這裡繼續往前行駛，途中我們經過一個小鎮叫蒙納吉歐。「歐吉納蒙。」我把地名反著唸。我們沿著這座大湖開了幾哩路，等到天色暗了，才抵達科摩小鎮。

老爸一路上不斷唸出我們看到的各種樹名。

「石松！」他說。「柏樹、橄欖樹、無花果樹。」

我不曉得他怎麼會知道這麼多樹名。有些樹我以前聽過，至於其他的，我想應該是他自己掰的。

窗外風景一幕幕閃過，我的小圓麵包書頁也一直往後翻。我很想知道貝克・漢斯從哪裡弄到那麼好喝的彩虹汽水，還有，那麼多的金魚又是哪裡來的。

開始看書之前，我必須先把單人紙牌遊戲的陣仗擺開，免得老爸懷疑我為什麼突然這麼安靜。我已經答應過朵夫那位慈祥的麵包師傅，絕不可以洩漏小圓麵包書的祕密。

黑桃 10

……好像遠在天邊的島嶼，是我這艘小船永遠也到不了的地方……

那晚，我離開貝克．漢斯的小屋慢慢走回家，彩虹汽水的滋味還在我體內縈繞久久不散去。我感覺到耳朵外緣突然一陣櫻桃滋味的暖流滑過，不一會兒，淡淡的薰衣草香氣輕觸我的手肘；可是後來，大黃的苦味竟然狠狠地在我的膝蓋咬一口。

夜空早已不見月亮蹤影，但是在山的那一邊，彷彿從魔法鹽罐灑落了滿天的星星，一閃一閃非常耀眼。

我原以為自己只是地球上一個渺小的人類，可是如今，有了彩虹汽水在我體內流動，我有了不同的想法：我用整個身體感受到全世界，彷彿這整個星球就是我的家。

現在我終於知道彩虹汽水的危險性在哪裡，因為它喚醒內心永遠無法澆熄的渴望——我還要更多。

我在瓦德瑪西大街遇見父親。他從瓦德瑪爾酒館搖搖晃晃走了出來，我迎上前告訴他我剛才到老麵包師家去了，他氣得甩了我一耳光。

原本一切是這麼美好，現在這一拳打在臉上，顯得特別痛，我馬上哭了起來。父親也跟著哭了，問我可不可以原諒他，但我沒回答，只是靜靜跟在他後面回家。

父親入睡前說了一些話，他說母親是天使，白蘭地是惡魔的詛咒。這些是他對我說過最後的話，因為他後來就因為飲酒過量，死了。

隔天早上我去了麵包店一趟。貝克．漢斯和我兩人都沒再提起彩虹汽水。這種飲料不是這個小鎮產出的——它來自另一個世界。可是我們都曉得，這祕密中的祕密，只有你知我知。

如果他還問我是不是能夠守住這個祕密，那我心裡一定很不舒服。但是老麵包師知道這點，沒有再問我。

貝克．漢斯進入麵包店，走到店面後邊揉麵糰，我則坐在板凳上靜靜看著金魚，怎麼看也看不膩，五顏六色的金魚真漂亮，在玻璃缸裡游來游去，不時一下浮上水面再沉入水底——彷彿金魚自己內心有股莫名的欲望驅使牠這麼做。金魚渾身都是小小的鱗片，充滿生命力；黑色的眼睛永遠也闔不上，唯一不時開了又關的，是牠那小小的嘴。

每個小動物都是獨特的生命體，我在心裡這麼想。在玻璃缸裡游來轉去的小金魚只活這麼一次，等有一天生命終了，就會就此結束。

那天早上，我一如往常到貝克．漢斯的麵包店待了一會兒，正當我準備離開的時候，老人家突然對我說：「艾伯特，你今天晚上會來嗎？」

我靜靜地點點頭。

「我還沒告訴你那座島的故事……我不知道自己還有多少日子可活，」他說。

我轉過身，伸出雙臂摟著他的脖子。

「你不可以死，」我說。「你絕不可以死！」

「人老了一定會死，」他回答。他緊緊抓著我瘦弱的肩膀說：「可是，只要知道老樹凋零仍後繼有人，我就心滿意足了。」

當天晚上我來到貝克．漢斯的小木屋，他已經事先在打水機旁等我。

「那個東西已經放回原位了，」他說。

我知道他指的是彩虹汽水。

「我還可以喝一次嗎？」我忍不住問了。

老人家哼了一聲說：「不行，沒有下次！」

這時的他板起臉孔，十分威嚴。可是我知道他是對的，我早已知道那種神祕的飲料再也喝不到了。

「那瓶汽水以後都要放在閣樓裡，」他繼續說。「至少要等個五十年才可以再拿下來。有一天，會有個年輕人來敲你的門，到時候，那瓶珍貴的飲料就輪到他品嚐了。瓶中剩餘的飲料會以這種方式世世代代流傳下去，直到有一天──到了那一天，有條神奇的河流會流進未來的國度。孩子，你懂嗎？我說的話會不會太難懂了？」

我說我懂，接著我們兩人走進小木屋，世界各地稀奇古怪的寶物全在這裡。我們和前晚一樣坐在壁爐邊，桌上擺了兩個玻璃杯，貝克．漢斯從玻璃酒瓶倒出藍莓汁。

老人家開始說故事了：

「我出生在德國呂北克，那是一八一一年某個寒冬的夜晚，那年拿破崙戰事正處在白熱化階段。我父親和我一樣是麵包師。我年紀很輕的時候就已經決定到海上討生活。其實，我是不得已的，因為家裡有八口人，父親一間小小的麵包店要養活一家人，實在不容易。一八二七年，我一滿十六歲，就馬上和漢堡某間大船公司簽約。我跑的那艘船是大帆船，從挪威的阿倫達爾港出發，船名是瑪麗亞。

往後長達十五多年的時間，我以瑪麗亞號為家，在船上生活。記得那年是一八四二年的秋天，船隻裝載一般貨物從鹿特丹出發開往紐約。我們的船員雖然都是老手，但是這回大夥全被指南針和八分儀給耍了。我想，當我們從英倫海峽出發後，實際上的航道太偏向南方，整個偏往墨西哥灣的方向。至於怎麼會這樣，我到現在還是無法理解。

我們在茫茫大海中航行了八週，這時我們早該到紐約港了，但放眼望去偏偏沒有陸地的影子。我想，我們可能來到百慕達海域的南方。後來，有一天早上，海面上正醞釀著一場暴風雨，一整天下來，風勢愈來愈強，沒多久便發展成結構完整的颶風。

我記不得這一切究竟怎麼發生的，但可以肯定的是，船隻在陣陣颶風強烈吹襲下最後翻覆了。關於船難的經過，我的記憶片片斷斷，事情發生得太快了。我記得船翻了，船隻進水，有個船員被沖落海裡消失蹤影。我只記得這麼多。接下來，我只知道自己在救生船上醒來，海面已經風平浪靜。

我不清楚自己昏迷了多久，或許是幾小時，也可能是好幾天。等我從救生船上醒來的那一刻起，我才開始對時間有了知覺。從那一刻起，我知道船已經沉入海底，海面上沒有其他救生船或船員的影子。我是唯一的倖存者。

救生船有枝小桅杆，我在船頭的甲板下找到一條舊帆布。我把帆布升起，試著藉由太陽與月亮來辨認方向。我猜測我的位置應該在美國東方海域上，於是我努力穩住船的方向，往西航行。

我就這樣在大海上飄流超過了七天，身上除了餅乾和水，沒有其他食物。海面上連一艘船的影子也沒有。

在海上飄流的最後一晚讓我印象最為深刻。我抬頭望著夜空，閃閃發光的星星好像遠在天邊的島嶼，是我這艘小船永遠也到不了的地方。這時我突然想起，人在家鄉呂北克的雙親和我活在同一片天空下，感覺不太真實。雖然我們看到同樣的星星，彼此卻相隔這麼遙遠。艾伯特，因為星星不會傳話，它們根本不管地球上的人們是死是活。

父親和母親很快就會收到噩耗，知道我和瑪麗亞號一起沉入海底。」

「隔天一早醒來是個晴朗的好天氣，清晨的太陽把海平線染得通紅。突然，我看見遠方有個小黑點。起先，我以為沙子跑進眼睛了，可是當我揉揉眼睛，淚水流了出來，小黑點卻還是照樣靜止不動。這時我總算明白，原來小黑點是座小島。

我用力划船努力想靠近小黑點，儘管小島遠得幾乎看不見，可是前進的同時，卻還是感覺得到有股強大的海流不斷從小島的方向往船身推湧。我卸下船帆，在船上找到一對厚實的船槳，我背對目的地坐著，把船槳嵌入槳架。

我毫不停歇一直划一直划，可是我怎麼都覺得自己好像還在原地。萬一我到不了那座小島，眼前無邊無際的大海將是我生命的歸處。一天快過了，我身上僅存最後一點水早就喝完了。我奮力划了好幾個小時，掌心因為與船槳過度摩擦已經滲出血絲，可是小島是我最後的機會，我不能停。

我使勁拼命划了數小時之後，回過頭往小黑點的方向望去，發現小黑點已經變成小島，島嶼的輪廓清晰可見，我還看到四周有棕櫚樹環繞的礁湖。可是我還沒到達終點，眼前的路途還很艱辛。

我的辛苦總算有了代價。隔日接近中午時，我的船總算划進了礁湖，感覺到船身輕輕碰觸岸邊。

我從小船爬了出來，把船推到岸上。在海上漂流這麼多天，如今能夠踩在厚實的土地上，彷彿一腳踩進了童話世界。

我先把最後一點餅乾吃完，再把小船拉到棕櫚樹林間。不知島上有沒有水，這是我想到的第一件事。

我想我現在應該位在南太平洋上的一座小島，雖然撿回一條命，但是我不會因此過於樂觀。這個島嶼看起來太小了，我懷疑這裡根本無人居住。而且，我站在這裡，小島高低起伏的地形一覽無遺，連島上的最高點也看得很清楚。

這裡的樹不多，可是這時，我突然聽見棕櫚樹梢有小鳥在鳴唱，我從沒聽過這麼美妙的鳥叫聲。或許是目前狀況不明才顯得這陣鳥鳴聲格外美妙，因為這是島上第一個存有生命的徵兆。憑著多年的航海經驗，我確定這隻鳥不是海鳥。

我下了船，沿著窄窄的小徑往前走，朝樹上那隻小鳥的方向逐步靠近。我一路往裡走，覺得路好像愈走愈長。至此我才發現，島上樹木比我想像得還多；愈往內陸走，鳴叫的鳥兒愈多。我想，我在行進間應該多少有注意到沿途景觀的差異，因為我發現，裡面許多花朵和矮樹叢和剛才在岸邊看到的不一樣。

在海邊的時候，我只看到七、八棵棕櫚樹，可是，我注意到這條小路兩旁出現一些高大的玫瑰樹叢。我沿著蜿蜒的小徑繼續前行，看到前方有一小片棕櫚樹叢。

我快步走向棕櫚樹——現在我才知道原來這座島很大。等我來到棕櫚樹下，發現那裡通往一處濃密的林地。我回過頭去，小船停泊的礁湖映入眼簾，我的左右兩邊是大西洋，在燦爛陽光的照耀下，海面像黃金一般閃閃發亮。

不能多作他想了，我現在一心只想確定這片森林的終點在何處。我跑進樹林裡，從另一邊鑽了出來，發現四周盡是陡峭的山丘，再也看不見海洋。」

黑桃傑克

……很像圓圓亮亮的栗子……

我一路拚命看小圓麵包書，看到兩眼昏花。我把小書藏在後座那疊漫畫書底下，然後望著窗外的科摩湖。

我很納悶，放大鏡和那本被朵夫小鎮的麵包師夾在小圓麵包一起烘焙的小書，兩者究竟有什麼關聯？還有，怎麼有人可以把字寫這麼小，實在想不透。

等我們開車來到科摩湖盡頭的科摩小鎮，天色已經暗了。天色暗不表示時間已晚，因為每年這個時候，義大利會比家鄉挪威提早天黑。我們一直往南走，每天的太陽也跟著提前一小時下山。

我們開車在熱鬧不已的小鎮四處轉，街燈亮起，我發現鎮上竟然有嘉年華會。這趟旅程下來還是頭一次遇到嘉年華會，無論如何我一定要去。

「我們去那邊的嘉年華會玩。」我起先這樣說。

「再說吧。」老爸回答。他開始左看右看，想找個理想的地方過夜。

「不行！」我說。「我們一定要去嘉年華會。」

他最後還是讓步了，但前提是要先找到可以過夜的地方；還有，他說除非先讓他喝杯啤酒，否則這件事想都別想。也就是說，到時候我們不會開車逛嘉年華會，要用走的。

幸好，我們找到的那間飯店，距離嘉年華會會場沒幾步路。旅館名稱是「迷你巴拉德羅飯店」。

「店飯羅德拉巴你迷。」我說。

老爸問我怎麼突然講起外星文，我伸手比著飯店的招牌，他頓時哈哈大笑。

我們把行李搬到樓上的房間，等老爸在飯店大廳喝完啤酒，便出發前往嘉年華會。在路上，老爸順道拐進一間小店買了兩小瓶烈酒。

嘉年華會很好玩，可惜老爸只肯陪我玩鬼屋和摩天輪。我自己還跑去玩過時的迴轉雲霄飛車。

我們坐在高高的摩天輪內，整個小鎮包括科摩湖的對岸全看得一清二楚。當我們的座位升到最高點時，大輪停止轉動，我們在原地輕輕搖來晃去，等著摩天輪搭載其他遊客。當我們高高掛在天與地的交界搖啊搖時，突然，我看到地面有個小矮人正抬頭看著我們。

我從椅子上跳下來，用手比著小矮人說：「他又出現了！」

「誰啊？」

「是小矮人……在加油站送我放大鏡的那個小矮人。」

「別傻了！」老爸儘管這樣說，也還是低頭看著地面。

「是他！」我很堅持。「他戴的帽子和那天一模一樣，而且一看就知道他是小矮人。」

「漢斯，歐洲多的是小矮人跟帽子。現在趕快坐好。」

我百分之百肯定是同一個小矮人，而且他明明在看我們。當車廂微微傾斜準備落地時，我發現他瞬間一溜煙跑到攤位後面不見了，動作快得像閃電。

我已經對嘉年華會失去玩興了。老爸問我想不想玩電動遙控車，我只客氣地說聲「不用了，謝謝」。

「我只想隨便走走看看。」我解釋。

有句話我沒說出來：我想找那個小矮人。老爸一定覺得我有點怪怪的，因為他反倒積極拉著我去玩旋轉木馬還有其他好玩的騎乘遊樂設施。

我們在嘉年華會場穿梭前進，老爸好幾次轉過身背向人群，掏出先前買的那兩罐小酒其中一瓶大口地灌。我想他一定從我剛剛玩鬼屋還是什麼的，就一直忍直到現在才喝。

嘉年華會場正中央有個五角型的帳棚，帳篷上面寫著「希波莉雅」，可是我把字反著唸。

「雅莉波希。」我說。

「什麼？」

「在那邊！」我說，手比著前方。

「希波莉雅，」老爸說。「是算命師。你想不想算命啊？」

那還用說，我直接往帳篷走去。

有個和我差不多年紀的小女孩坐在入口處。她有一頭黑色的長髮和黑色的眼珠，很可能是吉普賽人。她長得好美，看得我心裡小鹿亂撞。

可惜，小女孩好像對老爸比較感興趣。她抬起頭看著他，用很不流利的英語問候：「先生，您想不想知道您的未來呢？只要五千里拉。」

老爸把幾張紙鈔攤平，用手比著我，然後把錢拿給小女孩。就在這時，有位年長的女士把頭伸到帳篷外，原來她才是算命師。我有些失望，怎麼不是那個收錢的小女孩幫我算命？

後來我被推進帳篷。帆布帳篷的上方懸掛一盞紅燈，算命師坐在圓桌前，桌上擺了一顆很大的水晶球還有一個金魚缸，裡面有條銀色小魚。桌上還有一副紙牌。

算命師的手比著一張小板凳，於是我坐下來。如果不是知道老爸手拿著小酒瓶站在外面等，我一定會很緊張。

「乖孩子，你會講英語嗎？」她一開始這樣問。

「當然會。」我回答。

她拾起桌上一疊紙牌，抽了一張，是黑桃J。她把卡片放在桌上，然後請我挑出二十張牌卡。等我挑好了，她叫我洗牌，我照做；後來，她又叫我把黑桃J放進那排卡片的中間。等我完成了，算命師把二十一張牌卡放在桌上，直直盯著我的眼睛看了好久。

卡片排成三列，每列有七張。她的手比著最上面那一列，告訴我這列代表過去，中間代表現在，最下面代表未來。黑桃J在中間那列又出現了一次，她把那張牌放在小丑牌的旁邊。

「太不可思議了，」她輕聲地說。「這些牌的組合非常特別。」

有一段時間她沒有任何動靜。我不禁猜想，這二十一張紙牌到底有多特別，讓她看得這麼出神。後來她開口說話了。

她的手比著放在中間那列的黑桃J，視線快速掃過周邊其他卡片。

「我看到一個小男孩正在長大，」她說。「他離家很遠。」

我覺得這些話有說等於沒說，不是吉普賽人也看得出我不是科摩小鎮的人。

可是後來她說：「孩子，你不快樂嗎？」

我沒回答。算命師再度低頭看著紙牌。

她的手比著代表過去的那一列紙牌，黑桃K是其中一張。

「你過去遭遇了許多困難和傷心的事，」她說。

她把黑桃K拿起來，說這張代表老爸；她還說，他的童年很不快樂。她後來說了很多，可是我聽得似懂非懂。她不斷提到「祖父」這兩個字。

「小朋友，可是你的母親在哪裡呢？」

我說她在雅典，一說完就後悔了：這樣不是在幫她嘛？她搞不好只是隨便唬人。

「她離家很長一段時間了，」算命師繼續說。她的手比著最下面那排紙卡，紅心A出現在最右邊，離黑桃K很遠。

「我想，這張代表你的母親，」她說。「她是個大美人……穿著漂亮的衣服……人在異鄉，距離北國的故鄉非常遙遠。」

她滔滔不絕繼續說出我的命運，我多半聽不懂。當她開始說到我的未來時，她黑色的眼珠散發著光亮，很像圓圓亮亮的栗子。

「我從沒看過這種組合，」她說。

她的手比著黑桃J旁邊那張小丑牌，說：「許多神奇的事會發生。小朋友，你會遇到許多神祕的事情。」

接著她站了起來，激動地把頭一甩，最後只說這句：「好接近啊……」

說完這句話後就結束了算命。算命師跟著我走到帳篷外，直接快步走向老爸，在他耳邊說悄悄話，大概和真相有關吧。

我慢吞吞地走在她後面，她把手放在我頭上說：「先生，這個小男孩很特別……有很多祕密。他會帶來意想不到的改變。」

我覺得老爸好像快要笑出來。或許是怕自己會放聲大笑，老爸又掏了張紙鈔給那位女士。即便我們已經距離帳篷遠遠的，算命師還是一直站在原地看著我們。

「她用紙牌算命，」我說。

「是喔？你是不是跟她討了小丑牌？」

「我不知道你在說什麼，」我答得悶悶不樂。他這時候問這種話壞了我的心情。「到底誰才是吉普賽人——是我們還是他們？」

老爸的笑聲很刺耳，從聲音聽得出他那兩瓶酒已經喝光了。

等我們回到飯店房間，我拜託老爸說幾個跑船的故事給我聽。

他長年在油輪上工作，經常往返西印度群島和歐洲，對於墨西哥灣還有鹿特丹、漢堡、呂北克等等小鎮熟悉得不得了。船隻還去了其他地方，帶著老爸走遍世界各地大大小小的港口。這趟旅程我們已經去過了漢堡，在碼頭一帶晃了半天。明天，我們會到另一個老爸年輕時去過的港都：威尼斯。我們的終站是雅典，老爸打算順便去畢雷埃夫斯走走。

在展開這趟漫長的旅程之前，我曾問他為什麼我們不乾脆坐飛機去。直接到雅典，我們會有更多時間找尋媽咪的下落。可是老爸說，這次出來最終目的是把媽咪帶回家，與其把媽咪拖到旅行社再買幫她張機票，倒不如直接把媽咪塞進飛雅特老爺車來得容易多了。

我懷疑老爸根本沒把握找到媽咪。他可能這樣盤算：萬一找不到，至少他賺到了假期。其實，老爸自小就很想到雅典一遊。有一年他隨船到了畢雷埃夫斯，距離雅典只有幾公里，偏偏船長不准下船，讓他無法如願到古城走走。我看，那位船長應該貶為船上的雜工才對。

人們到雅典多半是為了一探古老的神殿。老爸之所以想到雅典走走，最主要還是因為那裡是偉大哲學家的故鄉。

媽咪拋下我和老爸不管已經讓人夠難受了，老爸更覺得她哪兒不去竟然去了雅典，簡直讓他難堪到了極點。媽咪離家出走是為了找尋自我，結果竟然到了一個老爸自己也很想去的國家——其實他們大可以一起去，一同面對這門課題。

老爸講了好幾個海上歷險故事，個個精采刺激，講完後他就睡著了。我躺在床上睡不著，滿腦子都是那本小圓麵包書，還有那位住在朵夫小鎮神祕的麵包師。

我真後悔把那本小書藏在車上，害我現在沒辦法知道貝克．漢斯逃過船難後的那晚究竟怎麼度過。

我入睡前，腦中一直想著路德威、艾伯特還有貝克．漢斯。他們在成為麵包師之前，全經歷過苦日子；他們共同的交集，就是彩虹汽水的祕密還有那些金魚。貝克．漢斯還提到一個叫做佛羅德的人，這個人有一副神祕的撲克牌……

除非我誤解得很離譜，否則這一切肯定與貝克．漢斯的船難有關。

黑桃皇后

……這些蝴蝶竟然發出啾啾鳥鳴聲……

隔天老爸一反往常早早叫我起床。昨晚他在嘉華會路上買的那兩小瓶酒，肯定剩下不多。

「我們今天要去威尼斯，」他宣布了。「太陽一出來我們就出發。」

我從床上跳下來，這時我想起昨晚夢見了那個小矮人和嘉年華會那個算命師。在夢裡，小矮人是鬼屋裡的蠟像人，可是後來，黑髮吉普賽女士和她的女兒也出現了，算命師直直看著小矮人的眼睛，結果小矮人突然活了過來。他趁深夜悄悄從地道爬出來，在歐洲各地四處流浪，提心吊膽唯恐被人認出來又把他送回鬼屋。萬一被送回去，他又會變回沒有生命的蠟像人。

老爸已經準備要走了，我卻還在穿牛仔褲，一邊努力甩開腦中那個奇怪的夢境。我現在已經開始期待威尼斯之旅了，畢竟這趟旅程走了這麼久，這還是我們第一次看到地中海。我以前從沒看過地中海，老爸當船員時也從沒看過。到了威尼斯後，我們的行程會轉往下一站南斯拉夫，最後進入雅典。

我們到樓下的用餐區，早餐吃的是脫水食物，這種食物在阿爾卑斯山以南很常見。七點，我們已經坐進車內準備要出發了，此時太陽已經從地平線露了臉。

「那顆發光的大星球今天整個早上會一直在我們前方帶路，」老爸話說完，隨即戴上墨鏡。

前往威尼斯的路上會經過著名的波河平原，是全世界土壤最肥沃的平原之一。當然，這全是因為有了來自阿爾卑斯山的清淨好水。

前一刻我們的車才經過茂盛的橘園和檸檬園，下一刻，我們已經被柏樹、橄欖樹、棕櫚樹團團圍繞。到了土壤潮濕的一帶，沿路盡是寬廣的稻田，高大的白楊樹聳立田邊；路邊開滿紅色的罌粟花，顏色非常鮮明耀眼，弄得我不時得揉揉眼睛。

將近中午，車子開到了山丘上，山下五彩繽紛的平原盡收眼底，如果哪位畫家想要忠實呈現眼前的風景，恐怕得把畫箱所有顏料用到丁點也不剩才行。

老爸把車停下來，跳出車外來到路旁，點了一根菸醞釀思緒，照例準備來一段小小演說。

「漢斯，每年春天花草綻放，有檸檬、朝鮮薊、胡桃——滿山滿谷綠意盎然。你有沒有想過，這顆黑黑的地球怎麼能夠生出這麼多花花草草？」

他靜靜凝視大地的傑作。

「我覺得最奇妙的就是，」他繼續說，「萬事萬物的起源都是一個單細胞。幾百萬年前，世界突然出現一顆小小的種子，種子裂成兩半。隨著時光流逝，小小種子變成了大象、蘋果樹、覆盆子還有長臂猩猩。漢斯，你聽得懂我在說什麼嗎？」

我搖搖頭，他繼續往下說。他這回演說的主題包羅萬象，談到各種植物和動物的起源。下結語時，他伸手比著前方一隻從藍色花朵翩翩飛起的蝴蝶，他說，這隻蝴蝶之所以能夠在波河平原平安存活下來，主要是因為牠翅膀上的小黑點看似野獸的一雙眼睛。

這回的路邊暫停抽菸，老爸突然陷入沉思不發一語，不再對他懵懵懂懂的兒子進行疲勞轟炸、大談人生哲理，真是難得，我趁機從牛仔褲的口袋掏出放大鏡，仔細觀察草地裡的小小生物。我坐在汽車後座閱讀小圓麵包書時使用的也是放大鏡。我使用放大鏡的心得是：大自然和小圓麵包書同樣充滿奧祕。

老爸開了好幾哩路，靜靜握著方向盤又陷入沉思。我知道，他隨時可能無預警開口，又開始大談我們居住的星球或者突然離家出走的媽咪，可是管不了那麼多了，我現在要趕緊拿小圓麵包書出來看。

我現在放心了，因為我知道我奮力登上的這塊土地，並不是海面上一片土壤貧瘠的沙洲。不僅如此，這座小島似乎還蘊藏深不可測的祕密。我一路往裡走，覺得小島好像愈走愈深，彷彿我每跨出一步，小島便往四面八方延展開來。小島的空間變得又寬又廣，彷彿有股莫名的力量自小島的核心深處源源不絕向外湧現。

我沿著小徑一步步往小島內陸前進，可是沒多久便遇到叉路，我必須選擇該走哪條小徑。我加快腳步往左邊走，這條路後來同樣又分成兩條。我繼續前進，面臨叉路時總是選擇左邊。

小徑蜿蜒穿過兩山之間一條幽深的峽谷，幾隻巨大的烏龜在坑洞裡爬來爬去，最大的那隻長度超過兩公尺。以前我曾聽說過有這麼大隻的烏龜，但是從沒親眼看過。有隻烏龜從殼裡探出頭來偷偷看著我，彷彿在歡迎我來到小島。

我漫無目的走了一整天的路，看到了先前沒看過的樹林、山谷還有山間高原，可是卻再也看不見海洋。彷彿我進入了魔法天地，逆向走進一個永遠沒有盡頭的迷宮。

當天下午，我來到了一片空曠的地方，這裡有個寬廣的湖泊，清新的湖面一閃一閃映著午後陽光。我立刻衝到湖邊暢飲湖水解渴。過去幾個星期我只喝過帶在船上的水，這次終於喝到了不一樣的水。

我也很久沒有好好梳洗了。我動手扯掉緊身的船員制服，跳入湖中。在熱帶艷陽的照射下走了一天的路，我早已滿身大汗，如今經過湖水的洗滌，覺得全身清爽舒暢。現在我才發現，因為先前坐在救生船上缺少遮蔽，我的頭部嚴重曬傷。

我好幾次潛入湖水深處，當我睜開雙眼，發現許許多多虹彩繽紛的金魚。有些是草綠色，綠得有如湖邊的綠色草木；有些是藍色，藍得有如寶石；有的還散發出耀眼的紅、黃、橘光澤。這些魚每一隻同時隱隱約約閃爍著七彩光芒。

我爬上岸回到地面，躺在黃昏夕陽下讓風吹乾自己。頓時，一陣強烈的飢餓感襲來，我發現灌木叢長滿一串串黃色的漿果，和草莓一般大。我從沒看過這種漿果，但是我想應該可以吃。黃色漿果的滋味像核桃又像香蕉。吃飽了，我穿上衣服，整個人累癱了，最後躺在寬廣的湖岸邊沉沉睡著。

隔天一早太陽還沒出來，我卻猛然驚醒，彷彿在睡夢中突然察覺到了什麼。我逃過船難了！我現在才真正意識到這一點，彷彿重獲新生。

湖的左岸有座山丘高低起伏，山上長滿黃色的草，還有許多狀如鐘鈴的紅花在冷冷的早晨微風中輕輕搖曳。

太陽尚未升起，我已經登上山脊頂端。從這裡也看不到海洋。我靜靜凝視著這片遼闊的大地，我很肯定，現在腳下這塊地既不是北美洲也不是南美洲，因為那些地方我去過。這裡看不出一絲人類存在的痕跡。

我站在山頂，望著太陽慢慢從東方升起。紅通通的太陽好似番茄，一閃一閃有如幻影，遠方的平原籠罩在陽光下。島上地平線很低，太陽因此顯得特別大、特別紅，是我前所未見——沒錯，即便在海上見過的太陽也比不上。

不曉得我看到的這個太陽，和家鄉呂北克的母親、父親看到的是否一樣？

整個早上我繼續隨意遊走，眼前景色不斷變換。大約到了正午，我來到一處滿是黃玫瑰花叢的山谷。許許多多的蝴蝶在花叢間飛來飛去，最大的展翅有烏鴉這麼大。這些蝴蝶雖然大，卻有說不出的美麗。蝴蝶全是深藍色，翅膀上各有一個偌大血紅色的星點。這裡的蝴蝶很像空中飛舞的花朵，彷彿島上部分的花朵突然擺脫泥土的束縛，飛了起來。然而最怪的是，這些蝴蝶竟然發出啾啾鳥鳴聲，樂音婉轉宛如笛聲，只是音高有點不同；笛聲悠悠在山谷間繚繞迴盪，彷彿大型管弦樂團所有的吹笛好手趁音樂會開始前進行樂器調音。蝴蝶柔軟的翅膀不時拍打在我身上，感覺有如絲絨輕輕掠過；此外，蝴蝶還散發出昂貴香水般濃郁芬芳的香氣。

眼前有條湍急的河流穿越山谷。島嶼這麼大，我不想再這樣漫無目的遊盪下去，於是我決定沿著河流前進。我想，這樣遲早一定會到達海邊——這只是我的猜測。到了當天下午，當我沿著寬廣的山谷走到盡頭，這才發現事情沒這麼簡單。起初，路面由寬變窄，沿著山谷走到最後，彷彿走進漏斗的窄口，巨大的山壁矗立在眼前。

我不懂，河流怎麼可能撞到山壁然後轉彎倒流？我走下山澗深處，發現原來山壁上有一條隧道，河流順著隧道流了進去。我走到隧道入口往裡探，只見狹窄的水道變成平坦的水面，猶如地底運河。

隧道入口的前方，幾隻體型和兔子一樣大的巨蛙在水邊跳來跳去，這些青蛙同時呱呱叫，吵得震天響。沒想到大自然竟然存在這麼大型的青蛙。

我還看到幾隻蜥蜴在潮濕的草地上爬行，肥肥壯壯的，有的甚至比壁虎還大。雖然我從沒看過這麼大隻的蜥蜴，但是我曾經跑遍世界各大港，對我而言，蜥蜴這種生物早已司空見慣。可是，島上這群爬蟲類有紅色、黃色和藍色，色彩如此繽紛，這樣的蜥蜴我倒是沒見過。

我發現隧道內的地底運河邊緣有路可走。我現在只要鑽過去，就知道能走多遠。

山谷裡閃爍著藍綠色的光芒，水面幾乎平靜無波。這時我發現，清澈的水面下有成群的金魚來回扭動。

後來，我聽見隧道深處隱隱約約傳來轟隆隆的聲響。我往前走，聲音愈來愈大，很像定音鼓傳出的轟轟巨響。我已經離地底瀑布愈來愈接近了，我心想，到這裡恐怕得折返了。可是，我還沒抵達瀑布的邊緣時，有一道耀眼的光芒從上方直射水面。

我抬頭一看，發現上方岩壁有個小小洞口，我伸手攀住洞口鑽了出去，前方景色美麗得讓人眩目，淚水自我的眼睛湧出。

我扭來扭去好不容易才掙脫洞口，等我站起身，看到眼前一片豐饒的青青河谷，讓我把海洋完全拋諸腦後。

我沿著山坡往下走，一路上看到各式各樣的果樹，有蘋果、橘子等等多種我所熟悉的水果。可是，這片河谷的水果和漿果，有一些是我從前未曾見過的：有些高大的果樹結了一種細長、李子形狀的水果；有些比較矮小的樹木結了綠色、番茄一般大的水果。

地上佈滿各種花朵，朵朵爭奇鬥豔。我看到了風鈴草、櫻草、皇冠花。處處可見矮小的玫瑰花叢，上面長了密密麻麻成圈成串的紫色木玫瑰。蜜蜂在花叢間嗡嗡地飛，差不多有德國麻雀那麼大；在午後艷陽照射下，蜜蜂的翅膀像玻璃一樣被照得閃閃發亮，我甚至還聞到濃郁的蜂蜜香氣。

我沿著河谷的小徑繼續往前走，正在此時，我看到了六腳獸……

這裡的蜜蜂和蝴蝶比起在故鄉德國看到的大得多、美得多，讓人忍不住多想多看幾眼，但不管怎麼說，牠們終究還是蜜蜂和蝴蝶。青蛙和蜥蜴也是如此。可是現在——現在我看到一種與眾不同、白色的大型動物，這是我從未看過或聽說過的，我不得不揉揉雙眼看個仔細。

這種動物大約有十二到十五隻。牠們的體型和馬或牛差不多，但是白色渾厚的毛皮比較像豬皮，而且，牠們全有六條腿；牠們的頭比馬或牛小了許多，頭型也比較尖，不時伸長脖子望向天空，發出「噗咻！噗咻！」的聲音。

我不害怕。因為這群六條腿的動物看起來很憨厚、很溫馴，和德國的乳牛很像。但是，牠們的存在卻證明我身處的這個國度是地圖上找不到的。這種感覺猶如見到沒有臉的人，令人毛骨悚然。

小圓麵包書的字母非常小，閱讀起來自然比一般字母格外耗費時間。我必須在一長串字母當中把每個字母獨立出來，再與其它字母組合。等我讀到奇幻島上的六腳獸那一段時，天色快暗了，老爸把車開下寬敞的高速公路。

「我們要在維洛納吃晚餐，」他說。

「納洛維，」我說。我已經看到了路標。

我們的車開進了維洛納，老爸順便講起羅密歐與茱麗葉的悲劇，他們因為兩家長年交惡，所以無法在一起。這對幾百年前住在維洛納的戀人，因此付出了生命的代價。

過。

「聽起來和爺爺奶奶的故事有點像，」我說。老爸聽了哈哈大笑，他說，這點他倒是沒想過。

我們在一間大型的露天餐館點了拼盤和披薩坐下來吃。開車上路前，我們先到街上閒逛，老爸在紀念品商店買了一副撲克牌，五十二張卡片的圖案都是半裸美女圖。不用說，他照例馬上把小丑牌抽出來，可是這回，他把整副紙牌留著。

我想，他應該是覺得有些尷尬，因為他沒想到紙牌上的小姐身穿的薄紗會這麼透明。於是，他只好迅速把紙牌收進胸前的口袋。

「怎麼有這麼多的女人啊，真是奇怪，」他這句話像是自言自語，不是對我說。他只是尷尬地找話說。

說這種話真的很呆，因為女人佔了世界人口的一半。我想，他的意思應該是沒穿衣服的女人很多，因為這確實不常見。

如果他的意思是這樣，那我完全同意。我覺得一副撲克牌放了五十二位模特兒，太多了。總之，這樣的撲克牌不好，因為你根本就無法拿一副上頭印滿女人圖像的撲克牌來玩。像黑桃K、梅花四等等的圖樣全印在左上角，如果你拿這副牌來玩，我想你最後可能只記得看上面的小姐，沒辦法專心玩牌。

這副牌唯一的男生圖案出現在小丑牌：牌上的小丑以希臘羅馬的雕像表現，頭上有山羊角。他也是裸體，不過，古代的雕像不也都是這樣？

等我們回到老爸的飛雅特，我的腦中還想著那些奇怪的撲克牌圖案。

「老爸你有沒有想過，其實你可以再找個太太，不用這樣花大半輩子費力尋找那個還沒找到自我的人？」我說。

老爸起先哈哈大笑，可是後來他說：「我也覺得這件事有點玄。這顆行星住了五十億人①，可是你偏偏愛上其中一個人，而且你絕不想用別人來替換她。」

後來他再也沒提起那副撲克牌。雖然五十二位紙牌小姐努力擺出自己最美的一面，但是我知道老爸覺得裡面少了最重要的一張紙牌，而且這張牌我們要到雅典才找得到。

①本書最早出版於一九九〇年，當時全世界人口總數約為五十億。

黑桃國王

……第四類接觸……

在接近傍晚時，我們總算抵達威尼斯，我們必須把車子放在大型停車場，否則無法進城，因為威尼斯連一條街道也沒有。這裡雖然沒有街道，卻有一百八十條運河和四百五十座以上的橋，河面上有許許多多的汽艇和鳳尾船。

我們在停車場搭水上巴士到下榻的旅館，威尼斯最大的運河「大運河」正好在旅館旁。老爸在科摩小鎮已經事先訂好這裡的房間。

我們把行李砰地放在旅館房間。出門在外這段日子的住宿，就屬這次的房間最小最醜。丟下行李，我們外出沿著運河四處閒逛，走過好幾座橋。

我們打算在水都待兩個晚上再繼續我們的旅程。我知道，老爸極有可能趁機大喝特喝，好好品嚐在地的美酒。

我們在聖馬可廣場用過晚餐之後，我拜託老爸花錢坐一小段鳳尾船。老爸在地圖上指出目的地，船夫馬上搖槳，嘩啦啦地往前划。我原以為船夫會唱一曲，沒想到他連哼一句也沒有。沒關係，反正我一直覺得船夫的歌聲很像貓在喵喵叫。

輕舟嘩啦啦地滑行水面，這時突然發生一件事，而且這件事老爸和我的看法始終沒有共識。當我們的船準備從橋下穿越時，橋上扶欄頂端探出一張熟悉的臉孔，他在偷看我們。我肯定他是加油站那個小矮人，我很不喜歡這種毫無預警的見面方式，因為這表示我們一路上被跟蹤了。

「是小矮人！」我大聲驚叫，猛地從船上跳起來，伸手比著他。

我可以理解為什麼老爸今天會動怒，因為這次整艘鳳尾船差點翻覆。

「快坐下！」老爸命令。當我們的船從橋下通過時，老爸還是回頭看了一下，問題是，小矮人早已不見蹤影，和上回在科摩小鎮的嘉年華會情形一樣。

「那是他，我看到了，」我說著便哭了起來。剛剛鳳尾船差點要翻了，其實我也很害怕。而且，我知道老爸一定不相信我。

「漢斯，你只是在胡思亂想，」他說。

「可是他真的是小矮人！」

「或許是小矮人，但不是同一個。」老爸即便一眼也沒看到，也照樣反駁我。

「所以你認為歐洲到處都是小矮人？」

這麼一問想必問到他的心坎裡，因為坐在鳳尾船那頭的老爸露出洋洋得意的笑容。

「可能喔，」他說。「說不定我們全是奇怪的小矮人，我們全是突然從威尼斯橋上跳出來的神祕小矮人。」

船夫的表情一路上始終沒什麼變化，最後他讓我們在有很多小餐館的地方下船。老爸買了冰淇淋和汽水給我，自己則點了一杯咖啡和一種叫做維克夏・羅馬格納的酒。咖啡端上桌了，看到旁邊多了一杯用精緻玻璃杯盛裝的棕色飲料，我不是很意外，杯子的外型很像金魚缸。

老爸連喝了兩、三杯那種棕色的酒之後，突然直直看著我的眼睛，彷彿決定告訴我什麼天大的祕密。

「還記得我們在希梭伊島家中的花園嗎？」他開始說話了。

這種無聊的問題我懶得回答，反正他也不想要答案。

「那好，」他往下說。「漢斯，你現在仔細聽我說。假設有一天早上你走到花園，發現蘋果樹林裡有個小小火星人，他的身高比你矮一截。至於這個小小精靈是黃色還是綠色，這就留給你自己去想像了。」

我乖乖地點頭。老爸想講什麼主題，我沒必要加油添醋。

「這個陌生人站在那裡盯著你看——他看到你就好像你看到外星人一樣，」老爸繼續說。

「我的問題是，你會怎麼反應？」

本來我打算說，我會請他享用一頓地球人的早餐。可是後來，我還是老老實實回答說，我可能會嚇得大聲尖叫。

老爸點點頭，顯然很滿意我的答案。但我看得出他的問題還沒問完。

「難道你不想知道那個小傢伙是誰？他打哪裡來？」

「當然想，」我說。

他突然把頭抬得高高的，好像在鑑定廣場上的人群誰是外星人。

「你有沒有想過，說不定你自己就是火星人？」他問。

雖然我已經有心理準備，知道他大概想說什麼，可是他現在這麼一問，還是把我嚇得差一點從椅子上滑下來，我不得不趕緊伸手抓著桌面穩住。

「或者是地球人——隨你高興，」他繼續說。「怎麼說都好，反正我們居住的星球隨我們命名。重點是，你這個人類同樣長了兩條腿，在宇宙星球跑來跑去。」

「就像火星人一樣，」我補了一句。

老爸點點頭：「你在花園裡撞見的可能不是火星人，而是你自己。等哪天真的遇上這種事，說不定你會放聲尖叫，那也是很正常的，因為突然發現自己只不過是浩瀚宇宙中某個孤立星球的小小住民，並不是常有的事。」

我懂他的意思，但一時不曉得怎麼接話。關於火星人這個話題，他最後這樣說：「還記得以前我們看過一部電影叫做《異類接觸》嗎？」

我點點頭。那是一部奇怪的電影，裡面提到有人發現來自外星球的飛碟。

「看到來自外星球的太空船叫做第一類接觸。看到兩條腿的生物從太空船走下來，叫做第二類接觸。可是在我們看過《異類接觸》的一年後，我們還看了另一部電影……」

「那部電影叫做《第三類接觸》，」我說。

「沒錯。這表示我們和來自另一個太陽系、長得像人類的外星人有了接觸。在定義上，和未知的生命體直接互動，叫做第三類接觸。懂嗎？」

「我懂。」

他靜靜坐了一會兒，掃視著廣場上每一間咖啡館。

「可是漢斯，你知道嗎？你已經有過第四類接觸了。」

我的臉上一定寫滿了問號。

「因為你本身就是一個外星生命體，」老爸的態度斬釘截鐵，手上的咖啡杯重重放在桌上，喀噠好大一聲，杯子竟然沒裂，我們兩人都很意外。「你本身就是一個這麼奇妙的生命體，你的心也感覺得到。」

「政府應該成立一個哲學基金會請你去掌管，」這是我的結語，也是我的真心話。

晚上我們回到旅館，在房間地板上看到一隻大蟑螂，真的好大一隻，大到爬行時連翅膀還會發出劈啪聲。

「對不起，老兄，你今晚不可以睡在這裡，」老爸彎下腰來說話。「我們訂了雙人房，這間房只夠我們兩個人住。而且，付帳單的人是我們。」

我以為老爸腦袋有問題了，可是他側過頭瞄了我一眼，說：「漢斯，這隻蟑螂太肥了，不能殺。任何生命體只要這麼大隻，都算是一個個體。就算你看到牠們心裡會不太舒服，也不能把這樣一個生命個體打死。」

「難道要任憑牠在我們睡著時在地上爬來爬去嗎？」

「當然不是！我們要護送牠出去。」

他真的說到做到。老爸準備把蟑螂趕到旅館房間外面。首先，他讓行李箱和旅行袋排排站，在地板形成一條長長的通道。接著，他用火柴棒輕碰一下蟑螂的屁股，逼牠往前走。折騰了大約半小時，蟑螂總算離開房間，爬到外面的走廊。老爸覺得這樣就可以了，不需要把那隻不速之客趕到旅館大廳。

「好了，我們可以上床睡覺了，」他話說完便把門關上。老爸倒在床上很快就睡著了。

我留下床頭櫃那盞燈沒關。等確定老爸已經進入夢鄉，我馬上把小圓麵包書拿出來繼續讀。

梅花牌

梅花A

……這些圖案和撲克牌圖案一模一樣……

我整個下午沿著翠綠的花園一直走，突然看到遠方有兩個人，我的心快樂地砰砰跳。我得救了。說不定我真的到了美洲大陸。

我走向他們的同時突然想到，我們可能無法溝通。我唯一溝通無礙的只有德語，英語講得還不錯，挪威語只懂一點點，是我在瑪麗亞號待了四年多，一點一滴學會的。可是我後來發現，這座小島上的居民講的顯然是另一種語言。

我愈走愈近時，發現他們站在一小片耕作地上，全部彎腰駝背低頭看著地面。這時我才發現，他們身高比我矮多了。他們是小孩子嗎？

我走上前，看到他們正忙著把一種色彩鮮豔的根莖類蔬菜放進籃子裡。他們突然轉過身抬頭看著我。那兩個人有點胖嘟嘟的，身高不超過我的胸膛。他們的頭髮都是褐色的，深棕色的皮膚油油的，身上穿了同樣的深藍色制服，唯一的差別是，其中一人的短外套有三顆黑鈕扣，另一人只有兩顆。

「午安，」我用英語問候。

兩個小矮子放下手中的農具盯著我看，眼神很茫然。

「你們會說英語嗎？」我問。

他們兩手一攤，搖搖頭。

我直覺地改用我的母語與他們交談，結果，那個上衣有三顆鈕扣的人用流利的德語回答：「如果你手上的點數超過三，那你可以打敗我們了，可是我們真心拜託你不要。」

我太驚訝了，頓時啞口無言。在大西洋上這座孤立的小島深處，竟然有人用我的母語和我交談。可是讓我驚訝的不僅如此，因為，我不懂他說的「點數超過三」是什麼意思。

「我誤入此地，沒有惡意，」為了安全起見，我這麼說。

「這樣才對，不然國王會處罰你。」

國王！原來我不是到了北美洲。

「我很想見見你們的國王，」我說。

那個上衣有兩顆鈕扣的人也說話了：「你想見哪個國王？」

「你的朋友剛剛不是說國王會處罰我嗎？」

兩顆鈕扣的轉過頭對三顆鈕扣的小聲地說：「我就知道，他不曉得規則。」

三顆鈕扣的抬起頭看著我。

「這裡的國王不只一個，」他說。

「真的嗎？那有幾個呢？」

那兩個人在冷笑，顯然覺得我問了一堆狀況外的問題。

「一組有一個，」兩顆鈕扣的嘆了口氣。

我現在才注意到他們的個子真的很小。他們的身高和侏儒差不多，身軀雖然短小，但比例相當勻稱。而且我懷疑，這些小人國的居民智商可能有問題。

本來我準備問他們到底有「幾組」人馬，好確定這座小島到底有幾個國王，可是後來我決定跳過這個問題。

「最強的那個國王叫什麼名字呢？」我改口問。

他們又互看一眼，然後搖搖頭。

「你說他是不是想耍我們？」兩顆鈕扣的問。

「不知道耶，」三顆鈕扣的說，「可是我們還是要回答。」

一隻蒼蠅停在兩顆鈕扣小矮人油油的臉頰上，他伸手揮趕，然後說：「原則上，黑國王可以打敗紅國王，但是紅國王也不是沒機會打敗黑國王。」

「這樣很殘忍，」我說。

「這是規則。」

突然，遠遠傳來嘈雜的嘩啦聲，聽起來很像玻璃碎了。兩個小矮人朝噪音的方向轉過身。

「一群笨蛋！」兩顆鈕扣的小矮人大叫。「他們打破東西的功力一流，做好的成品壞了一大半。」

他們兩人背對著我站著交談了一會兒，此時，眼前的畫面令人納悶：兩顆鈕扣的小矮人上衣背面有兩個梅花記號，三顆鈕扣的那個背面有三個梅花，這些圖案和撲克牌圖案一模一樣。先前那些莫名奇妙的對話，我現在突然有點頭緒了。

等他們轉過身面向我，我決定改變策略重新出擊。

「這個島上住了多少人？」我問。

他們互看了一眼，表情還是很困惑。

「他的問題好多，」其中一人說。

「對啊，他真沒禮貌，」另一個說。

我覺得這種對話比語言不通還糟糕。雖然他們說的每個字我都認識，可是我不懂他們的意思。或許用手語溝通還比較快。

「你們這裡有多少人？」我又試著問了一次，我已經愈來愈不耐煩了。

「你可以自己看啊，我們是二和三，」那個上衣背後有三個梅花的這樣回答。「如果你需要眼鏡，最好跟佛羅德講一聲，因為只有他知道怎麼割玻璃。」

「對了，那你們有多少人？」另一個人問我。

「只有我一個，」我說。

那個上衣兩顆鈕扣的小矮人轉頭看著三顆鈕扣的夥伴，吹了一聲長長的口哨，很響亮。

「是么點耶！」他說。

「那我們輸定了，」另一個嚇呆了。「他連國王都可以打敗。」

話剛說完，他從上衣內側的口袋掏出一只迷你小瓶子，那裡面裝了亮晶晶的飲料。他喝了一大口，然後傳給他的同伴，他的同伴接過了瓶子也是猛喝。

「可是，么點不是女生嗎？」三顆鈕扣的大聲說。

「不見得，」另一個說。「皇后是唯一的女生。那個人可能是從另一副牌跑出來的。」

「你胡說！這裡沒有別副紙牌了，而且么點是女生。」

「或許你說的沒錯。可是，他只要有四顆鈕扣就可以打敗我們了。」

「他是可以打敗我們兩個，可是沒辦法打敗我們的國王。我說他根本在耍我們！」

他們繼續喝小瓶子裡的飲料，喝到最後眼皮愈來愈重。後來，那個上衣兩顆鈕扣的小矮人突然全身上下抽動，直直地看著我的眼睛說：「**金魚不會洩漏島上的祕密，可是小圓麵包會。**」

話說完，兩個人隨即倒臥在地，口中喃喃唸著：「大黃……芒果……莓果……棗椰……紅亞……蘇卡……椰子……香蕉……」

他們不斷唸出各種水果和漿果的名稱，只有幾種是我以前聽過的。他們唸著唸著，最後在地上整個躺平，呼呼大睡。

我想把他們踢醒，可是他們動也不動。

我又落單了。我突然覺得這個小島可能是療養院，專門收容一群無可救藥的弱智患者，剛才那兩人喝了瓶裡的飲料，應該是鎮定劑什麼的。如果真是這樣，那麼醫師或護士可能隨時會冒出來，指責我騷擾病人。

我穿過田野慢慢往回走。不一會兒，有個矮矮胖胖的男子走向我。他也穿了深藍色制服，不同的是，他的短外套有雙排釦，共有十顆鈕扣。他的膚色也是棕色，皮膚油油的。

「只要主子睡著了，小矮人就自由自在。」他一邊大聲自言自語，一邊揮舞著雙手，同時偷偷瞄了我一眼。

「這個人也瘋了，」我心想。

我伸手比著前方不遠處躺在地上睡大覺的兩個人說：「那兩個小矮人看起來好像也睡著了，」

聽到這句話，那人改用跑的。雖然他使勁地跑，偏偏腿短跑不快、跑不遠。他好幾次跌了跤又站起來，站起來又跌倒。這段時間，他上衣背面的十個梅花我已經來來回回數了好幾遍。

之後沒多久，我來到一條狹窄的牛車通道。路才走了一小段就目睹一陣騷動。起初，我聽到後方傳來轟隆隆的聲響，感覺很像馬蹄聲正逐步逼近。我馬上轉身，跳到路旁。

原來是那天稍早我看過的六腳獸，牠們正往我的方向衝來，其中兩頭有人騎乘，另一個小矮人跑在六腳獸後面，手拿長棍不停揮舞。加起來共有三個小矮人，他們全部穿了同樣深藍色的制服。我發現他們的短外套全是雙排釦，三人的黑色鈕扣顆數分別是四、六、八。

他們一路向前衝，經過我身旁的時候，我大喊：「停！」

只有那個跑在隊伍後面、八顆鈕扣的小矮人稍微放慢腳步，轉過頭來看我。

「**五十二年後，遭遇船難的孫子來到小鎮**。」他胡亂叫喊一通。

然後，那三個小矮人和一群六腳獸消失無蹤。這時我發現，小矮人短外套背面的梅花個數和正面的雙排鈕扣數是一樣的。

高大的棕櫚樹矗立在路的兩旁，樹上長了黃色果實，結實纍纍，大小和橘子一般。有一輛運貨馬車停在樹下，裡面裝了半車的黃色果子。這種運貨馬車和爸爸以前在故鄉呂北克用來運送麵包的小貨車有些類似，但是眼前棕櫚樹下的小貨車前面拴的不是一般馬匹，而是六腳獸。

等我走到小貨車正前方一看，才發現樹下坐了一個小矮人。他還沒發現我，可是我已經注意到，他的短外套有五顆鈕扣，除此之外，他和其他人沒什麼不同。目前為止，我看到的這些小矮人還有另一個共通點：頭圓圓的，留著一頭棕色濃密的頭髮。

「午安！梅花五！」我說。

他抬起頭看著我，眼神冷冷的。「午——，」他話說到一半就打住了，坐在地上盯著我看，一句話也不說。

「轉過去，」他總算說話了。

我照做，等我轉回來面向他，發現他還坐在地上，兩隻肥短的手指不停搔頭。

「真麻煩！」他嘆了一口氣，兩手伸向空中揮了揮。

接著，兩顆水果從高大的棕櫚樹上被扔了下來。其中一顆落在梅花五小矮人的膝上，另一顆差點擊中我的頭。

沒多久，看到梅花七和梅花九小矮人從樹上慢慢爬下來，我一點也不意外，因為他們整組人馬我已經看了好幾個，從二到十都有。

「我們本來想用蘇卡果子扔他，」梅花七說。

「可是我們扔的時候，被他閃過了，」梅花九說。

他們走到樹下，坐在梅花五旁邊。

「好了，算了，」我說。「我不會和你們計較，可是我要問你們幾個簡單的問題，如果答不出來，我會扭斷你們的脖子。聽懂了沒？」

我總算唬住他們，嚇得他們乖乖坐在樹下不敢吭聲。接著，我一個個盯著他們的眼睛。

「好——你們是誰？」

被這麼一問，他們一個個站了起來，開始沒頭沒腦地朗誦：

「麵包師把奇幻島的寶物藏起來。」梅花五說。

「真相就藏在紙牌中。」梅花七說。

「只有孤獨的小丑一眼看穿幻境。」梅花九下結論。

我搖搖頭。

「謝謝你們告訴我這些，」我說。「可是你們到底是誰？」

「梅花，」梅花五立刻回答。他顯然把我的恐嚇當真。

「是啊，我看得出來。可是，你們是從哪裡來的？難道你們是從天上掉下來的——還是和幸運草一樣，從地底下冒出來的？」

他們迅速互看一眼，然後梅花九回答：「我們從小鎮來的。」

「真的啊？那麼，鎮上住了多少像你這樣的……嗯……莊稼漢？」

「沒有了，」梅花七說。「我是說，只有我們，別人和我們不太一樣。」

「我瞭解，沒有人是一模一樣的。可是，這座小島全部到底住了多少莊稼漢？」

他們又迅速互看一眼。

「快啦！」梅花九說。「我們把牠揍一頓然後閃人！」

「可是，我們可以揍他嗎？」梅花七問。

「我意思是揍那一隻，不是揍那個人！」

話說完，他們全部撲向小貨車，其中一人用力捶打六腳獸的背部，嚇得那頭白色怪物拔腿狂奔。

我有種深深的無力感。當然，我大可阻止他們離開，順便把他們的脖子扭斷。可是不管怎麼做，都無法釐清我心中的疑慮。

梅花 2

……他拿著兩張船票在空中揮了揮……

早上在威尼斯的小旅館醒來，我想到的第一件事，就是那個在奇幻島遇到怪怪小矮人的貝克・漢斯。我趕緊從牛仔褲的口袋掏出放大鏡和小圓麵包書。

可是我才剛開燈準備看書，老爸卻在此時像獅子吼了一聲，醒來的速度和入睡一樣迅速。

「今天一整天都會待在威尼斯，」老爸邊打呵欠邊說，接著馬上下床。

我只好把小圓麵包書藏到被窩底下，偷偷塞進口袋。我答應過朵夫小鎮的老麵包師，不可以把小圓麵包的事洩漏出去。

「你在玩捉迷藏嗎？」老爸問。

「我在看這裡有沒有蟑螂，」我回答。

「找蟑螂需要用放大鏡嗎？」

「牠們可能會生小蟑螂啊，」我說。當然，這樣說很呆，可是我一時想不到更好的答案。為了圓謊，我又補了一句：「說不定這裡有蟑螂中的矮人族。」

「搞不好喔，」老爸說完便走進浴室。

我們下榻的這間旅館只提供基本服務，連早餐也不供應。這樣也好，反正我們昨晚發現一家舒適的戶外咖啡館，上午八點到十一點供應早餐。

外面靜悄悄的，大運河上與河岸兩邊寬廣的人行道沒有喧囂聲。

我們在餐廳點了果汁，炒蛋、吐司、橘子果醬。外出這段日子，我一直覺得家裡的早餐永遠是最好吃的，唯有這次例外。

用餐的時候，老爸又突發奇想了。起初，他出神地望著前方，害我以為小矮人又出現了。

「漢斯，你待在這裡，我五分鐘後回來，」他說。

我不清楚他到底要做什麼，可是這種事也不是第一次了。老爸只要突然想到什麼，幾乎說做就做。

他走進廣場對面一間大玻璃門後便不見蹤影，一回來立刻坐下把剩餘的炒蛋吃完，一句話也沒說。

後來，他伸手比向他先前走進的店家，問：「漢斯，那張海報上面寫了什麼？」

「斯拉特帕—納科安，」我把字反著唸。

「安科納—帕特拉斯，沒錯。」

他把吐司沾一下咖啡，然後整片塞進嘴裡，嘴咧得開開的。他怎麼能夠把整片吐司吞進去？太神奇了。

「那是做什麼的？」我問。那幾個字無論順著唸或反著唸，對我來說都像外星文。

老爸盯著我的眼睛說：「漢斯，你從沒和我一起出海過，從沒好好搭船旅行過。」他拿著兩張船票在空中揮了揮，繼續說：「像我這麼老練的水手怎麼可以老是開車在亞得里海邊緣繞，太不像話了！我們不可以再當旱鴨子了。我們現在馬上把飛雅特開進大船，然後我們要坐船到伯羅奔尼薩半島西岸的帕特拉斯，那裡距離雅典只有幾哩路。」

「你確定嗎？」

「廢話，我當然確定，」他說。

老爸或許是因為快回到海上了，所以船員滿口粗話的樣子也出來了。所以，我們最後並沒有在威尼斯待上一整天。當晚開往希臘的渡輪會從安科納起航，那裡距離威尼斯將近二百五十哩。

老爸說，我們一定要先參觀威尼斯著名的吹玻璃工藝，之後再開車趕往安科納。

熔化玻璃會用到火爐，所以當地的玻璃工廠設在空曠的地方。為了避免火災意外，以前的威尼斯人把玻璃製品的生產重心遷移到礁湖附近的小島。

這段遷移的歷史可追溯到中古世紀，當年的小島正是今日的穆拉諾。老爸說一定要到穆拉諾走走，參觀完畢再到停車場取車趕往下一站安科納。於是，我們先回旅館收拾行李。

到了穆拉諾，我們首先參觀玻璃博物館，裡頭收藏了許多古董玻璃製品，各種樣式、各種顏色的都有。接著，我們參觀玻璃工廠，工匠當場表演吹玻璃水罐和玻璃缸，完成的玻璃作品就擺上架待售。老爸說，花錢消費這種事交給有錢的美國觀光客就行了。

我們從這座玻璃工藝之島搭乘水上巴士回到停車場。下午兩點，我們又開車回到之前走過的那條快速道路，前往威尼斯南方二百五十哩的安科納。

這條路緊挨著亞得里亞海的海岸線，老爸邊開車邊吹口哨，開心極了，因為他現在不時可以看到藍藍的大海。

這段路越過山脊，望海的視野絕佳，於是老爸停下車來，開始對著海面的帆船、商船品頭論足。

老爸在車上說起港都阿倫達爾的航運史，很多是我不知道的。他順口說出一些大型帆船的船名和出航日期，教我怎麼分辨縱帆船、雙桅帆船、多桅帆船、全裝帆船。他還告訴我，首批從阿倫達爾航行到美國和墨西哥灣的船隻是哪些。我還知道史上第一艘抵達挪威的輪船是在阿倫達爾靠岸的，那是一艘特別打造的帆船，船上配備蒸汽引擎和船槳，船名是「沙宛納」。

老爸以前待過一艘油輪，船隻是在漢堡建造的，船東是挪威卑爾根市的庫尼斯船公司。船身重達八千噸以上，船員有四十人。

「現在的油輪比從前大多了，」他說。「但是船員反而減少了，只剩下八到十人。現代人的生活樣樣由機械和科技操控，討海生活只能留在記憶裡了，漢斯──這表示一種生活方式的消失。到了下一個世紀，只要幾個阿貓阿狗坐在陸地就可以遠端操縱船隻。」

我猜，老爸的意思是，討海生活早在一百五十年前帆船時代宣告結束後，便已漸漸走入歷史。

就在老爸一面聊著海上生活，坐在車後座的我掏出了一副撲克牌，把梅花二到梅花十的紙牌全抽出來，攤開放在座位旁。

為什麼奇幻島上那麼多小矮人的衣服背後都有梅花？他們是誰——他們打哪裡來？貝克．漢斯能不能找到可以好好說句話的人，讓他知道他究竟到了什麼地方？我腦中滿滿一堆沒有解答的問題。

梅花二說過的一句話讓人很難忘：「金魚不會洩露島上的祕密，可是小圓麵包書會。」小矮人胡言亂語提到的那條金魚，是不是朵夫小鎮的麵包師店裡的那條？還有小圓麵包——這和我在朵夫拿到的小圓麵包是不是同一個？梅花五說過：「麵包師把奇幻島的寶物藏起來。」可是這怎麼可能呢？貝克．漢斯是上個世紀中期的人，他當年遇到的小矮人怎麼可能知道這些？

老爸一邊開車一邊吹口哨，那是他跑船時學會的船歌。我趁機偷偷把小圓麵包書拿出來，繼續往下看。

梅花 3

……有點像三胞胎……

我朝那三個莊稼漢逃走的方向繼續往前走，前方高大茂密的樹林間有運貨車道歪歪斜斜的軌跡。在午後燦爛陽光的照耀下，樹葉間閃爍著光芒。

我無意間在林間一處空地發現一棟大木屋。黑煙緩緩從煙囪升起，遠遠望去，有個身穿粉紅衣裳的人影走進屋裡。

我很快就注意到這棟木屋少了一面牆，我趁機偷看裡面的情形，但眼前景象把我嚇一大跳，我不得不把身體靠在樹上保持身體平衡。寬闊的地板沒有牆壁隔間，看起來很像工廠。沒多久，我就猜到那裡應該是玻璃工作室。

工廠屋頂用幾根粗大的橫樑支撐。裡面有三、四座木材燃燒的大窯灶，窯上架了幾個白色大石缸。石缸裡紅色滾沸的液體燒得噗噗響，不斷冒出油膩膩的蒸氣。三個女生在大缸之間跑來跑去，身高和那些莊稼漢差不多，但衣服是粉紅色的。他們手持幾根細長的管子往大缸裡的液體沾一下，然後吹出各種樣式的玻璃。寬闊的地板盡頭有一堆沙子，完成後的玻璃製品擺在靠牆的架子上。地板中央疊了一公尺高的碎裂玻璃瓶、玻璃杯和玻璃缸。

我忍不住又問自己到底身在何處？那些莊稼漢如果沒穿制服，我可能會把他們當作石器時代的人；可是沒想到，這座小島竟然有精緻的玻璃工業。

那些忙著吹製玻璃的女子身穿深粉紅衣裳，一頭長長的銀色直髮，臉色幾乎和頭髮一樣白皙。

我又有驚人的發現：她們三人的衣服正面全印上鑽石圖案，和撲克牌的方塊符號一模一樣。一個是方塊三，另一個是方塊七，最後那個是方塊九。這些方塊圖案全是銀色。

雖然我就站在大門正前方，但是那三個女生忙著吹製玻璃，過了很久才注意到我的存在。她們在寬敞的地板上輕快地來回走動，手臂移動時輕輕柔柔，好像完全沒重量。如果其中一人飄了起來，飛到天花板，我也不意外。

突然，那個衣服有七個方塊的女生看到我了。本來我打算逃跑，結果她因為抬頭看到我，一時驚慌，手上的玻璃缸摔落地面碎了。這時我想跑也來不及了，因為她們三人現在全看到我了。

我乾脆走進去，客氣地行個禮，用德語打招呼。她們互看一眼，然後個個咧嘴微笑，潔白的牙齒被窯灶通紅的火焰照得亮晶晶。我走上前，她們把我圍了起來。

「我這樣冒昧闖入，希望沒有造成困擾，」我說。

她們又互看了一眼，這回咧嘴微笑咧得更開了。她們的眼睛是藍色的，彼此長得好像，應該是一家人，說不定是姊妹。

「妳們聽得懂我說的話嗎？」

「一般的話我們都聽得懂！」方塊三小聲回答，聲音像洋娃娃。

三人後來爭相說話，其中兩人對我欠身行禮。方塊九甚至走向我，握住我的手。我很驚訝，因為整個玻璃工廠熱烘烘的，她纖細的手卻冷冷冰冰。

「妳們吹製的玻璃好漂亮，」我說。她們一聽興奮地笑了出來。

這些玻璃女孩好像比那些性情急躁的莊稼漢友善許多，但是同樣難以捉模。

「誰教妳們做玻璃的？」我問。我總覺得她們會做玻璃不可能是自學。還是沒人回答我。可是方塊七卻一下子跑開，抱回一只玻璃缸送到我面前。

「這個給你！」她說。

這些女孩又咯咯笑了起來。

她們實在太友善了，反而讓我很難繼續問下去。可是如果我再不弄清楚這群怪人的語言我一定會瘋掉。

「我剛到這個小島不久，」我開始說話，「可是我不知道這是什麼地方。可以請妳們告訴我這是什麼地方嗎？」

「我們不可以說——」方塊七說。

「有人交代妳們不可以說嗎？」

三個人全部搖搖頭，銀色的頭髮在窯灶的火光下閃動。

「我們很會吹製玻璃，」方塊九說，「可是我們不太會思考，所以我們也不太會說話。」

「妳們很像三胞胎，」我這麼一說，三個女孩又哈哈大笑。

「我們並非每個人都是三，」方塊七邊說邊玩自己的衣服，接著又說：「難道你看不出來我們的數字不一樣嗎？」

「一群笨蛋！」我忍不住脫口而出，她們嚇得縮成一團。

「拜託不要生氣，」方塊三說。「我們很容易傷心難過的。」

實在不曉得該不該把她的話當真。她笑得這麼天真燦爛，我想，要讓她們笑不出來、發那麼一點脾氣是不夠的，可是她剛剛那句話我聽進去了。

「妳們真像自己說的那麼呆？」我問。她們鄭重地點點頭。

「我也希望——」方塊九話說到一半，隨即伸手捂住嘴巴，沒再多說。

「希望怎麼樣呢？」我的語氣很和緩。

「我也希望自己能想一些難到自己的腦袋也想不出來的事情，可是我想不出來。」

我仔細思索她的話，我覺得這種事對任何人來說都不容易。

方塊三突然哭了起來。

「我很想——」她在啜泣。

方塊九摟著她，方塊三繼續說：「我很想醒來……可是我現在是醒著的。」

她把我心裡的話一字不漏說了出來。

方塊七抬起頭眼神迷茫地看著我，嚴肅地說：「**真相是，玻璃工匠之子愚弄自己幻想出來的人物。**」

不一會兒，三個人站在原地開始啜泣。其中一人抓起一只大玻璃水罐故意往地上一摔，另一個動手拉扯自己銀色的長髮。我知道，這下我該告辭了。

「對不起，打擾妳們了，」我趕忙說。「再見！」

現在我非常肯定，我確實來到專門收容精神病患的療養院。我相信白衣護士隨時可能會出現，質問我為什麼在島上四處亂逛，害病人驚慌不安。

可是，有些事我還是想不通。先談談島上居民的身高好了。我是船員，什麼地方沒去過，就是沒看過哪個國家的人民長這麼矮。而且，那些莊稼漢和做玻璃的女孩髮色不同，所以他們應該沒有血緣關係。

說不定，以前爆發一場全球性傳染病，許多人變得又矮又笨，那些被感染的人全部被安置在這裡，以防止疫情擴大？如果真是這樣，那我很快也會變得又矮又笨。

第二個疑問是，島民為什麼會依照撲克牌的方塊和梅花圖案來區分？難道這是醫師和護士管理病患的方式？

我循著運貨車道繼續前進，來到一片高大的樹林，地面鋪了薄薄一層淺綠色苔蘚，處處開滿藍色小花，令人想起勿忘我。陽光悄悄從樹梢鑽了進來，茂密的枝葉像金色蒼穹籠罩大地。

當我漫步林間時，一個明亮的身影忽然從兩樹之間走出：原來是一位金髮披肩、窈窕纖細的小姐。她一襲黃衣裳，身高和島上其他小矮人差不多。她不時彎下腰來摘採藍色小花。我發現，她的衣服背面有個大大的紅心。

我慢慢走向她，聽見她在哼唱哀傷的曲子。

「哈囉！」我輕聲地說。此刻，我們兩人之間只有短短幾步的距離。

「哈囉！」她站起身來打招呼，說話語氣輕鬆自然，彷彿我們是舊識。

她好美，讓我一時不曉得眼睛該看哪裡。

「妳歌唱得很好聽，」我總算擠出這句話。

「謝謝你……」

我不自主用手指梳理自己的頭髮。我到這座小島有段時間了，這是我第一次在意自己的外表。我已經一個多星期沒有刮鬍子了。

「我好像迷路了，」她說。

她甩甩嬌小的頭，表情很困惑。

「妳叫什麼名字？」我問。

她站了一會兒沒開口，會意地一笑：「難道你看不出來我是紅心么點嗎？」

「是啊，當然……」我愣了一下才繼續。「這也是我覺得奇怪的地方。」

「為什麼呢？」

她彎下腰再摘一朵小花，說：「對了，不知道你是誰？」

「我名字是漢斯。」

她站著沉思片刻後說：「你覺得我叫紅心么點很奇怪，難道叫漢斯就不奇怪嗎？」

這次換我不知如何回答。

「漢斯？」她繼續說。「我以前好像聽過這個名字……大概是我自己想像出來的吧……那是很久很久以前的事了……」

她彎下腰再摘一朵藍色小花。這時，她好像癲癇發作，突然一陣痙攣，嘴唇不停顫抖，她說：「**內盒開啟外盒那一瞬間，外盒也開啟內盒。**」

這個莫名其妙的句子感覺不像她說出來的。直覺告訴我，這句話不經大腦脫口而出，她本人不瞭解這句話的意義。話一說完，她馬上恢復正常，伸手比著我的水手服。

「你的衣服怎麼一片空白？」她的語氣很驚慌。

「妳是說，我的背後沒有任何圖案？」

她點點頭，然後又用力甩甩頭。

「你不准攻擊我的，這個規則你知道嗎？」

「我絕對不會攻擊小姐的，」我回答。

她的臉頰浮現兩個深深的酒窩。我覺得她美得像天使、像小仙女。她微笑時，綠色的眼睛像綠寶石閃閃發亮，看得我目不轉睛。

可是，她的臉色瞬間變得憂懼。

「你該不會是王牌吧？」她突然問我。

「喔，不是，我只是個任勞任怨的船員。」

聽到這句話後，她一溜煙跑到樹林間不見了。我想追上她，可是她像空氣一樣消失得無影無蹤。

梅花 4

……人生好比一場超大型樂透抽獎活動，只有幸運贏家才能脫穎而出……

我放下小圓麵包書，眼睛直直望向亞得里亞海。

剛剛看完這個段落，我有滿腹的疑問，理不出頭緒。

奇幻島上的小矮人故事我看得愈多，愈覺得他們非常神祕。貝克．漢斯見過了梅花小矮人還有方塊小矮人，後來還見到了紅心么點，可是她卻突然消失了。

這些小矮人究竟是什麼人？他們怎麼會——他們打哪裡來？

我相信小圓麵包書最終會解答我所有的疑惑。可是我還是很納悶，尤其是玻璃工廠吹製玻璃的方塊小矮人那段。很巧的是，我不久前正好也參觀過玻璃工廠。

我很肯定，我這趟歐洲之旅和小圓麵包書的故事情節之間一定有關聯。可是，小圓麵包書中的故事是貝克．漢斯在許多年前說出的。會不會我的生命經驗和貝克．漢斯、艾伯特、路德威三人的共同祕密，真的有某種神祕的關聯？

我在朵夫小鎮遇到的那位老麵包師是誰？那個送我放大鏡的小矮人，還有我們在歐洲旅行這段時間，那個不時突然冒出來的小矮人又是誰？我相信那個麵包師和小矮人之間一定有關聯

——即便他們本身並不知情。

我不能告訴老爸小圓麵包書的事——至少沒看完前不可以說出去。但是，幸好車上有位現成的哲學家可以解解我的疑惑。

車子剛剛經過了拉維那，我問：「老爸，你相信世上有巧合嗎？」

他從鏡子看了我一眼。「你問我相信世上有巧合嗎？」

「是啊！」

「巧合指的是碰巧發生的事情。假設我買樂透贏了一萬元克朗，那是因為在眾多彩券中，我的被抽中了。中獎我當然很高興，但那純粹是運氣好。」

「你確定嗎？難道你忘了那天早上我們撿到一株四葉幸運草？後來你就中獎了，要不是這樣，我們哪來的錢旅行到雅典？」

他只是嘟囔了一聲，我不管他繼續說下去：「你阿姨到克里特島玩，無意中拿起流行時裝雜誌翻翻，結果看到了媽咪，這是巧合，還是命中註定？」

「你在問我相不相信命運嗎？」他說。我想他應該很高興，因為他兒子竟然對哲學問題感興趣。「答案是，我不信。」

我想起了玻璃工廠那三個女孩——在我翻開小圓麵包書讀到那段之前，自己正好也去了一趟玻璃工廠。我還想到，我先遇見了那個送我放大鏡的小矮人，後來才拿到字體超迷你的故事書。我也想起了奶奶的腳踏車在佛特蘭爆胎，以及後續一連串事件。

「我不相信你覺得我的出生也是巧合，」我說。

「抽菸時間到！」老爸宣布。一定是我說了什麼讓他有感而發，準備來一小段談話。

他把車停在山坡上，從這裡遠望亞得里亞海，景色美極了。

「坐下！」我們一下車，老爸就伸手比向一顆大石頭這樣命令。

「一三四九年，」他要開講了。

「爆發黑死病，」我接下去。歷史我懂得不少，可是我不懂黑死病和巧合有什麼關係。

「好，」他繼續說下去。「你大概知道那場嚴重的瘟疫讓挪威的人口少了大半，可是這當中的來龍去脈，我還沒告訴你。」

老爸只要起了這樣的開場白，我就知道他準備長篇大論了。

「你知道你的歷代祖先多到數不清嗎？」他繼續。

我無言地搖搖頭。心想，這怎麼可能呢？

「你有一雙父母，兩雙祖父母，四雙曾祖父母，八雙曾曾祖父母——等等。如果這樣往回推算，一路回推到一三四九年——這樣算起來真的很多。」

我點點頭。

「爆發黑死病之後，死亡跨越疆界迅速蔓延開來，對小孩子衝擊最大。很多家庭全家死光，頂多一、兩個人倖存。漢斯，許多你的祖先在當時只是孩子，但是他們沒有一個在那場災疫中翹辮子。」

「你怎麼這麼肯定？」我驚訝地問。

他深深吸了一口菸，接著說：「因為你現在坐在這裡觀看亞得里亞海啊。」老爸又發表這種驚人的談話，讓我不知如何回應。可是我知道他說得對，因為我的祖先如果小小年紀就死了，只要死了一個，老爸就不會出生，沒有老爸就沒有我。

「你的歷代祖先一個也沒死，並且平安長大的機率是幾十億分之一，」他往下說。老爸一開講就欲罷不能、滔滔不絕。「你知道嗎，這不只是黑死病的問題。過去發生許多嚴重的天災，孩童死亡率高得驚人，即便如此，你的祖先還是全部熬了過來，長大成人然後生小孩。當然了，你的祖先免不了大病一場，但是他們全部活了下來。所以說，漢斯，你和死神擦身而過的次數多到數不清。你在地球的性命一直飽受威脅，譬如：蟲害、猛獸攻擊、隕石、閃電、疾病、戰爭、洪水、火災、中毒、蓄意謀殺。單單史上那場司提克塔戰役①，就讓你受過千千百百次的傷，因為你兩邊的祖先都捲入其中。嚴格說來，你一直在和自己作戰、和機運作戰、為了百年後的自己能順利誕生而戰。你知道嗎，同樣道理也適用於二次世界大戰。如果你爺爺在德軍占領挪威期間被我們的愛國同胞射死了，那麼你和我都不會出生了。我要說的重點是，這種事在人類歷史上已經上演過千千萬萬次。每回只要一支劍從空中飛過，你出生的機率就會大幅減低。可是漢斯，你看，你現在坐在這裡和我說話啊！」

「我想也是，」我說。我想，至少我現在知道，奶奶的腳踏車在佛特蘭爆胎這件事太重要了。

「我現在講的是環環相扣的一長串機運巧合，」老爸繼續說。「這一連串的巧合追根究柢，可以追溯至地球上第一個生命細胞：細胞一分為二，生命的起源從這裡開始，今日地球上才會有許許多多的生命成長茁壯。我的生命長流沒有在漫長的三、四十億年間中斷，這樣的機率可說是微乎其微。可是你看，我撐過來了——沒錯，我撐過來了。只要想到現在能夠和你一起在地球上創造生命的經驗，我就覺得自己實在太幸運了，我覺得每隻在地球上爬行的小小昆蟲都非常幸運。」

「那，那些不幸的呢？」這個問題瞬間我脫口而出。

「沒有的事！」他幾乎用吼的。「世上絕沒有不幸的生命。人生好比一場超大型樂透抽獎活動，只有幸運贏家才能脫穎而出，生命中出現的人事物都是有意義的。」

他坐著看海久久沒開口。

「我們要出發了嗎？」幾分鐘後我問了。

「還沒！漢斯，現在只管坐好，我還有很多話要說。」

這句話感覺不像他說出來的。彷彿他成了一架收音機，正在接收外界傳送過來的無線電波。或許這就是人們所謂的靈感吧。

在他等候靈感出現的同時，我發現一隻紅色小蟲子在大石頭上慢慢爬來爬去，於是我從牛仔褲口袋掏出放大鏡對準小蟲，放大鏡底下的小蟲子瞬間變成了大怪物。

「世上所有的機緣巧合也是同樣的道理，」老爸突然說話。我放下手邊的放大鏡，抬頭看著他。他坐著靜默片刻整理思緒準備再開口，每次看到他這樣，我就知道他有大事要宣布了。

「舉個簡單的例子好了：我剛好在某個朋友打電話給我，或是到我家門口造訪我之前想起他，許多人會認為這種巧合很玄。但問題是，這個朋友沒上我家按門鈴之前，我也曾想起他；而且，就算我沒想起他，他還是常常打電話給我。這樣懂嗎？」

我點點頭。

「當兩件事碰巧同時發生，人們習慣把這些事聯想在一起。假如某人某天急需用錢，一筆錢正好送上門，他會說這件事很玄。即便他天天缺錢，這種巧合也只來過一次，他的說法還是一樣。於是，世界各地的人們把發生在自己身上這種所謂很玄的事情，毫無根據地你一言我一語向親朋好友四處傳播。正因為大家對這種事太好奇了，所以這種傳言才會像雪球愈滾愈大。可是我也說過了，生命中出現的人事物都是有意義的。我的手上會有這麼多小丑牌，不是天上掉下來的，是我蒐集來的！」

他累得嘆了長長一口氣。

「你有沒有想過寄求職信？」我脫口而出。

「你到底在胡說什麼？」他用吼的。

「去當政府的哲學部長啊。」

他哈哈大笑，然後語氣和緩地說：「人們之所以喜歡討論很玄的超自然現象，是因為他們自身有太多盲點。他們根本沒發現，最神奇的現象天天在我們居住的地球上演。人們花太多時間探索火星人和幽浮的存在，對於我們腳下這片土地如何創造源源不絕的生命，卻不怎麼認真研究。漢斯，我不認為這世界的組成是一種巧合。」

最後，他靠著我，壓低音量說：「我覺得世間萬事萬物的存在是註定的。你會發現，許許多多數不清的星球和銀河系之所以存在，背後是有意義的。」

我覺得這次中場抽菸時間，我又學會了很多。可是我還是不信，旅途中和小圓麵包書有關的每件事全然是巧合。老爸和我先參觀穆拉諾島上的玻璃工藝，緊接著我在書中看到玻璃工廠的方塊小矮人，這或許只是巧合。我之所以先拿到放大鏡，再收到字體超級迷你的小圓麵包書，這或許也是巧合。可是，至於為什麼拿到小圓麵包書的人是我不是別人，這件事肯定是註定的。

---

①司提克塔戰役（the battle of Stiklestad）爆發於西元一〇三〇年，是挪威史上重要的戰爭之一。

梅花 5

……紙牌遊戲有點玩不下去了……

我們那天晚上開車抵達安科納，老爸異常沉默，我不禁有些害怕。我們坐在車內排隊等候開車上船這段時間，他的眼睛直直盯著輪船，不吭一聲。

這艘黃色大船的名字是「地中海號」。

這趟前往希臘的行程是一天兩夜。輪船在晚上九點出航。這是我們在船上的第一晚，明天星期天一整天都待在海上。如果我們沒被海盜抓走，隔天星期一早上八點，我們應該已經踩在希臘的土地上。

老爸手邊有一本這艘船的導覽手冊，他說：「漢斯，這艘船有一千八百噸重，噸位可不小。它的時速是十七海浬，船身可容納至少一千名乘客、三百輛汽車。船上有各式商店、餐廳、酒吧、觀景甲板、迪斯可舞廳、賭場。設備還不只這些。你知道嗎，甲板上有游泳池！當然了，船上有游泳池沒什麼大不了，我先說只是怕你不知道。還有，我想問你，我們這次臨時改變行程沒有開車經過南斯拉夫，你會不會心情很悶？」

「甲板上有游泳池喔？」我只回應這麼一句。

我想，老爸和我都知道，現在沒什麼話可說。可是，他還是找話說：「你知道嗎，我必須事先預訂艙房，而且我還得決定到底要選內艙，還是選有對外大窗可以看海的標準外艙。你猜我選了哪邊？」

我知道他選外艙──而且我也知道他曉得我知道答案。這也是為什麼我直接問他：「價格差多少呢？」

「相差幾里拉。我總不能拐我兒子陪我一起坐船渡海，卻把他關在密不通風的小房間吧。」

他沒機會再往下說了，因為有人從船上揮手示意我們把車開上去。

我們的車一停好，立刻往船艙的方向前進。我們的艙房位在頂層甲板下第二層，裡面配備有大床、窗簾、檯燈、沙發椅和桌子。窗外可見走道上來回穿梭的遊客。

雖然船艙算是相當豪華，又有視野寬廣的大窗，可是我們彼此二話不說，很有默契地決定到艙外走走。在步出船艙之前，老爸從褲後口袋掏出一小瓶酒，喝了一大口。

「為你的健康乾一杯！」他說。奇怪，我又沒什麼事值得乾杯慶祝，人也健健康康的。

我知道他一路從威尼斯開車趕了那麼遠的路，一定很累了。老爸雖然回到陸地生活多年，但是對於海的想念應該一刻也沒停過，現在總算又回到海上，又可以在甲板上走來走去，他一定很開心。我也很久沒這麼開心了，可是我大概開心過了頭，竟然管起他喝酒來了。

「你每天晚上一定要這樣大口喝酒嗎？」

「沒錯，長官！」他話一說完便打嗝，之後沒再說什麼。老爸和我現在各有各的心事，所以這個問題以後再說。

在輪船啟航的汽笛響起前，船上的環境早被我們摸得一清二楚。看到游泳池關門了，我有些失望。老爸趕緊打聽，得知游泳池明天一早就會開放。

我們走到觀景甲板，倚著欄杆望著海洋，直到陸地完全不見蹤影。

「太好了，」老爸說，「漢斯，我們終於出海了。」

等老爸頗有感觸地講了這句話，我們便下樓到餐廳用晚餐。吃過晚餐，我們決定先到酒吧玩紙牌遊戲，然後再上床睡覺。老爸從口袋掏出一副撲克牌，幸好不是女模特兒的那副。

船上處處可見來自世界各地的人們走來走去，老爸說，有很多希臘人。

我分到了黑桃二和方塊十。我的手上已經有兩張方塊，現在我準備撿起桌上的方塊十。

「是玻璃女孩！」

老爸眼睛睜得大大的：「漢斯，你剛才說什麼？」

「沒什麼啦……」

「你不是說什麼玻璃女孩嗎？」

「呵，對啊！」我回答。「我說的是坐在酒吧那邊的小姐，你看她們握著玻璃杯一直坐著喝酒的模樣，好像這輩子除了拿玻璃酒杯什麼事也不會。」

我覺得這次的危機我閃得很巧妙，可是紙牌遊戲我有點玩不下去了，因為現在玩牌，好像拿著老爸在維洛納買的那副女模特兒撲克牌在玩。當我把黑桃五放在桌上，腦中只想到貝克．漢斯在奇幻島遇到的小小莊稼漢；桌上只要出現方塊紙牌，我的眼前就會浮現銀色長髮、粉紅衣裳的倩影。老爸巧妙騙走黑桃六和黑桃八，把紅心么點扔到桌上，我看了大叫：「她在這裡！」

老爸搖搖頭，說我們該上床睡覺了。在離開酒吧之前，他還有一樣重要任務要完成。現場還有其他人在玩撲克牌。我們一路往外走，老爸趁機繞到幾張桌子附近，向玩家討小丑牌。老爸每次都是要離開了才去跟別人討牌，我覺得他這樣未免膽小了點。

老爸已經很久沒有和我一起玩牌了。在我很小的時候，我們常常一起玩牌，可是老爸自從愛上蒐集小丑牌，平日玩牌的興致也跟著消失了。不然的話，說起玩紙牌的伎倆，他的工夫一把罩。他最厲害的絕技，就是可以連續玩單人紙牌遊戲玩上好幾天，玩到勝出為止。單人紙牌遊戲要玩出樂趣，一定要有耐心，而且，也要有很多時間才行。

我們回到艙房，站在窗邊靜靜看著海面：黑壓壓的什麼也看不見，但我們知道眼前這一大片黑暗就是海洋。

窗外走道有一群美國人經過，講話窸窸窣窣，我們把窗簾拉下。老爸直接倒在床上，他顯然喝了太多助眠的飲料，一躺下馬上呼呼大睡。

我躺在自己的床鋪上，感受船隻在海面上搖啊晃啊的節奏。躺了一會兒，我把放大鏡和小圓麵包書拿出來，看看貝克・漢斯對從小死了母親的艾伯特，還說了哪些驚奇的故事。

梅花 6

……他大概想確定我是不是有血有肉、貨真價實的人類……

我繼續穿越樹林，沒多久便來到一處林間空地。山坡下開滿花朵，木造房屋緊密靠在一起，有條小路蜿蜒其中，路上許多行人來來往往，個子都小小的，身高和我先前遇到的小矮人差不多。有一間小屋獨自座落在山坡上。

這裡或許沒有地方官可以幫我，但我還是得想辦法查出這到底是什麼地方。

一走進小鎮，我就看到一間小麵包店。我經過店面時，有位金髮小姐正好走到門口。她身穿紅色衣裳，上衣胸口有三顆紅心。

「剛出爐的新鮮麵包喔！」她說話時臉上泛著紅暈，笑容很親切。

麵包的香氣實在令人無法抗拒，我直接走進小麵包店。我已經一個多星期沒嚐過麵包了。店裡有張寬廣的工作檯倚著牆面，檯桌上糕點和麵包疊得高高的。

麵包烤爐溢出的香氣從後方狹小的工作間飄了出來，另一位紅衣女孩從後面冒出來，走進小小的店面。她的胸前有五顆紅心。

我知道了，原來梅花負責耕作和看管動物，方塊負責吹製玻璃，打扮美美的么點四處遊走負責摘採花朵和漿果。至於紅心則負責烤麵包。現在，我只要弄清楚黑桃的工作是什麼，對解開謎團應該多少會有點幫助。

我指著其中一條麵包問：「我可以吃一口嗎？」

紅心五站在圓木材質、造型簡約的工作檯前，桌上擺了一個玻璃魚缸，裡面有一條金魚獨自游來游去。她的身子探過桌面直盯著我看。

「我好像好幾天沒和你說話了，」她說話的表情帶著困惑。

「是啊，」我回答。「我從月亮掉下來不久，我不太會講話，因為我覺得想事情很費力。如果你的腦子不太能思考，那麼講話也沒什麼意義。」

我從經驗中學到一件事：和這些小矮人說話不用條理分明。如果我說話的邏輯和他們一樣顛三倒四，說不定我們的互動會來得容易些。

「你剛剛說你是從月亮來的嗎？」

「沒錯，我是從月亮來的。」

「這樣啊，那你一定得吃一塊麵包才行，」紅心五不假思索地說，彷彿從月亮掉下來和站在工作檯前烤麵包一樣稀鬆平常。

不出我所料。我只要繼續用這種調調說話，要與這些小矮人維持相同的思考水平，便算不上是難事了。

可是這時，她突然用力啪地靠向工作檯，情緒很激動，壓低音量說：「**未來就藏在紙牌**

中。」

她話說完馬上恢復正常，切了一大塊麵包塞到我手裡。我直接把麵包放進口中，邊吃邊走到外面的小街。麵包嚐起來有點酸，我不太習慣，但是嚼麵包的感覺真好，入口後有種屬於麵包的飽足感。

走到街上，我看到許多小矮人，他們的上衣胸前不外乎是紅心、梅花、方塊或黑桃這些圖案。他們的衣服也是制服，一共分成四種顏色。紅心穿紅色，梅花穿藍色，方塊穿粉紅色，黑桃穿黑色。

他們的身材高低不一。從穿著打扮來看，我看到了好幾個國王、皇后還有傑克。國王和皇后都戴了王冠，傑克的腰間佩帶一把劍。

依我看來，他們是每種花色的每個點數代表一個人。我看到了一個紅心國王，一個梅花六，一個黑桃八。沒有小孩，也沒有老人。這些小矮人全是青壯年。

沒多久，小矮人注意到我了，可是他們看一眼隨即掉過頭去，彷彿不在乎鎮上來了一名陌生人。

只有梅花六——那天稍早騎著六腳獸的那個——從路的另一頭走向我，可是他和其他小矮人一樣，嘰哩咕嚕地吐出沒頭沒尾的一句話：「**太陽公主迷途找路來到了海邊。**」隨後在街角轉彎，消失蹤影。

我的頭開始一陣暈。我顯然來到一個階級制度劃分極富巧思的社會，紙牌遊戲規則似乎就是島民遵守的法律。

我在迷你小鎮走來走去，心裡愈來愈不安，彷彿自己陷入一場永遠沒有結局的單人撲克牌遊戲，卡在兩張牌之間，陷入僵局。

這裡的房屋都是低矮的木造小屋，屋外懸掛玻璃煤油燈，我一眼便認出那是玻璃工廠製造的。煤油燈沒有點燃，雖然地面的影子已經愈拖愈長，金光閃耀的落日餘暉依舊籠罩著小鎮。屋外長凳和屋頂飛簷放置許多玻璃魚缸，裡面有金魚。大大小小的瓶子扔得鎮上到處都是，有些被隨意丟在巷弄間。偶爾可見小矮人拎著口袋大小的瓶子在街上走動。

有間木屋顯然比其他房屋高出許多，看起來很像倉庫。裡面陸續傳來砰砰的撞擊聲，我從敞開的大門往裡面偷看，發現這裡原來是木工場。我看到四、五名小矮人七手八腳忙著把一張大桌子拼起來。他們的制服樣式和那些藍衣莊稼漢很像，唯一的差別是：他們的制服是黑色、背後的圖案是黑桃，但是莊稼漢的圖案是梅花。至此我的疑惑獲得解答：黑桃矮人是木匠。他們的髮色和煤碳一般黑，但是皮膚比梅花矮人白多了。

有個方塊傑克坐在木屋前的小長凳，凝視落日餘暉灑在寶劍上的光影。他身穿粉紅色長外套和寬管褲。

我走上前，客氣地向他行個禮。

「晚安，方塊傑克先生，」我的語氣故作輕鬆。「可以請問您目前哪位國王當權嗎？」

傑克把劍收回劍鞘，眼神呆滯地看著我。

「黑桃國王，」他立刻回答。「因為明天輪到小丑。可是我們不可以討論紙牌。」

「太可惜了，因為我很想請你告訴我島上最高行政首長在哪裡？」

「牌紙論討以可不們我，」他說。

「你說什麼？」

「牌紙論討以可不們我，」他重覆一遍。

「喔喔，請問這句話是什麼意思？」

「則規守遵須必你！」

「嗯嗯？」

「吧說我！」

「是嗎？」

我仔細看著他，臉小小的，頭髮和玻璃工廠那些女孩一樣是亮銀色的，膚色同樣白皙。

「真的很抱歉，我不懂你的語言，」我說。「您說的是荷蘭話嗎？」

傑克小矮人抬起頭看著我，得意洋洋。

「只有國王、皇后和傑克才懂得怎麼雙向說話。看樣子你不懂，你比我小。」我思索這番話。莫非傑克老兄的意思是，他把句子反著講？

「吧說我。」……就是「我說吧。」他說了兩遍「牌紙論討以可不們我。」如果我把這句從後面唸回來，就是「我們不可以討論紙牌。」

「我們不可以討論紙牌，」我說。

他的警覺心來了。

「懂不裝麼什為剛你？」他猶疑地問。

「你試測了為！」我答得很有自信。

現在他看起來比較像剛從月亮摔下來的人。

「我剛問你知不知道目前哪位國王當權，只是想試探你會不會避開這個問題不答，」我繼續說。「結果你沒辦到，你違反規則了。」

「我從沒見過像你這麼會耍詐的人，」他說。

「是喔，我還有好幾招沒耍。」

「招幾哪？」

「我父親的名叫奧圖奧，」我回答。「可以請你把這個名字倒過來唸嗎？」

他看著我。

「奧圖奧，」他說。

「很好。可是你沒把名字倒過來唸啊！」

「奧圖奧，」他又說一遍。

「很好，我聽到了，」我繼續。「但是你可以把它倒過來唸嗎？」

「奧圖奧，奧圖奧！」他用吼的。

「不錯，你很努力，」我故意安撫他。「要不要再試試啊？」

「吧來過馬放！」傑克回答。

「來啊來。」

「來啊來，」傑克說。

我搖搖手表示不對，對他說：「要把那三個字倒過來唸啊。」

「來啊來，來啊來，」傑克說。

「謝謝。這樣可以了。句子你也會反著唸嗎？」

「然當那！」

「那麼，我要請你試試『老二捶捶二老』這句，」我說。

「老二捶捶二老！」傑克馬上回答。

「很好，可是你要反著唸。」

「老二捶捶二老！」他又說了一遍。

我搖搖頭說：「你只是在模仿我，看樣子你大概不會把話反著說。」

「老二捶捶二老！老二捶捶二老！」這回他又用吼的。

我開始有些過意不去了，可是這場惡作劇起頭的人不是我。

現在傑克拔劍出鞘了，對準玻璃瓶用力一擊，瓶子瞬間飛起撞上小木屋的牆壁，發出嘩啦一聲巨響。幾個路過的紅心小矮人停下腳步看了一眼，隨即快步轉身離去。

那種感覺又來了：我一直覺得這個島一定是收容所，住了一群無藥可醫的精神病患。可是，為什麼他們個子這麼小？為什麼他們會講德語？還有，為什麼他們全按照撲克牌的花色和數字分類？

除非一切可以得到某種合理的解釋，否則我絕不讓方塊傑克從我的視線溜走。但是我要小心為之，講話不用太條理分明，因為講話條理分明，這些小矮人聽不懂。

「我剛到這裡不久，」我說。「我之前以為這裡像月亮一樣無人居住。我真的很想知道你們是誰、你們從哪裡來？」

傑克向後退了一步，垂頭喪氣地說：

「你是新來的小丑嗎？」

「我不知道德國在大西洋有殖民地，」我繼續說：「雖然我到過很多地方，但是像你們個子這麼矮的人，我還是頭一回看到。」

「你果然是新來的小丑。討厭！希望不要再有小丑出現了。幹嘛每副撲克牌都要有小丑？」

「話不能這樣說喔！假如小丑是裡面唯一懂得怎麼好好說話的人，而且要是人人都是小丑的話，那這場單人紙牌遊戲一定會很快就玩出結果。」

他對我發出噓噓聲，揮揮兩手想趕我走。

「不要逼我想一些有的沒的假設性問題，真是頭痛，」他說。明知可能問不出結果，我還是打算再試試：「你想想，你們每天在大西洋這個神奇的小島上走來走去，可是卻無法對別人解釋自己怎麼來到這裡，這不是說不通嗎？」

「不玩了！」

「你剛說什麼？」

「你破壞了遊戲規則，我不玩了，聽到了沒！」

語畢，他從上衣口袋掏出一只小瓶子，他和先前那些梅花小矮人一樣，抓著瓶子猛灌亮晶晶的飲料。喝完，他把軟木塞蓋回瓶口，單臂往外一攤，老練地大聲唸著：「**銀色雙桅帆船在茫茫大海中滅頂**。」彷佛他朗誦的是詩篇的首行。

我搖搖頭，無奈地嘆了口氣，他大概快睡著了。看樣子，我只好自己想辦法找到黑桃國王了。反正繼續和他打交道，事情也不會有進展。

我突然想起有個小矮人提過一個名字。

「我看，我得想辦法找到佛羅德才行……」我自言自語。

聽到這句話，方塊傑克突然回神，本來坐在板凳上的他馬上跳到地面，高舉右手立正站好。

「你剛剛是不是提到佛羅德？」

我點點頭說：「你可以帶我去找他嗎？」

「然當那！」

我們出發了，走過一間又一間的房屋，最後來到一處小市集。市場中央有口大井，紅心八和紅心九正忙著把重重的水桶從井底拉上來，他們一身鮮紅的衣裳站在市場非常顯眼。

四位國王全員到齊，他們站在水井的前方，兩臂張開搭著彼此的肩膀圍成圈圈。或許他們正在商討國家大事。我心想，一個國家有四個國王，事情怎麼推動？國王的衣服和傑克同色，不同的是，國王穿著比較華麗，每個人都戴了一頂耀眼的王冠。

四位皇后也出現在市集。她們從一間小木屋走到另一間，舉步輕盈，邊走還不時從身上掏出一面小鏡子照照。她們好像常常忘了自己是誰，老是記不住自己的長相，才會不時拿鏡子照照確認一下。皇后也戴王冠，但是她們的王冠比國王的高一點、窄一些。

我發現市集的另一端有位白髮蒼蒼的老先生，他有著長長的白鬍子，正坐在大石頭上抽菸斗。最引人好奇的是他的體形——他和我一樣高。除了身高，他的穿著也和小矮人明顯不同：他穿了一件灰色粗布衣和棕色寬鬆長褲，給人一種樸實的手工質感，和小矮人色彩繽紛的制服形成鮮明對比。

傑克直接走到老人家面前，把我引見給他。

「報告主人，」他說，「這是新來的小丑牌。」

他話剛說完，就噗通一聲一下子在市集倒了下來呼呼大睡。不用說，一定是他之前喝的那瓶酒發揮了作用。

本來坐著的老人家從石頭上跳了起來，上下打量我一番，一句話也沒說。後來他開始伸手碰我：先摸我的臉頰，小心拉拉我的頭髮，最後再摸摸我的水手服。他大概想確定我是不是有血有肉、貨真價實的人類。

「這實在是……太糟了，」他終於開口了。

「您應該是佛羅德吧，」我說完便和他握握手。

他緊緊握著我的手久久不放。後來，他好像突然記起什麼不開心的事，看起來神色匆匆。

「我們要馬上離開小鎮，」他說。

我起先以為他和其他人一樣糊裡糊塗，可是他的反應又不像其他人一樣漠然，至少這點讓我覺得事情總算有點希望。

老人家即便兩腳虛弱無力，還是連忙趕路離開小鎮，一路上好幾次差點跌倒。

來到了山丘，我看到遠方有一間偏僻的小木屋，俯瞰下方的小鎮。沒多久，我們便來到小木屋的正門，可是我們沒進去。老人家請我在屋外的長凳找個位子坐下。

我才一坐下，小木屋的角落突然探出一個頭，那個人很奇怪，打扮很滑稽，一身紫藍色連身服，頭戴一頂紅綠相間的驢耳帽。他隨便一個動作，掛在帽子和衣服上的小鈴鐺就會叮叮噹噹狂亂響個不停。

他直接跑到我面前，先是掐掐我的耳朵，接著再輕輕拍打我的肚子。

「小丑，馬上到鎮上去！」老人家下令。

「唉喲！」小矮人語帶不滿，露出淘氣的笑容。「故鄉來的訪客終於上門了，主人樂得把老朋友趕一旁，這樣的作為很不妥喔，」小丑說。「千萬記住我的話呀！」

老人家無奈地嘆了口氣。

「你是不是該去準備一下那場大型聚會？」他問。

身材嬌小的小丑蹦蹦跳跳，來幾招驢子踢蹬翻滾的雜耍，身手矯捷俐落。「確實，您說的沒錯，這樁事馬虎不得。」

他向後翻轉彈跳了幾步。

「那麼，現在話不多說，」他說。「放心，咱們後會有期！」

話一說完，他立刻下山前往小鎮。

老人家在我身邊坐下來。我們坐在長凳上，望著山下五顏六色的小矮人不停在棕色小木屋間來回穿梭。

梅花 7

……像琺瑯質和象牙質這樣硬邦邦的東西……

我昨晚看小圓麵包書一路看到深夜。隔天早上睜開眼，驚跳起來坐在床上，發現床頭櫃上那盞燈還亮著。我一定是拿著放大鏡和書本睡著了。

看到老爸還在睡覺，我鬆了一口氣。放大鏡躺在我的枕頭上，可是我還找不到小圓麵包書。最後總算讓我在床底下找到了，趕緊藏到口袋裡。

移除所有物證之後，我從床上爬下來。

入睡前看的那段故事情節讓人很困惑，我陷入焦躁不安的情緒中。

我把窗簾向兩邊拉開，站在窗簾和窗戶之間。放眼望去盡是無邊無際的大海，海面上除了幾艘小漁船，看不到其他船隻。太陽才正要升起，天濛濛亮，天與海之間夾著一抹狹長淡淡的光。

奇幻島那些神祕的小矮人有可能是真的嗎？我實在不曉得故事是真是假，可是當我讀到朵夫小鎮的路德威和艾伯特，感覺又如此真實。

貝克．漢斯在島上看到的彩虹汽水和金魚，一定是那裡本來就有的……我在朵夫小鎮的麵包店親眼看到魚缸裡有一條金魚。彩虹汽水我是沒喝過，但是老麵包師給我一瓶梨子汽水，他說過有一種汽水更好喝……

當然，這一切可能只是虛構。我沒辦法證明世上真有彩虹汽水這種東西，因為小圓麵包書的情節可能只是想像出來的。朵夫小鎮的麵包師用金魚裝點櫥窗，沒什麼好奇怪……可是，他怎麼會把一本迷你書藏到小圓麵包裡一起烤，然後放進紙袋隨興送給遊客？這樣確實有點怪。無論真相為何，要在這麼一本小書寫滿小小的字，實在了不起。還有一件事我一直很納悶：我先從神祕小矮人的手中得到放大鏡，之後才拿到小圓麵包書，真巧。

說來，真正困擾我的倒不是這些執行面的細節。我的思緒之所以躁動不安，其實別有原因。因為我突然覺得，地球上的人們怎麼和奇幻島上昏沉沉的小矮人一樣糊裡糊塗。

我覺得，我們的生命好像一場奇妙的探險之旅，但是多數人卻覺得這世界一點也不稀奇，所以不時往外找尋稀奇古怪的東西，譬如天使或火星人。這是因為我們不瞭解這世界其實充滿了奧祕。但我的感受和大家完全不同。在我眼中，這世界好比一場奇幻夢境。我一直在找尋答案，我想知道世間萬事萬物如何拼湊成形。

眼看著日出漸漸把天空染得通紅，天色逐漸放光，我頓時覺得有股能量在全身奔流，這種感受不曾有過。從那時起，這股能量一直跟隨著我，從未消失。

我靜靜站在窗前，覺得我的存在真是神奇，充滿了生命力，但怪的是，我對自己竟然幾乎一無所知。我知道自己是銀河系裡的一顆行星當中一個生命體。我想，這點其實我一直都曉得，因為，假如你和我一樣在成長過程中有這樣的老爸作伴，這種事想不知道還真不容易，但，這一回是我第一次真正有所體會。我感覺到有股神奇的力量占據體內每個細胞。

我覺得我對自己這個奇妙的身體一無所知。譬如說，我怎麼會站在船艙裡想一堆奇奇怪怪的事情。我身上怎麼會長皮膚、頭髮還有指甲？牙齒最奇怪了！我實在想不透，像琺瑯質和象牙質這樣硬邦邦的東西，怎麼會出現在我嘴裡？它們又怎麼構成了我？可是，多數人只有在不得不看牙醫的時候，才會想到這個問題。

我很納悶，地球人怎麼能在世界各地走來走去，卻從沒想過好好地問自己：「我是誰？我從哪裡來？」你怎麼能夠對世間的生命視而不見，把生命的存在視為理所當然？

種種思緒、感受在心中滿溢翻騰，讓我既歡喜又悲傷，同時也覺得有些孤寂。可是，這種孤寂的滋味很美妙。

不過，當我聽到老爸突然發出他慣有的低沉沙啞獅子吼時，感到很高興。看著老爸準備起床，我突然覺得，細心觀察世間萬物的變化固然重要，但是，能夠和自己所愛的人在一起，才是全天下最重要的事。

「你已經起床啦？」老爸說著，把頭探進窗簾底下。太陽已經從無邊無際的海平面冒出了頭。

「太陽也起床了啊，」我回答。

我們在海上的一天就這樣開始了。

梅花8

……如果我們的腦袋能夠這麼輕易瞭解自己是誰……

早餐時間，我們的聊天內容帶一點哲學色彩。老爸開玩笑地說，我們應該挾持這艘船，一一訊問每名乘客，看看有沒有人能夠把人生的奧祕說個清楚。

「這種機會很難得，」他說。「這艘船就像人類社會的縮影。這裡有上千名來自世界各國的乘客，大家全搭上同一艘船，一起隨波逐流……」

他伸手比著用餐區比畫一個圓，繼續說：「這裡面一定有人知道得比我們多。眼前有一手好牌，我想裡面至少會有一張小丑牌。」

「至少有兩張，」我說話時看著他。從他的笑容，我看得出他懂我的意思。

「我們應該把船上乘客全部抓起來，」他說，「一個一個問，看看他們能不能告訴我們，人活著是為了什麼？那些答不出來的人直接扔到海裡。」

「那小朋友怎麼辦？」我問。

「小朋友無條件過關。」

這天早上，我決定進行一場小小的哲學實地觀察。老爸在一旁看德文報紙，我進游泳池下水游了好久，後來爬上甲板坐在一邊觀看群眾。

有些人全身上下塗滿防曬乳液；有的在看書，法文、英文、日文或義大利文都有；其他人坐著聊天聊得很起勁，邊聊邊啜飲啤酒或加了冰塊的紅色飲料。現場有大人也有小孩。年紀比較大的小孩學大人坐著曬太陽；年紀小一點的在甲板上來回奔跑，不時被袋子和手杖絆倒；年紀最小的坐在媽媽的膝上哭哭啼啼——還有一個小嬰兒正在吸母親的奶。母親抱著嬰兒坐著，一派悠閒自在，彷彿這裡是他們法國或德國的家。

這些人是誰？他們從哪裡來？而且，除了老爸和我，到底還有沒有人會提出這類問題？

我坐著觀察每一個人，看看是否能找出一點蛛絲馬跡。我的想法是，如果這世界確實有上帝主宰人們的一言一行，那麼仔細觀察人們的舉動或許會小有斬獲。

在這裡還有個好處：要是讓我發現哪個人特別有趣，值得好好研究觀察，在輪船抵達目的地帕特拉斯之前，這個人都逃不出我的手掌心。在船上觀察人類比觀察陸地上的昆蟲或蟑螂容易多了，因為活蹦亂跳的蟲子會跑來跑去一下子不見蹤影。

船上有人伸展雙臂，有的從折疊椅站起來伸展雙腿。有位老先生在一分鐘內把眼鏡戴上又取下大約四、五次。

這些人顯然不太清楚自己在做什麼，每個動作都在無意識的情況下進行。由此看來，這些人好像只會動，不怎麼思考。

我覺得觀察人類眼皮開合最有意思。當然，大家都會眨眼睛，但是每個人眨眼的速率不同。看著眼睛外部一小塊薄薄的皮上上下下動個不停，感覺很奇怪。我以前也看過鳥兒眨眼，看起來很像有個內建的機關在控制眼睛開合。現在，我覺得船上這些人眨眼的模樣也像是機械控制的。

有些德國人肚子圓滾滾的，讓我想起海象。他們躺在折疊椅上，把白色鴨舌帽往下拉蓋住額頭，整個早上除了在太陽下打盹，就是塗抹防曬乳液。老爸把他們稱作「布特沃斯德國人」。起先我以為這些人來自德國一個叫做布特沃斯的地方，可是老爸解釋說，他會這麼稱呼，是因為布特沃斯（bratwurst）指的是德國香腸，這些人吃太多肥滋滋的香腸了。

不曉得那些「布特沃斯德國人」作日光浴時心裡在想什麼？我猜，他們肯定正想著家鄉的燒烤香腸吧。反正從外表也推測不出他們還可能想些什麼。

一整個早上，我持續進行我的哲學實地觀察。我和老爸講好了，我們不用一整天黏在一起，他同意讓我在船上自由行動，只要不跳海，到哪裡隨便我。

我跟老爸借了望遠鏡，用來偷偷觀察乘客兩、三次。這種感覺很刺激，因為我必須小心絕不能被發現。

我做的最壞的一件事，就是跟蹤一名怪怪的美國女士，看到了她，讓我對於人的本質是什麼有了更深刻的體會。

我發現她站在大廳角落頻頻回頭望，想確定沒有人在看她。我站在沙發後面偷偷觀察，小心不讓人發現。我的心七上八下，倒不是擔心有人看到我；我這麼緊張兮兮是因為她，我很好奇，她到底想做什麼？

終於，我看到她從手提包掏出一只綠色化妝包，裡面有一面小鏡子。起先，她拿著鏡子從各個角度左瞧右照看自己，接著開始塗口紅。

這時我知道，從哲學觀點來看，眼前觀察的這個目標非常具有研究價值，但好戲還在後頭。她上妝完畢，竟然對著鏡裡的自己微微笑。事情還沒完，她舉起單手對著鏡中的自己揮揮手，之後才把鏡子塞回化妝包，一邊收拾還一邊眨眨眼、咧嘴微笑。

等她走出大廳，我整個人四肢無力癱在我的祕密基地。

她沒事幹嘛對自己揮揮手？我從哲學角度細細思量，最後得到一個結論：這位女士是怪胎，說不定她是女生版的小丑。她一定意識到，當她對著自己揮揮手的那一刻，她是存在的。換句話來說有兩個她：一個是站在大廳塗口紅的她，另一個是對著鏡中人揮揮手的她。

我知道法律不允許我們把一個人剖成兩半觀察，所以我點到為止。然而，那天下午有一群人在玩橋牌，我無意間看見那位女士也在其中。這回我直接走到桌前用英語問她，可不可以把小丑牌給我。

「好啊，」女士說完，便把小丑牌拿給我。

我準備走開時，舉起單手對著她揮了揮，我甚至還對她眨眨眼。她看了差點沒從椅子上摔下來。她可能很納悶，我怎麼會知道她的小祕密。如果她會這麼想，那麼，等她日後回到美國靜靜想起這件事，一定還是很尷尬。

這是我第一次向別人討小丑牌。

老爸和我講好了，晚餐時間到艙房集合。我告訴老爸，我的觀察有重大發現，細節則沒有透露太多。晚餐時我們聊得很開心，一起探討人的本質。

我說，人類雖然在許多方面表現得很傑出，譬如發現外太空和原子，可是對於自己是誰，卻不是那麼瞭解。老爸的回應太妙了，他的一字一句我牢記在心。

「如果我們的腦袋能夠這麼輕易瞭解自己是誰，那我們豈不是很笨，笨到完全無法瞭解自己是誰。」

這句話我當時想了很久，最後有了結論：我認為老爸這番話正好解答我的疑惑。

「這世界其他生物的腦袋比我們人類簡單多了，」老爸繼續說：「譬如說，我們大致懂得蚯蚓的腦袋是怎麼運作的，但是蚯蚓本身並不懂，因為牠的腦袋太簡單了。」

「或許這世界有個上帝懂得我們，」我突然開口。

老爸猛地從座位上跳起來。我想他應該有點感動，覺得我怎麼這麼聰明，竟然想到這一點。

「嗯，這是有可能的，」他說。「可是，上帝的腦袋複雜得不得了，說不定他也不太瞭解自己是誰。」

這時，老爸對著服務生揮揮手，點了一瓶啤酒搭配主餐。他坐著繼續沉思，直到啤酒送來為止。

「如果說有什麼事是我無法理解的，那就是艾妮塔為什麼要離開我們，」他說話時，服務生正忙著把啤酒倒入他的玻璃杯。

我很驚訝，他怎麼會突然提起她的名字，他通常都是學我說媽咪。

我不太喜歡老爸常常聊起她。我和他一樣想念媽咪，可是我覺得思念這種事並不適合公開分享，最好各自放在心裡。

「我覺得外太空如何形成這種事比較容易懂，」他說，「至於那個女人為什麼沒有好好解釋就直接走人，我實在不懂。」

「說不定她不瞭解自己，」我回答。

剩餘的用餐時間，我們沒再提起這個話題。我猜想，老爸和我一樣都在懷疑，到了雅典是不是找得到她。

晚餐過後，我們在船上散步。老爸舉起手一一比著船上的高級幹部和基層工作人員，對我解釋他們的臂章和標記各自代表什麼。這不禁讓我想起一副撲克牌每張牌裡所代表的意義。

當天晚上晚一點的時候，老爸終於忍不住對我說，他實在很想去吧檯小喝幾杯。算了，我不想管他。於是我說，我要回去艙房看漫畫書。

我想，他應該也覺得這時各自行動是好的。至於我，我現在最想快點知道，當佛羅德和貝克・漢斯一起坐著遠望山下的小矮人村莊，老先生到底會對他說什麼。

我回到艙房後一點也不想看漫畫。或許那年夏天我已經長大，過了愛看漫畫的年紀。

總之，這天我有個小小收穫：從現在起，老爸不再是唯一的哲學家，因為我這個小小哲學家，已經逐漸成形。

梅花 9

……口感甜甜、亮晶晶的飲料，入口有嘶嘶起泡的感覺……

「幸好我們已經離開那裡了，」長鬍鬚的老人家說。

他眼神緊盯著我，久久不移開。

「我想你應該有話要對我說，」他說。

他的眼睛總算看往別處，伸手比著山下的小鎮，然後蹣跚走回自己的位子。

「你應該什麼也沒說吧？」他問。

「我不太懂您話裡的意思，」我回答。

「確實，難怪你不懂。我的問題切入點不對。」

我點點頭表示同感。「如果可以換個切入點，」我說，「那麼，麻煩您換個角度問問吧。」

「當然可以！」他提高音量。「可是首先，你必須回答我一個重要的問題。你知道今天什麼日子嗎？」

「我不太知道，」我老實說，「應該是十月初左右吧……」

「我不是問你幾月幾日。我是問你現在西元幾年？」

「一八四二年，」我回答──現在我有點懂他想問什麼了。

老人家點點頭。

「孩子，已經過了整整五十二年了。」

「您在島上待這麼久了？」

他再度點點頭說：「沒錯，有這麼久了。」

他的眼角浮現淚珠，一滴滴從臉頰滑落，但他沒有伸手把淚水擦掉。

「一七九〇年十月我們從墨西哥出發，」他繼續說道。「在海上航行幾天以後，我們那艘雙桅帆船發生船難，其他船員跟著船一起沉入海底，只有我在一片殘骸中緊緊抱著厚實的木板在海面漂流。我拼命划水前進，最後總算上岸了……」

他靜靜坐著陷入沉思。

我告訴他，我也是遇到船難才來到這個島嶼。他憂傷地點點頭，說：「你剛剛說『島嶼』，我以前也是這樣以為，可是這真的是一座島嗎？孩子，我已經在這裡住了五十多年，每個地方我都走遍了，就是找不到回到海邊的路。」

「看來這個島很大，」我說。

「大到沒有畫在地圖上嗎？」

他抬頭看著我。

「其實，我們可能被困在美洲某個地方，」我說。「或者在非洲，都有可能。在我們被沖上岸前，在茫茫大海中到底隨波逐流了多久，很難說。」

老人家絕望地搖搖頭說：「年輕人，在美洲或非洲看得到人。」

「可是，如果這裡不是島嶼也不是陸塊，那麼這裡到底是什麼地方？」

「一個很特別的地方……」他喃喃自語。

他又靜靜坐著陷入沉思。

「那些小矮人……」我開口了，「你現在是不是在想這個？」

他沒回答，轉而問我：「你確定你是從外面來的？你該不會也是這裡的人吧？」

我也是這裡的人？他現在果然在想小矮人。

「我是在漢堡簽約上船的，」我回答。

「這樣啊，我是從呂北克來的……」

「咦，我也是。我在漢堡簽約後到一艘挪威籍貨船工作，可是我的家鄉在呂北克。」

「真的嗎？等等，在你往下說之前，先告訴我過去五十年來我不在的這些日子裡，歐洲發生了哪些事。」

我把我知道的告訴他。我提到了拿破崙崛起，歐洲戰火頻傳。我還告訴他，呂北克在一八〇六年被法國攻陷。

「一八一二我出生那年，拿破崙在俄羅斯駐紮軍隊，」我的故事準備收尾了，「結果他大敗被迫撤軍。一八一三年，他在萊比錫大戰中落敗，後來躲到厄爾巴島建立自己的小小帝國。可是幾年後他又重掌大權，在法國重新建立帝國。他在滑鐵盧戰役吃了敗仗，最後在非洲西岸附近的聖海倫娜島渡過餘生。」

老人家聽得入神。「至少他看得到海洋，」他喃喃自語。

他好像把我告訴他的每件事和自己的經歷混在一起了。

「聽起來很像冒險故事，」他過了一會兒才說話。「原來從我離開歐洲之後，歷史的腳步是這樣進行的——我還以為會有多大的變化。」

這點我和他的看法是一樣的。歷史好比一本厚厚的童話故事，唯一的差別是，歷史確有其事。太陽漸漸從西方落下，沒入山後不見蹤影。小鎮已經籠罩在陰暗暮色裡，小矮人化成彩色圓點在房屋間來回穿梭。

我伸手指向他們說：「你是不是該對我說說他們的事了？」

「當然，」他說。「我會把一切都告訴你。但是你必須保證我說的話不會傳到他們的耳裡。」

我滿心期待地點點頭，於是佛羅德開始說故事了。

「我以前是船員，在一艘西班牙雙桅帆船上工作。有一回帆船從墨西哥的韋拉克魯斯出發，目的地是西班牙的加的斯。船上載運一大批銀器製品。天氣晴朗、風平浪靜，可是出港短短不到幾天便發生船難。記得出事前因為海面無風，船隻只能隨水飄流，我想，我們那時應該是來到波多黎各和百慕達之間的海域。沒錯，大夥都曾耳聞這些海域發生過的離奇事件，但我們認為這一切只是老水手的無稽之談，不當一回事。可是某天早上，在一點風也沒有的情形下，帆船突然整個被舉高，彷彿有隻巨大的手像旋開軟木塞一樣，把帆船轉一圈。過程只有短短幾秒鐘，我們馬上又被扔下來，船隻破破爛爛地躺在海面上，船上貨物四散，水也滲進船內。」

「後來，我逃過一劫在海邊醒來，但是我對海邊的印象很模糊，這是因為我一醒來便一直往小島內陸漫無目的地遊走。如此流浪了好幾週，最後在這裡定居下來，這裡從此成了我的家。」

「我的日子過得還不錯。島上有馬鈴薯和玉米田，也有蘋果和香蕉。還有一些我以前從沒見過或聽過的水果和植物，譬如可爾莓果、環根和蘆竹，是我每天重要的食糧。島上很多陌生的植物都由我自己命名。」

「幾年後，我想辦法馴服了六腳獸。這些六腳獸不僅產出純淨營養的乳汁，平時還可以用來載運貨物。我偶爾會抓一隻來宰殺，挑柔軟的瘦肉吃，這種滋味讓我想起從前在德國家鄉，每逢耶誕節我們常常吃的野豬肉。」

「隨著時間一年一年過去，我學會採集島上植物提煉成藥物，治療自己的各種疾病。我還會調製各種不同的飲料轉換心情。你等一下就會看到我常喝的一種飲料，叫做凝灰岩飲料，喝起來帶點苦味，這種飲料是用長在石灰華附近的棕櫚樹樹根熬煮而成的。在我疲憊卻必須保持清醒的時候，凝灰岩飲料有提神的作用；在我精神很好卻必須睡覺休息的時候，它又有助眠的效果。總之，這種飲料好喝又完全沒有副作用。」

「此外，我還自創一種叫做彩虹汽水的飲料。喝了這種飲料，你的身體會有不可思議的奇妙感受。可是，這種飲料的後作用力很強，很危險，幸好你在故鄉德國的市面上買不到。彩虹汽水是我從一種叫做波波玫瑰的花蜜釀造出來的。波波玫瑰是島上處處可見的深紅色灌木小花。我不用動手摘玫瑰，也不用採集花蜜，這些任務大蜜蜂會代為執行。你知道嗎，這裡的蜜蜂體型比德國的鳥兒還大，牠們會在樹上找空隙築蜂窩，把採來的波波蜂蜜存放在窩裡。需要時我只要自行取用就行了。」

「當我把花蜜和『彩虹河流』的河水混在一起後——金魚也是在那條河裡抓來的——就製造出口感甜甜、亮晶晶的飲料，入口後有嘶嘶起泡的感覺，所以我才會把它叫做汽水。」

「彩虹汽水之所以美妙，是因為它帶來的不只是味覺的享受，不，沒這麼簡單。這種彩色飲料入口瞬間會襲捲全身每個感知器官，豐富多重的滋味是從沒未有人體會過的。其實，不只你的嘴巴和喉嚨喝得到彩虹汽水，你全身上下每個細胞也都喝得到。但是，孩子，一口氣把整瓶彩虹汽水大口喝光對身體不好，最好還是一點一滴慢慢喝。」

「彩虹汽水調配出來後，我馬上養成天天喝的習慣。起初，喝完後心情會變好，但是後來就不是這樣了。喝了一陣子，我漸漸失去了時間感與空間感。有時候，我可能在島上某個地方醒來，卻想不起自己怎麼會睡在這裡；我還曾經流浪了好幾天甚至好幾個星期，卻一直找不到家在哪裡。我甚至記不得自己是誰，忘了自己從哪裡來，彷彿周遭一切都是我身體的一部分。剛開始喝了這種飲料，我的手臂和雙腿有刺癢的感受，這種感覺還不斷蔓延到我的頭腦，最後開始侵蝕我的靈魂。是啊，我很慶幸自己及時戒掉了。現在，彩虹汽水只有島上其他居民才會喝。至於這段故事，我等會兒告訴你。」

他說話的時候，我們的視線始終沒有離開過山下的小鎮。天色愈來愈暗，小矮人紛紛在屋前點上油燈。

「天氣有點涼了，」佛羅德說。

他站起來打開小木屋的門，我們走進窄小的室內。室內陳設顯然是佛羅德利用島上現有資源製作出來的。屋裡沒有一樣鐵製品，每樣東西都是用泥土、木頭或石頭做出來的。只有一樣材質看得出文明的影子：杯子、馬克杯、煤油燈、盤子全是玻璃做的。室內還擺了幾只大型玻璃魚缸，裡面養了金魚。小木屋有幾處防盜孔，全部是用玻璃製成的。

「我父親是玻璃工匠，」老人家解釋，彷彿讀出了我的心思。「我出海工作之前，已經學會這門技術，後來在島上派上用場。在島上住了一段時間後，我開始混合各種不同的沙土，沒多久，我已經知道怎麼用防火石砌成的窯灶去製造品質一等的玻璃。那種防火石我管它叫做多爾非，因為那是我在小鎮附近一處叫多爾非的山上找到的。」

「我已經參觀過這裡的玻璃工廠了，」我說。

老人家轉過身，嚴肅地看著我說：「你應該沒說什麼吧？」

他不只一次問我有沒有對小矮人「說什麼」，我不確定他在擔心什麼。

「我只有問他們怎麼到小鎮而已，」我回答。

「那就好！我們現在來喝杯凝灰岩飲料吧。」

我們在桌前各自找了一把石頭板凳坐下，桌子的材質是一種我從沒看過的深色木頭。佛羅德拿起一只大玻璃水罐，把裡面的棕色飲料倒入兩個玻璃圓杯，然後伸手點燃懸掛在天花板下的一盞油燈。

我小心啜飲一口棕色的飲料，喝起來有種椰子加上檸檬的滋味。入口後，口中始終殘留著淡淡的苦味，久久不散。

「你覺得滋味如何？」老人家滿懷期待地問。「這是我第一次請道地的歐洲人喝凝灰岩飲料。」

我說很好喝，喝了確實讓人精神為之一振。

「很好！」他說。「現在，我該講講我在島上那些小小幫手的故事了。孩子，我想，這一定是你最想知道的事吧。」

我點點頭，於是老人家繼續把故事說下去。

梅花 10

……我實在想不通，東西要怎麼憑空變出來……

我把小圓麵包書擱在床頭櫃，在船艙裡來回走動，腦中一直想著剛剛看到的段落。

佛羅德是在那個不知名的島嶼住了漫長的五十二年，然後有一天在島上遇見遲鈍愛睡覺的小矮人？還是，佛羅德先抵達小島，小矮人是後來才到島上的？

不管哪個才是對的，指導方塊女孩吹製玻璃技藝的人肯定是佛羅德。當然，梅花會耕作、紅心會烤麵包、黑桃會作木工，背後的指導者肯定也是他。但這群古怪的小矮人到底是誰？

我知道故事只要繼續看下去，或許就會找到答案，但是現在艙房裡只有我一個人，我實在有點不敢再往下看。

我把窗簾拉開，忽然在窗外看見一張小小的臉。是小矮人！他正站在外面的走道上直直盯著我。

整個過程只有短短幾秒鐘，當他察覺自己被人看到了，馬上一溜煙地跑掉。

我被嚇得無法動彈，頭一個反應是把窗簾拉上，然後整個人撲到床上哭了起來。

我當時完全沒想到，為什麼不乾脆走出艙房到酒吧找老爸。我只知道我好害怕，怕得不敢動彈，只知道把自己的頭埋在枕頭底下一直哭。

我不知道自己趴在床上哭了多久。老爸在走廊上一定聽到有人嚎啕大哭，因為他用力把門推開，衝了進來。

「漢斯，你怎麼了？」

他把趴在床上的我翻過來，想扳開我的眼睛。

「小矮人……」我在啜泣。「我看到窗戶外有小矮人……他站在那裡……一直看著我。」

老爸還以為發生什麼天大的事，他馬上放開我，在房裡來回踱步。

「漢斯，不要再胡說八道了，船上沒有小矮人。」

「我看見了！」我不放棄。

「你只是看到個子比較矮的人，」老爸說。

老爸想辦法努力說服我，說我弄錯了，費了番功夫總算讓我鎮定下來。可是，要我不再提起這件事是有條件的。老爸必須向我保證，在輪船抵達帕特拉斯之前，一定會問問船員是不是有小矮人搭上這艘船。

「你會不會覺得我們討論太多哲學問題了？」他問。這時我還斷斷續續發出微弱的抽噎聲。

我搖搖頭。

「現在最要緊的是在雅典找到媽咪，」他說。「過一段時間我們再想想怎麼解開生命的奧祕。這些問題我們不用急著處理，反正又沒有人會把我們的計畫偷走。」

他又低頭看著我。

「不是每個人都喜歡探討我是誰、這世界怎麼來。有這種嗜好的人極為罕見，我們算是少數份子。和我們一樣有這類癖好的人彼此相隔非常遙遠，我們這種人不太可能有機會形成自己的社群。」

等我不再哭了，老爸從他的威士忌酒瓶往玻璃杯裡嘩啦啦倒了一點酒，差不多有一公分這麼高。他把酒加水之後才把杯子遞給我。

「漢斯，把這個喝了。這樣今晚可以好好睡一覺。」

我喝了幾小口。這東西難喝死了，搞不懂老爸為什麼老是猛灌個不停。

老爸準備睡覺了，我連忙掏出從美國女士那裡討來的小丑牌。

「這個給你，」我說。

他把紙牌拿在手中看個仔細。我不覺得那張牌有什麼特別的，不過，這是我第一次送他小丑牌就是了。

為了謝謝我送他禮物，老爸表演一招紙牌把戲給我看。他從自己的提包拿出一疊紙牌，把那張小丑牌插入紙牌中。接著，他把那副牌放在床頭櫃，下一秒就便把一模一樣的小丑牌憑空變出來。

我全程緊盯著他，我明明看到他把那張小丑牌放進那疊紙牌裡了。他是不是把小丑牌藏進袖子裡？他是怎麼辦到的？

我實在想不通，東西要怎麼憑空變出來？

老爸信守了承諾。後來他向船員問起小矮人的事，可是船員很肯定，沒有小矮人搭上這艘船。這才是我最擔心的：小矮人是偷渡上船的。

梅花傑克

……假如這世界是魔術戲法變出來的，那背後絕對有一位偉大的魔術師……

我們決定了，今天不在船上吃早餐，等輪船停靠帕特拉斯港再說。我們把鬧鐘設定在七點，比預定抵達時間提早一小時，可是我六點就醒了。

我一醒來，馬上注意到放大鏡和小圓麵包書擱在床頭櫃。昨天窗邊突然冒出一張小臉，嚇得我忘了把東西收好。幸好老爸沒發現。

老大還在睡。從睜開眼的那一刻起我已經開始在想，佛羅德會怎麼說奇幻島小矮人的故事？老爸睡醒前通常會在床上翻滾一下，我要把握這段空檔多讀一點。

「我們出海的時候經常玩紙牌遊戲，所以我上衣的口袋總是塞了一副撲克牌。發生船難後來到這塊土地，我身上除了那副在法國買的撲克牌以外一無所有。」

「到島上的前幾年，每當我覺得孤單，就會玩單人紙牌遊戲解悶。除了紙牌，我沒有其他圖畫可欣賞。我會玩的單人紙牌遊戲不僅只在德國和海上學到的那幾種。沒多久我便發現，五十二張紙牌加上永遠用不完的時間，讓我能變化出許許多多無窮無盡的單人紙牌遊戲和其他花招。」

「過了一陣子，我開始替每張撲克牌創造特色，把它們視為有生命的個體，分屬四個不同的家族。梅花長得矮矮壯壯，有棕色的皮膚和細捲的頭髮；方塊顯得比較清瘦、嬌小玲瓏，舉止也比較優雅。這兩組人的臉色白皙得近乎透明，同樣留著一頭銀色直髮。至於紅心——在所有家族中，就屬他們最友善。紅心的體型比較圓潤，兩頰有淡淡的紅暈，還有一頭濃密的金髮。最後還有黑桃——哎呀，他們好可怕啊！體格非常結實挺拔，冷冷的表情一派嚴肅，膚色很蒼白，眼睛黑得發亮，看起來很犀利，黑色的頭髮有些稀疏。」

「每當我玩單人紙牌遊戲時，腦海會立即浮現這些紙牌人物的身影。我每打出一張牌，就好像從魔法瓶釋放了一個小精靈——沒錯，像小精靈。他們之所以分屬四大家族，不僅僅是因為他們長相不同，他們的性情也明顯不同。梅花稍微懶散了些，但個性很剛烈；方塊迷迷糊糊的，生性比較敏感；紅心比暴躁易怒的黑桃溫柔多了，性情也比較開朗。每個家族成員彼此間的差異也很大。整體來說，方塊家族都感情脆弱，其中又以方塊三最愛哭；黑桃家族動不動就發脾氣，其中又以黑桃十的個性最火爆。」

「時間過了一年又一年，我創造出五十二個看不見的人在島上陪伴我。後來變成五十三個人，因為小丑也進場了，他扮演了相當吃重的角色。」

「可是，這是怎麼……」

「我不知道你能不能想像我那種孤單的感受。在這裡，寂靜是永無止盡的。我經常在島上遇見各種動物，貓頭鷹和六腳獸常常吵得我晚上睡不著覺。可是我始終找不到人可以說話。幾天後，我開始自言自語；幾個月後，我開始對著紙牌講話。我把全部的紙牌攤開成一個大圓圍繞著自己，假裝他們和我一樣是有血有肉的人。有時候，我會撿起其中一張紙牌，對著它說話，聊很久。」

「漸漸地，整副紙牌變得破破舊舊，開始碎裂。紙牌因為長期曝曬在陽光下最後褪了色，上面的圖案幾乎都看不清楚了。於是我把紙牌碎片收妥放進小木盒裡，直到今天還保管得好好的。紙牌碎了，但是紙牌人物活在我心中。後來，我可以直接在腦海裡玩單人紙牌遊戲，再也不需要實體的紙牌。這種感覺就好像有一天你突然不用算盤也會算數、不用按計算機也知道六加七等於十三。」

「我常常和那些看不見的朋友說話，他們也好像會回應我——即便這一切都只存在我腦海中。這些紙牌人物在我睡著後特別活躍，因為他們幾乎天天到我夢裡，我們好像一個小小團體。在夢中，這些人會說話也能自主行動。相較之下，白天顯得特別漫長，因為夜晚讓人覺得不那麼孤單。漸漸地，這些紙牌人物的個性愈來愈鮮明。他們在我的潛意識裡跑來跑去，開始扮演起國王、皇后、平民百姓的角色，彷彿他們也是有血有肉真正的人類。」

「我和裡面幾個人的交情比較深。剛開始，我老是找梅花傑克聊天，每次都聊很久；黑桃十只要能收斂自己的壞脾氣，我倒也可以和他說說鬧鬧好幾個小時。」

「有段時間我一直暗戀紅心么點。我實在太孤單了，才會愛上腦中的假想人物。可是，我常常覺得她就站在我面前：一襲黃衣裳，留著一頭金色長髮，眼珠是綠色的。我獨自在島上非常渴望有女性陪伴。其實我在德國的家鄉和一名叫絲黛的女子有婚約。可歎啊，她的心上人在海上失去蹤影。」

說到這裡，老人家摸了摸鬍子，靜靜坐著久久沒說一句話。

「孩子，時間不早了，」他終於開口了。「而且你才經歷過船難，一定很累吧。還是我明天再繼續？」

「不行，不行，」我堅持。「我想把整個故事聽完。」

「那是當然的。你必須把整個故事聽完，才能參加『小丑大會』。」

「小丑大會？」

「沒錯，小丑大會！」

他起身走到另一端。「不過，我想你現在應該餓了，」他說。

這倒是真的。老人家走進小小的食物儲藏間，端了一些食物走出來。食物分別擺在幾個精緻的玻璃餐盤上，老人家一盤盤放在桌上，我們面對面坐著吃。

我原以為島上的食物應該簡單又粗糙，沒想到，佛羅德一開始端上桌的就是麵包和捲餅。等他下一趟回來，桌上又多了起士和餡餅；後來，他還端來了一小壺乳奶。最後上桌的是餐後點心，一大碗裝了十到十五種水果。我認出裡面有蘋果、橘子、香蕉，其它是島上特有的。

我們暫時擱下佛羅德的故事，開始享用食物。這裡的麵包和起士和我以前吃過的不太一樣，乳奶喝起來也比一般牛奶甜多了。然而，帶給我味覺最大震撼的，莫過於那碗水果。有些水果和我熟悉的水果滋味完全不同，我現在偶爾回想起來，還是讚嘆連連。

「我在這裡永遠不用擔心沒食物可吃，」老人家說。

他從一顆南瓜一般大小的圓圓水果切下一小片，裡頭是軟軟的黃色果肉，很像香蕉。

「有一天早上，事情發生了，」他繼續。「前晚我又做夢了，那次的夢境格外逼真。早上醒來，我走到屋外，看著草葉上的露珠，太陽慢慢爬升至山頭。突然，從東邊的山脈出現兩個人形剪影，一步步朝我接近。我心想，我在島上總算有訪客了，立刻迎上前。我與他們的距離愈來愈近時，心怔了一下，我認得他們，那是梅花傑克和紅心國王。」

「起先，我以為自己還在屋裡睡覺，這次碰面只不過是另一場夢境。問題是，我百分之百肯定自己是清醒的。可是這樣的場景以前在夢中出現過太多次了，所以我也不敢完全確定。」

「他們跟我打招呼的模樣很像見到老朋友。說來，我們的確是老朋友！」

「『佛羅德，今天早上天氣真好呀，』紅心國王說。」

「待在島上這麼多年，這還是第一次有人和我說話。」

「『我們今天要來一點勞動服務，』傑克也說話了。」

「『我下令蓋一間新的小木屋，』國王說。」

「後來我們確實蓋了一間小木屋。前兩晚他們在我的小木屋過夜。幾天後，我們在我住處下方蓋好全新的小木屋，他們馬上搬了進去。」

「基本上，他們和我沒什麼不同──唯一的差別是，他們不曉得自己住在島上的時間沒有我的久。他們會下意識避開真相，不想知道自己其實是我想像出來的。當然，我們每個人的思維也是如此。我們腦袋裡創造出來的東西絕對不曉得自己的存在。可是，這些想像人物和我們其他思維概念又不太一樣，他們不知怎麼地就這樣走出我們內心的想像世界，進入外在的實體世界。」

「這……這怎麼可能！」我倒吸一口氣。

可是佛羅德繼續往下說。

「其他紙牌人物陸續現身，怪的是，最先出現的人看到後來出現的人，總是若無其事的樣子。感覺很像兩個人只是在公園巧遇，沒什麼好大驚小怪。」

「那些小矮人見面聊天，和看到多年的老友沒兩樣。說來，他們確實是老朋友。他們已經在島上一起生活很久了，因為不管白天醒著還是晚上睡覺，我滿腦子都是他們聊天的樣子。」

「某天下午，我正好在山下樹林砍柴，終於見到紅心么點了。我記得，她好像夾在整疊撲克牌中間。我的意思是，依照發牌順位，她既不是第一張也不是最後一張。」

「起初她沒看到我。她一個人在散步，邊走邊哼唱優美的曲調。我停下手邊的工作，淚水在眼眶打轉。因為當時我正好想起了絲黛。」

「我鼓起勇氣輕輕呼喚她：『紅心么點。』」

「她抬起頭，走向我，雙手摟著我的脖子，說：『佛羅德，謝謝你找到了我。如果沒有你，我不知道該怎麼辦才好。』」

「這話說得一點也不誇張。沒有我，根本不會有她，但是她不知道真相，而且也絕不能知道。」

「她的嘴唇又紅又嫩，我很想吻她，但是不知為何，我並沒有這樣做。」

「島上陸續有新成員加入，小木屋也一間間蓋起來。最後，一個村落具體成形了，我的四周出現許多小木屋，從此我不再孤單。沒多久，一個社會的架構也跟著出來了，男男女女各有各的工作職責。」

「這群由紙牌人物組成的社會早在三、四十年前已經成形，總共五十二人，但後來跑出一個怪胎。大約十六、七年前，島上又多了小丑這號頭痛人物。正當大家已經適應新的生活模式，過得無憂無慮時，他卻跑來攪局。這段故事等以後再說，反正還有明天。漢斯，在島上生活數十年，我已經體會到，時間是無窮無盡的。」

佛羅德對我說的事情實在不可思議，直到今日，他說的每個字我全記得清清楚楚。那五十三張紙牌究竟如何跳脫夢境進入現實環境，和有血有肉的人類一同生活？

「這……這怎麼可能呢？」我忍不住又說了。

佛羅德點點頭，說：「在島上生活那些年，紙牌人物紛紛從我的內心世界悄悄溜了出來，進入我居住的環境；還是其實正好相反，是我陷入自己的內心世界？我始終無法排除這個可能性。」

「我和這群朋友共同生活很久了，我們一同打造這個鄉鎮，一同下田耕種，一同準備食物，一同享用餐點，即便如此，我還是不停問自己，我周遭這些人是真的嗎？或許，我真的走進了無止盡的幻想世界？我不僅走不出這座島，也走不出自己的想像世界？如果真是這樣，我哪一天才能重回現實世界？」

「直到方塊傑克帶你來找我，看到你站在打水機前的那一刻，我才敢確定眼前這個世界是真實的。因為你不是紙牌中另一張小丑牌，對吧，漢斯？我也不曾在夢中看過你對吧？」

老人家抬起頭看著我，眼神帶著哀求。

「沒有，」我立刻回答。「你不曾在夢中看過我。可是，我們不妨把把這個問題反過來看：如果睡著的人不是你，那肯定是我。如果你剛說的那些奇幻的人事物是一場夢，那麼做夢的人不是你，是我。」

老爸突然翻身了，嚇得我從床上跳到地面，迅速穿上牛仔褲，把小圓麵包書對準口袋推進去。

他沒有馬上醒來。我走到窗前，站在窗簾後面。現在已經看得到陸地了，但這不是我目前最在乎的事。我的心思已經完全飄到另一個世界——另一個全然不同的時空。

假如佛羅德對貝克．漢斯說的事情是真的，那麼，我剛才在書中看到的情節，豈不是有史以來世上最偉大的紙牌遊戲絕技嗎？憑空變出一副撲克牌已經夠了不起，如果還能夠把五十二張紙牌變成活生生的人，那這種戲法已經進入登峰造極的境界，可不是隨隨便便練得成的。

從那時起，我開始對小圓麵包書中的內容半信半疑；從那一天起，我開始用另一種角度看世界：我認為，全世界的人類，都是高明的魔術戲法變出來的。

可是，假如這世界是魔術戲法變出來的，那麼，背後絕對有一位偉大的魔術師。但願有一天，我可以拆穿這套把戲。可是，如果這位魔術師始終不站到台上來，想要破解魔術師的戲法，恐怕沒那麼容易。

老爸把頭探進窗簾內，看到我們離陸地愈來愈近，突然一陣激動。「我們快要到哲學家的故鄉了，」他說。

梅花皇后

……上帝在開溜前，至少應該在自己的大作上簽個名吧……

當我們把車從輪船開上岸，剛抵達希臘的伯羅奔尼薩半島後，老爸便迫不及待買了一本他阿姨在克里特島買過的那種女性時尚雜誌。

我們在繁忙的港都找了間露天餐廳坐下來吃早餐。我們點了咖啡、果汁和抹了果醬的麵包。等候送餐期間，老爸拿起雜誌一頁一頁翻。

「哇！這是幹嘛！」他突然驚叫。

他把雜誌翻開往我的方向推過來，讓我看一張媽咪的全頁照。她的穿著雖然不像老爸在維洛納買的那副撲克牌小姐圖案那麼暴露，但也相去不遠了。沒關係，至少她身上還有一件單薄的衣裳——看得出來她拍的是泳裝廣告。

「或許我們會在雅典找到她，」老爸說。「但是要把她弄回家可能不容易。」

廣告頁底部有一行字，可惜寫的是希臘文，連老爸也被考倒了。問題不僅出在我們不懂文字的意義，還有拼音方式——希臘至今沒有使用世界通用的羅馬拼音。

早餐端上桌了，可是老爸連咖啡都還沒喝，就連忙拿著雜誌到處詢問鄰近桌位的人，看看有沒有人懂英語或德語。老爸總算中獎了，碰到幾個可以溝通的青少年。老爸把媽咪的照片攤開，拜託他們翻譯那一小行字寫了什麼。那群青少年往我這邊瞄了一眼。老爸這樣害我好尷尬，但願他沒有在他們面前大談挪威婦女不該拋家棄子這類的話題。

老爸回來了，他在雜誌上寫下雅典某家廣告公司的名稱。

「天氣愈來愈熱了，」他說。

那本雜誌當然還有其他女性的照片，但是老爸只在乎媽咪。他小心翼翼地把媽咪那頁撕下來，其餘整本雜誌直接扔進垃圾桶——和他抽出小丑牌，把其餘全新的撲克牌輕輕往垃圾桶一扔的感覺很像。

如果想盡快抵達雅典，那我們應該走科林斯灣南岸，再橫越著名的科林斯運河。可是，沿路只要有任何值得一遊的路線景點，老爸一定專程繞路造訪。

其實，老爸很想參觀德爾菲遺跡，請阿波羅神諭指點迷津。所以，我們必須搭乘渡輪橫越科林斯運河，再度開車沿著科林斯灣北岸朝德爾菲前進。

搭渡輪不到半小時就到了。我們開車開了大約二十哩路，來到一個叫做納夫帕克多斯的小鎮。我們在這裡稍作休息，點了咖啡和汽水，坐在廣場欣賞遠方的威尼斯堡壘。

我當然常常在想，如果我們在雅典遇見媽咪，場面會是如何；可是，小圓麵包書裡提到的每件事，我也同樣關心。我內心有很多疑惑想找老爸聊聊，但是我要小心，不能洩漏小圓麵包書的祕密。

老爸對著服務生招手，準備結帳，這時我趁機問他：「老爸，你相信這世界有上帝嗎？」

老爸嚇了一跳。「你不覺得一早提這個問題，時間不太對嗎？」他說。

我也這麼覺得。可是清晨那幾個小時人還在夢鄉的老爸，完全不曉得我的心到什麼地方遊歷了。我好想告訴他。老爸坐在那邊想著一些有趣的哲學問題，偶爾還會用紙牌變一些把戲。老爸是不簡單，可是我看過更厲害的，我看過一副撲克牌中的五十二張牌卡在大白天變成了活生生的人，四處走來走去。

「如果這世界真有上帝，」我自顧自說下去，「那祂很懂得怎麼和自己創造出來的人類玩捉迷藏。」

老爸哈哈大笑，可是我知道，他十分贊同我的觀點。

「說不定祂看到自己創造出來的人類嚇到了，所以乾脆開溜，」他說。「到底誰怕誰，真的很難說。到底是亞當怕上帝，還是上帝怕亞當？我想，『創造』這件事，把雙方都嚇到了。可是不管怎麼說，我覺得上帝在開溜前，至少應該在自己的大作上簽個名吧。」

「簽名？」

「是啊，祂大可以在大峽谷或是其他地方刻上自己的大名。」

「所以你相信這世界有上帝？」

「我沒這麼說。我只記得我說過，上帝坐在天堂對著我們哈哈大笑，因為我們不相信祂的存在。」

沒錯，我記得。我們在德國漢堡的時候，他常常這樣說。

「不過，即便上帝在離開前沒留下名片，至少祂留下這個世界。我想這樣也算公平了，」老爸說。

他靜靜坐著陷入沉思，過了一會兒才繼續說：「有一天，有一個蘇聯的太空人和蘇聯的腦神經外科醫師在討論基督教信仰。腦神經外科醫師是基督徒，但太空人不是。太空人吹噓說：「外太空我去過好幾次了，可是我連一個天使也沒看到。」腦神經外科醫師瞪大眼睛很驚訝，可是後來他說：「我曾經幫許多聰明人動過開腦手術，可是我發現他們腦袋空空沒半點想法。」」

現在換成我很驚訝。

「這是你臨時掰出來的嗎？」我問。

他搖搖頭：「這已經是老掉牙的笑話了，是以前我在阿倫達爾的哲學老師講的。」

為了取得一紙憑證，證明自己是哲學家，老爸以前曾跑到空中大學選修「哲學概論」這門課。哲學書籍他幾乎都讀過，但他去年秋天又跑到阿倫達爾一所護理學校聽老師講哲學的歷史。

不過，老爸覺得光在教室聽「教授」講課還是不過癮，最後乾脆把老師請到希梭伊島的家裡繼續開講。「把老師請出來，總不能把他一個人丟在旅館吧，」老爸說。也好，我剛好趁機認識他。那個人嘴巴一張開就說不停。他和老爸一樣喜歡天南地北話哲學，探討人生事實真相。兩人唯一的差別是，那個所謂的「教授」是學術界的詭辯家，而老爸是日常生活的詭辯家。

老爸靜靜坐著，凝視下方的威尼斯堡壘。

「漢斯，上帝已經死了，而且殺害祂的人就是我們。」

我覺得這番話實在難以理解，讓人心裡很不舒服，所以我沒有回應。

我們離開科林斯灣，車輛開始爬坡朝德爾菲前進，沿途經過一整片橄欖樹林。我們今天原本大可驅車直奔雅典，但是老爸說，我們不可以這樣飛快通過德爾菲，連裡面那座古老的神殿都不進去好好參訪一下。

我們大約在中午來到德爾菲，在一家旅館辦理住宿，從這裡可以俯瞰下方的小鎮和美麗的科林斯灣。這一帶旅館很多，但是老爸選了眺望海景最棒的一間。

我們從旅館出發慢慢往東走，穿越古老的城鎮，來到幾公里外著名的神廟遺址。隨著腳步愈來愈接近古蹟，老爸也開始滔滔不絕開講。

「古時候人們經常向阿波羅神諭請示意見，他們的問題五花八門，譬如該嫁誰該娶誰、出遠門該去哪裡、何時與他國開戰、該使用哪一套曆法等等。」

「什麼是神諭啊？」我忍不住問了。

老爸說，天神宙斯派了兩隻老鷹從地球的兩端分頭出發，飛越地球的表面，最後牠們在德爾菲會合，從此以後，希臘人宣布這裡是世界的中心點。後來太陽神阿波羅來到德爾菲，可是他在進駐之前，必須先消滅兇狠的巨蟒畢頌——這也是為什麼太陽神的女祭司會叫畢西雅。巨蟒被消滅後，化成了一條蛇，被阿波羅隨時帶在身邊。

坦白說，老爸講了這麼多，有些我實在聽不懂，而且，他還沒告訴我什麼是神諭。話說著，我們已經快走到神廟遺址的入口。神廟位在帕納索斯山腳下一處河谷，帶給人們創造力的謬思女神據說住在這山上。

進入神殿之前，老爸說，我們一定要在神殿入口附近的聖泉取水喝。他解釋說，每個人在進入聖地前一定要先淨身。他還說，只要飲用這裡的泉水，智慧和創作的靈感就會增長。

我們走進神廟遺址之後，老爸掏出一張地圖，上頭標示著神廟兩千多年前的樣貌。手邊沒地圖的確不行，因為現在這裡只剩一堆雜亂無章的廢墟。

我們先到古城的藏寶室遺址走走看看。古人請求神諭指點迷津的同時，必須準備精緻的供品獻給阿波羅。為了保存信眾的供品，希臘人在各個城邦打造這種特別的庫房收藏。

等我們抵達偉大的阿波羅神殿後，老爸才開始好好解釋什麼是神諭。

「你現在看到的歷史遺跡就是偉大的阿波羅神殿，」他說。「神殿裡面有一座石頭雕刻被稱為『石臍』，這是因為希臘人相信神殿是世界的中心。他們還相信，阿波羅每年會在神殿待上一段時間，人們有事需要指點迷津就會來求祂。阿波羅透過祂的女祭司畢西雅傳達訊息，女祭司坐在一張三腳凳上，凳子橫跨地面一道裂縫，具有催眠作用的蒸氣從裂縫陣陣升起，在女祭司陷入恍惚狀態後，阿波羅才透過她說話。人們來到德爾菲，必須把自己的問題寫好交給神廟的男祭司，他們再把問題轉給畢西雅。女祭司的答案極為模棱兩可，讓人完全摸不著頭緒，這時男祭司要負責解釋。希臘人就是這樣善用阿波羅的智慧，因為阿波羅無所不知——過去和未來的事情祂都知道。」

「那我們要問什麼呢？」

「我們要問祂我們在雅典能不能找到媽咪艾妮塔，」老爸說。「你可以假裝自己是問話的男祭司，我假裝是畢西雅，傳達天神的回覆。」

話說完，老爸隨即在著名的阿波羅神殿廢墟前面坐下，開始搖頭晃腦，兩手在空中不停揮舞，看起來像個瘋子。一群法國和德國遊客經過看到他，嚇得紛紛倒退好幾步。

我鄭重地發問：「我們在雅典會遇見艾妮塔嗎？」

老爸顯然在等候阿波羅神靈附身，後來他說：「從遙遠的國土來了一名年輕人……在古老的神廟附近……遇見美麗的女子……」

他很快就恢復正常，滿意地點點頭。

「這樣就行了，」他說。「畢西雅的答案向來都是這樣讓人聽不大懂的。」

可是我不滿意。年輕人指的是誰？美麗的女子指的又是誰？那座偉大的神殿在哪裡？

「這樣好了，我們來擲硬幣，看我們是不是找得到她，」我說。「如果阿波羅可以控制你的嘴巴，那祂一定也能控制這枚硬幣才對。」

老爸贊成我的提議，馬上掏出一枚希臘的二十德克拉馬硬幣。我們事先講定，如果反面向上，表示我們在雅典會遇見媽咪。我把硬幣往空中一拋，興奮地注視著地面。是反面！真的是反面！硬幣靜靜躺在地面，彷彿已經在這裡躺了數千年之久，等待我們發現。

梅花國王

……他覺得自己對生命和世界的認識實在不夠，這讓他十分苦惱……

在阿波羅神諭保證我們在雅典會遇見媽咪之後，我們繼續往上走，穿越神殿遺址，看到一座可容納五千名觀眾的古老劇場。我們站在劇場頂端俯瞰整片神廟遺址，遠遠地看到最下方的河谷低地。

我們往下走時，老爸說：「漢斯，關於德爾菲的神諭，有件事我還沒告訴你。你知道嗎，我們這種哲學家最喜歡來這種地方。」

我們在神殿遺跡找了個地方坐下來。一想到這些東西已經有幾千年的歷史，我就感覺好奇怪。

「知道蘇格拉底這個人嗎？」他要開始了。

「不太知道，」我實話實說。「我只記得他是希臘哲學家。」

「沒錯。首先，我要告訴你『哲學家』這個詞的意思……」

聽到這種開場白，我就知道老爸準備來上一段小小演說。老實說，我有點受不了，因為現在烈日當空，我臉上不停冒汗。

「『哲學家』的意思是尋求智慧的人，可是，這不表示哲學家的智慧高人一等。你知道這當中的差別嗎？」

我點點頭。

「第一個做到這點的人是蘇格拉底。他經常在雅典的市集四處走動和人們聊天，但從不說教，因為這不是他的目的。他和人們交談是為了請益。他說：『我總不能跑去向樹木請教問題吧。』但結果他很失望，因為他發現那些喜歡誇耀自己什麼都懂的人原來什麼也不懂。那些人或許可以告訴他當日的酒價和橄欖油售價，至於什麼是人生，他們卻幾乎一無所知。於是，蘇格拉底最後向眾人宣布自己只知道一件事──那就是他什麼也不知道。」

「這樣看來他不算是有智慧的人囉，」我提出異議。

「話說得別這麼快，」老爸嚴厲地說。「假設這裡有兩個人對某件事都不知道，可是其中一個人喜歡裝出很懂的樣子，你認為誰比較有智慧？」

我不得不承認，有智慧的人絕不會不懂裝懂。

「你總算聽出重點了。這也是為什麼蘇格拉底會成為哲學家。他覺得自己對生命和世界的認識實在不夠，這讓他十分苦惱，讓他覺得被隔絕在世界和生命之外。」

我又點點頭。

「有一天，有個雅典人跑到德爾菲神殿問阿波羅，全雅典城誰最有智慧？神諭回答，是蘇格拉底。蘇格拉底聽到這件事，其實有些驚訝，因為他認為自己知道的實在太少了。可是有一天，當他拜訪幾位智慧應該在他之上的前輩，請教他們幾個深奧的問題後，他發現神諭說得對。蘇格拉底和其他人的主要差別在於，那些人有了一點點學問就驕傲自滿，可是實際上，他們的學問根本比不上比蘇格拉底。知道一點點就自滿的人，永遠也成不了哲學家。」

我覺得老爸這番話挺有道理，但是老爸顯然還有更多話想說。他伸直手臂比著遠方，山下停了好幾輛遊覽車，一票遊客正魚貫湧出車門，緩緩步行上坡穿越神廟遺址，看起來很像一長串密密麻麻的螞蟻在爬行。

「在那群人當中，說不定有那麼一個人，常常覺得人生是個處處充滿冒險的奇幻旅程……」

他先深呼吸，然後繼續說。

「漢斯，你看，山下那麼多人多到數不清，這裡面只要有一個人覺得人生很像一場瘋狂歷險，不管這個人是男還是女，只要每一天都有這種感覺……」

「怎麼樣？」我問了，因為他的話又說到一半。

「那這個人就是撲克牌裡的小丑。」

「你覺得那群人裡面有小丑嗎？」

他的臉上閃過絕望的神情。「沒有！」他說。「當然，我不敢肯定，畢竟這世上小丑太少了，遇見他們的機率微乎其微。」

「那你呢？你是不是覺得活著的每一天都像童話故事？」

「沒錯，我是！」

他答得這麼篤定，讓我不敢跟他爭辯。

「我每天早上都覺得自己是『砰』一聲地醒過來，」他說。「這種感覺就好像生命在睜開眼的瞬間被注入我的身體，我好像童話故事裡的人物突然有了生命。不然，漢斯，我們是誰？你能告訴我嗎？就算我們是宇宙閃亮星塵的聚合物好了，這又怎樣？我們還是不知道這世界到底怎麼來的。」

「完全不知道，」我回答。此時此刻，我的感覺和蘇格拉底同樣落寞。

「那種感覺有時晚上也會出現，」他繼續說。「感覺到生命是現在進行式，我是活著的，可是，我永遠也不想再活一遍。」

「你的日子過得很苦吧，」我說。

「沒錯，是很苦。但也非常刺激。我不用跑到陰森森的古堡抓鬼，因為我就是鬼。」

「那你兒子看到船艙窗戶外有一隻小鬼，你怎麼會擔心？」

我不知道自己為什麼提起這件事。我想，我是故意提醒老爸，那晚在船上他說我看到小矮人是胡說八道。

他只是哈哈大笑。「你應付得來的，」他回答。

關於阿波羅神諭，老爸最後又提到古希臘人在神廟刻的幾個字：「認識自我」。

「可是，說得容易做起來難，」他這句話是對自己說的。

我們悠閒漫步走回山下的入口。入口附近有座博物館，老爸想進去參觀，他想好好看看那顆「石臍」。那塊石頭以前放在阿波羅神殿裡頭，是傳說中「世界的中心點」。我央求老爸，拜託他放我在外面自由活動。老爸總算同意讓我坐在樹蔭下等他，反正博物館文物對小孩的成長沒有太大幫助。

「你可以坐在那棵草莓樹下，」他說。

他拉著我往前走，把我帶到一棵樹下。我從沒看過這種樹，一點也不像真的，可是樹上長那麼多紅色草莓總不會是假的吧。

當然，我不想進入博物館的真正原因不能說。放大鏡和小圓麵包書一整個早上一直在口袋裡扎我，我也一直在找機會讀小圓麵包書，我很想抓著書本一口氣看完，可是我不得不提防老爸。

我忍不住這樣想，這本小書是不是和神諭一樣，最後會解答我內心所有的疑問？我翻開書本，奇幻島的故事正好輪到小丑出場，看得我渾身起雞皮疙瘩，因為這一陣子「小丑」是我最常聽見的兩個字。

小丑牌

小丑牌

……他像一條毒蛇悄悄溜進了小鎮……

老人家站了起來，走過房間，打開大門，把頭探進黑夜裡。我跟了上去。

「我往上看是繁星點點的天空，往下看也是繁星點點的天空，」他輕聲地說。

我懂他的意思。抬頭看看夜空，這麼耀眼的星光我還是頭一次見到，但是，星空無邊無際，我們只看到了一角。俯瞰下方的河谷，鎮上家家戶戶隱隱透出燈光，彷彿天空無意間灑落的星塵，落到了地面。

「天上天下同樣繁星點點，同樣深不可測，」他說。

他伸手比著遠方的小鎮說：「他們是誰？他們從哪裡來？」

「我相信他們的心裡一定也有這樣的疑問。」

老人家突然轉向我。「不行，不行，」他驚叫。「這是他們絕對不能問的問題。」

「可是……」

「萬一他們知道是誰創造出他們，他們就再也不能和我一起生活了。這個道理難道你不懂嗎？」

我們回到小木屋，把門帶上，在一張桌前面對面坐下。

「那五十二個人各有各的特色，」老人家繼續說道，「但是，他們還有個共通點，就是從不問自己是誰、從哪裡來。他們和大地是一體的，他們和其他動物一樣，隨心所欲、無憂無慮地在青翠草原上活動，一天過一天……可是後來小丑出現了，他像一條毒蛇悄悄溜進了小鎮。」

我吹了一聲響亮的口哨。

「五十二張紙牌全員到齊後，大家安穩地過了幾年，雖然我知道一副撲克牌裡還有小丑這張牌，但是，我沒想到小丑有一天也會來到島上。我以為自己就是小丑。那天，小丑終於來了，他在小鎮四處遛達。最先發現他的人方塊傑克。這個新成員的到來，讓平靜已久的小鎮掀起一陣騷動。小丑打扮得很滑稽，衣服還繫上許多小鈴鐺響個不停。不屬於任一家族的小丑，還故意在鎮上到處問小矮人一些難以回答的問題。過了一陣子，他開始離群索居，在小鎮外圍蓋了一間小木屋住下來。」

「他懂得比其他人還多嗎？」

老人家嘆了長長的一口氣說：「有一天早上我坐在門前階梯，他突然從角落跳出來，一路蹦蹦跳跳翻筋斗，叮叮噹噹朝我跳過來，小小的腦袋歪一邊，對我說：『主人，有件事我不懂……』」

「聽見他叫我一聲『主人』，我嚇了一跳，因為別的小矮人從不這樣稱呼我，只會叫我佛羅德。而且，他們很少一見面就對我說，他們有件事不懂。當你發覺到自己有事不懂，那你正往什麼都懂的道路邁進。」

「活蹦亂跳的小丑清了清喉嚨，對我說：『鎮上住了四個家族，四個國王、四個皇后、四個傑克、四個紅心、點數從二到十各有四組。』」

「『沒錯。』我說。」

「『也就是說，這裡一共有四種圖案，分別是方塊、紅心、梅花、黑桃，每一種圖案有十三張。』」

「這是頭一回有小矮人能夠清楚描述自己身處的社會結構。」

「『究竟是誰智慧這麼過人，能把一切安排得這麼巧妙？』小丑繼續說。」

「『或許這一切純粹是巧合，』我撒謊。『當你把幾根小樹枝往空中一灑，樹枝落地後的排列組合代表什麼意義，隨人解釋。』」

「『我不這麼認為，』小丑說。」

「這是島上第一次有人質疑我說的話，我面對的再也不是一張紙牌，而是一個人。其實我很高興，看來小丑應該會是很好的聊天對象，可是我不免會擔心，萬一有一天小矮人突然知道自己是誰、從哪裡來，到時候我該怎麼辦？」

「『那你有什麼想法？』我問小丑。」

「他專注地看著我，雖然他的身體像雕像一樣動也不動，但是他的一隻手在顫抖，弄得鈴鐺響不停。」

「『每件事看起來這麼井然有序，』小丑說，努力掩飾內心的焦慮。『這一切太井然有序，安排得太周密了。我不禁有種感覺，好像我們背後站了一個人，完全不曉得那個人最後打算把我們翻牌還是蓋牌。』」

「小矮人經常使用撲克牌遊戲的用字和術語，藉此表達內心的想法。如果找得到適當用字，我也會用撲克牌術語回應他們的問題。」

「小丑翻過來跳過去好幾回，身上的鈴鐺叮噹震天響。」

「『我是小丑！』他叫喊。『親愛的主人，不要忘了我是小丑。我和其他人不一樣，切牌對半分沒有我的份。我既不是國王也不是傑克，更不是方塊、梅花、紅心或黑桃。』」

「這下子我開始緊張了，可是我知道我不能攤牌說出真相。」

「『我是誰？』他逼問了。『為什麼我是小丑？我從哪裡來？我會往哪裡去？』」

「我決定大膽一試。於是我說：『你看到的每樣東西，都是我利用島上的花草樹木創造出來的，』我開始說話。『假如現在我告訴你，你和其他小矮人全是我一手創造出來的，那你會怎麼辦？』」

「他的眼神緊盯著我，我看得出他小巧的身軀在發抖，身上的鈴鐺也緊張地叮噹響。」

「他張開顫抖的嘴唇說：『這樣的話，親愛的主人，我別無選擇——我不得不把你殺了，奪回我的自尊。』」

「我乾笑了幾聲。」

「『這是當然，』我回答。『幸好事實不是這樣。』」

「他靜靜站著，半信半疑地看著我。後來他一溜煙跑掉，跑進小木屋，沒多久又跑出來，站在我面前，這回他的手上多了一瓶彩虹汽水。這瓶飲料被我收藏在屋後的櫥櫃許多年了。」

「『乾杯！』他說。『嗯，小丑說好喝好喝，』他拿起瓶子就喝。」

「我嚇得愣在當場。我不是替自己的安危感到憂心。我擔心的是，我在島上創造的一切有一天會瞬間瓦解消失無蹤，來得快去得也快。」

「可是，這件事沒有成真吧？」我問。

「我當下恍然大悟，原來小丑早就喝過彩虹汽水了，那瓶神奇的飲料突然讓他的思緒變得非常敏銳。」

「可是，你不是也說過，彩虹汽水喝了，人的感受力會變得遲鈍，會失去方向感嗎？」

「沒錯，但是它的後作用力是漸進的。這種飲料一開始喝了，你會變得絕頂聰明，因為全身各種知覺突然被喚醒了；可是慢慢地，你會變得昏昏欲睡。這種飲料的危險性就在這裡。」

「小丑喝了汽水後來怎麼了？」我問。

「『現在話不多說！』小丑大喊。『咱們後會有期！』」

「他迅速跑下山溜到鎮上，把彩虹汽水拿給其他小矮人輪流喝。從那天起，鎮上每個人都喝過了。後來，梅花每個星期會外出好幾趟，從中空的樹幹挖出玫瑰花蜜，紅心負責釀造，方塊負責裝瓶。」

「小矮人後來全部變得和小丑一樣聰明嗎？」

「那倒沒有。有時他們突然變得很機靈，我一度擔心事情會被看穿。可是，他們有時又變得糊裡糊塗。今日的他們只是昨日的殘影，你已經看不到他們的原貌了。」

我想起小矮人五彩繽紛的服飾，腦中浮現穿黃色衣裳的紅心么點。

「殘影還是很美啊，」我說。

「是啊，他們的確很美，可惜對什麼事都茫茫然。他們不曉得自己和綠色大地是一體的。他們看到日出月落，嚐遍這塊土地的果實，但是這些經驗沒能留在他們的記憶裡。在他們一腳跨出我的想像世界時，他們的行為舉止和常人差不多。但在他們喝了彩虹飲料後，神志就愈來愈恍惚，彷彿縮回自己的世界。當然，他們還是可以和人交談，但是話一脫口就幾乎忘得一乾二淨。如今，只有在小丑身上還看得到殘餘的智慧火光——紅心么點或許也殘留了一點，因為她老是說，她想找回自己。」

「有件事我想不通，」我打岔。

「怎麼了？」

「你一開始不是說，小矮人出現在島上的時間只比你晚了幾年，可是他們為什麼看起來這麼年輕？我真的很難相信他們有的幾乎快五十歲了。」

老人家的臉上浮現神祕的笑容：「他們不會老。」

「可是——」

「當小島上只有我一人的那幾年，夢中的影像愈來愈生動鮮明，最後他們一一從我的意念跳了出來，在島上化成形體。可是他們終究是幻想出來的，想像力有一種有不可思議的特性：它既能創造生命，也能讓生命永不凋零。」

「太神奇了……」

「孩子，你有沒有聽說過長髮公主這個童話故事？」

我搖搖頭。

「那你至少聽過小紅帽吧？白雪公主呢？糖果屋裡的漢賽爾和葛莉特的故事總聽過吧？」

我點點頭。

「你覺得這些故事人物年紀有多大？一百歲？還是一千歲？他們是永遠青春年少的老人，因為他們是從人們的想像力跳出來的。我從沒想過島上的小矮人有一天會變成白髮蒼蒼的老人，他們連身上的衣服也沒有任何磨損。可是，我們這些凡人就不同了。我們會變老，頭髮會變白，我們的衣服會變得破舊，直到衣服的主人消失為止。但我們的夢境不會。在我們離開人世以後，我們的夢境會繼續活在他人的想像世界裡。」

他摸摸灰白的頭髮，再比著身上破舊的外衣。

「其實我最大的疑問，不是那些紙牌人物是不是會隨著歲月老去，」他繼續說。「我只想知道，他們是不是真的出現在庭園裡？如果有一天，有外人來到這裡，他們是不是也看得到那些小矮人？」

「當然看得到！」我說。「我一開始就看到梅花二和梅花三，後來在玻璃工廠又看到方塊女孩……」

「嗯……」

老人家陷入沉思，似乎沒聽見我說的話。

「我還有一個疑問，」他總算說話了。「如果我走了，他們還會繼續存在嗎？」

「你認為呢？」

「這個問題我沒有答案，我永遠也不知道答案。因為到時候，我已經不在了，我永遠也無法知道，我創造出來的紙牌人物是不是會繼續留在人間。」

老人家又靜靜坐著久久不說一句話。我忍不住開始懷疑，這一切是不是一場夢？或許，我現在根本不是坐在佛羅德的小木屋前，而是在另一個完全不同的地方——或許，發生在這裡的每件事，全是我內心世界的投射。

「孩子，故事我們明天再繼續。我一定會告訴你曆法的事情——還有盛大的小丑競賽。」

「小丑競賽？」

「孩子，等明天再說。我們現在該上床休息了。」

他領著我到床前，床上鋪著獸皮和毛毯，還拿了一件絨毛睡衣給我。能夠換下一身髒兮兮的水手服，真是舒服的一件事。

這天晚上，老爸和我坐在陽台前俯瞰遠方的城鎮和科林斯灣。老爸心事重重，話說得不多。或許，他正在心裡問自己，該不該相信阿波羅神諭？我們真的會找到媽咪嗎？

夜色漸深，圓圓的月亮從東邊地平線升起，黑暗的小鎮整個亮了起來，讓天上的星星顯得黯淡。

這一刻，我覺得自己好像正坐在佛羅德的小木屋前，遠遠望著山下小矮人居住的城鎮。

方塊牌

方塊A

……他做人光明磊落，決定把所有的牌全部掀開……

和往常一樣，我比老爸早一步起床，可是沒多久，他的肌肉開始微微顫動。我決定好好觀察，看看老爸是不是像他昨天說的那樣，每天早上都在砰地一響的感覺中醒來。

我的結論是，他沒唬我。因為他睜開眼睛的時候，表情真的很驚恐。我想，他醒來那一瞬間，大概以為自己來到陌生的地方，譬如印度，或者另一個銀河系的小行星。

「你是一個活生生的人，」我說。「你目前所在位置是希臘德爾菲，德爾菲位於地球，地球是銀河系裡不停繞著太陽公轉的行星，必須花上三百六十五天才能繞行太陽一圈。」

他盯著我一直看，彷彿剛從夢境走到現實世界，外面太亮了，他的眼睛需要時間適應。

「謝謝你解釋得這麼清楚，」他說。「不然，每天早上醒來，我通常要愣個老半天才搞清楚自己在什麼地方。」

他下床走到房間另一端。

「漢斯，或許你每天早上都應該像今天這樣喚起我的記憶，這樣我的動作才會快一點，早早去洗手間梳洗。」

我們很快打包完畢，吃完早餐，立刻上路。

「我實在想不通，這些人怎麼這麼好騙，」老爸開車經過阿波羅神廟遺址時這樣說。

「你是說這麼容易相信神諭嗎？」

他沒有馬上回應。我擔心他已經開始懷疑神諭的真實性，不相信我們會在雅典找到媽咪。可是後來他說：「嗯，那個也算。但是還有別的——想想看那些希臘眾神，譬如阿波羅、艾斯科派司、雅典娜、宙斯、普賽頓、戴奧奈斯。古希臘人為了打造氣派的神殿供奉眾神，必須一年又一年從大老遠運來笨重的大理石。」

儘管老爸提到的希臘眾神，我都不太認識，可是我還是有話要說：「你為什麼這麼肯定眾神不存在？祂們或許現在不在這裡，或許祂們跑去其他地方找其他好騙的信徒——不管怎麼說，很久很久以前，祂們一定來過地球。」

老爸從照後鏡看了我一眼說：「漢斯，那你相信神的存在嗎？」

「我不敢肯定。可是我認為，只要人們覺得這世界有神，那祂們就是存在的。在人們的眼中，神永遠不會變老，神的鬢角也永遠不會變白，因為人們一直相信神的存在。」

「說得好，」老爸讚嘆。「漢斯，說得真是太妙了。說不定以後你也會成為哲學家。」

這是頭一回我覺得自己說話這麼有深度，竟然連老爸都得費神想想。他很長一段時間沒說一句話。

說來，老爸有點被我唬了。要不是因為看過小圓麵包書，我也不可能說出這麼有深度的話。其實，我當時心中想的不是希臘眾神，是佛羅德的撲克牌。

車上靜默了很長一段時間，於是我悄悄把放大鏡和小圓麵包書拿出來。可是，正當我準備看書的時候，老爸猛然踩煞車，把車停到路邊。他跳出了飛雅特，點燃一根菸，站在一旁仔細看著手中的地圖。

「就是這裡！沒錯，一定是這裡，」他大喊。

我沒說話。往左手邊望去，有一處狹窄的河谷，應該是這個緣故吧，否則我想不出老爸為什麼突然大喊。

「坐下來，」他說。

我感覺得出另一場小小演說即將開始，但是這一次我不覺得煩。我覺得有這樣的老爸，真幸運。

「伊底帕斯就是在那裡殺了自己的父親，」他說話時，手比著下方的河谷。

「哎，他怎麼會做出這種事，」我說。「不過老爸，你到底想說什麼啊？」

「命運。漢斯，我想談談命運，說是家族詛咒也行。這件事和我們的關係非常密切——我們來到這個國家，不正是為了尋找迷失自我的妻子和母親嗎？」

「你相信命運嗎？」我不得不問。老爸站在我旁邊，單腳放在我坐的石頭上，手裡夾著一根菸。」

他搖搖頭，說：「但是希臘人相信。他們認為，假如你想反抗命運，最後一定吃足苦頭。」

我開始有點不安了。

「我們等一下會經過一座古老的城鎮叫底比斯城。從前，城裡住了國王雷厄斯和妻子喬凱斯塔。有一天，德爾菲神諭告訴雷厄斯絕對不可生兒育女，因為如果有了兒子，男孩長大以後必定弒父娶母。因此，當喬凱斯塔生下了兒子，雷厄斯決定把男嬰扔到荒郊野外，讓他餓死或者被野獸咬死。」

「好殘忍啊！」我驚叫。

「就是啊，但是更殘忍的還在後面。雷厄斯國王下令要一位牧羊人把小孩處理掉。為了以防萬一，國王還割斷男孩兩腳的肌腱，萬一他沒死，也絕對無法在山區四處爬行，回到底比斯城。牧羊人遵照國王的命令，把小孩帶到山上，半路遇見來自科林斯城的牧羊人，這一帶牧地剛好歸科林斯國王所有。科林斯的牧羊人很同情小男孩的遭遇，擔心他被丟在郊外會餓死或被野獸咬死，於是拜託底比斯的牧羊人，讓他把男嬰交給科林斯國王。科林斯國王和皇后沒有子女，他們把小男孩視如己出，男孩成了王子，取名伊底帕斯，希臘文的意思是『腫腳』，因為小男孩的腳筋在底比斯城被惡意割傷，看起來腫腫的。伊底帕斯長大後帥氣挺拔，人見人愛，但是沒有人告訴他，他和王室沒有血緣關係。可是有一回，王室的宴會來了一位賓客，他開始說閒話，說伊底帕斯不是國王和皇后親生的——」

「可是他真的不是。」

「沒錯。當伊底帕斯拿這件事問皇后時，她不願正面回答。於是，他決定請示德爾菲神諭。伊底帕斯問畢西雅，他是不是科林斯王室真正的後裔，結果女祭司說：「務必離開你父親，否則等你們兩人再次見面，你會親手殺了他，然後會娶自己的母親為妻，和她生下子女。」」

我吹了聲長長的口哨。這和底比斯國王聽到的預言一模一樣。

「聽到神諭這麼說，」老爸繼續，「伊底帕斯不敢回到科林斯城，因為他一直認為國王和皇后是自己的親生父母。於是，他改往底比斯城的方向前進，最後來到了那個關鍵的地點。他在這裡遇見一位王公貴族，他坐在一輛四匹馬兒拉行的華麗馬車上。貴族身邊帶了幾名侍衛，其中一人推撞伊底帕斯，要他讓路。伊底帕斯自小被當成科林斯王室繼承人，人人尊敬，自然受不了別人對他無禮。於是，雙方一陣激烈推擠扭打，整場衝突以災難收場：伊底帕斯殺了那位有錢人。」

「所以他殺的是他的親生父親？」

「沒錯。侍衛也被殺了，但是馬伕最後順利逃走，他駕著馬車回到底比斯城，向眾人報告國王雷厄斯被強盜殺死的消息。皇后和底比斯城的人民陷入一片哀傷，但是同時還有一件令人憂心的事。」

「什麼事？」

「有隻叫做史芬克斯的怪獸，牠是女性人頭和獅身的結合體。史芬克斯擋住進入底比斯城的通道，設下一道謎題，凡行經此地答不出來的路人，一律命喪他手下。底比斯城的人允諾，只要答得出史芬克斯的謎題，無論是誰，都可以娶皇后喬凱斯塔為妻，接替雷厄斯國王的位置，成為底比斯城的新主。」

我又吹了聲口哨。

「伊底帕斯並沒有把旅途中被迫拔劍殺人的意外插曲放在心上，繼續往前走，沒多久便來到了史芬克斯看守的山頭。史芬克斯命令他回答下列謎題：什麼動物早上用四條腿走路，中午用兩條腿，晚上用三條腿？」

老爸看著我，想知道我是否解得開這個謎。我只是搖搖頭。

「伊底帕斯說：『答案是人類，謎題講的是人一生三個不同的階段。』他這樣解釋：『人類在嬰兒時期用兩手兩腳爬行；長大後用兩條腿走路；年老後用三條腿，是因為老人行走必須依賴拐杖。』伊底帕斯解開謎題，史芬克斯輸了之後就滾落山下摔死了。伊底帕斯成了底比斯城的英雄，得到應有的獎賞，娶了自己的母親喬凱斯塔為妻，兩人後來生下兩個兒子和兩個女兒。」

「哇，我的媽呀！」我大叫。本來眼睛一直盯著老爸的我，忍不住瞄一眼下方的河谷，看看那個伊底帕斯殺死親生父親的地方。

「故事還沒完，」老爸繼續。「後來，城裡突然爆發嚴重的瘟疫。古希臘人相信，會發生這種災難是因為阿波羅動怒了，天神生氣必然事出有因。他們請示德爾菲神諭，想知道阿波羅為什麼降下這麼嚴重的瘟疫。畢西雅的回答是：底比斯城必須找出殺死國王雷厄斯的兇手，否則整座城市將被毀滅。」

「不會吧！」

「伊底帕斯國王親自調查，努力想找出殺死前任國王的兇手。但他從沒想過，當年路上那場武力衝突和國王雷厄斯之死有關。在不知情的狀況下，自己正是兇手的伊底帕斯被迫展開追查兇案的任務。起先，他請求一位有天眼通的先知告訴他殺死雷厄斯國王的人是誰，不過，先知拒絕回答，因為真相實在過於殘酷。一心只想保護子民的伊底帕斯國王，一再逼問後總算從先知的口中挖出真相。先知私下告訴伊底帕斯，兇手正是國王本人。伊底帕斯這才想起那天路上的意外插曲，也知道自己殺了國王，可是，他還是無法證明自己是國王雷厄斯之子。但是，伊底帕斯做人光明磊落，他決定掀開所有的牌，追查到底。後來，他總算找到當年底比斯城和科林斯城那兩位牧羊人，他們證實了伊底帕斯殺了自己的父親，娶了母親為妻。至此真相大白，伊底帕斯最後挖出自己的雙眼。說來，他其實已經盲目、看不清楚事實很久了。」

我重重嘆了口氣，覺得那個古老的故事太悲傷、太不公平了。

「這就是你說的家族詛咒，」我喃喃說道。

「雷厄斯國王和伊底帕斯千方百計想盡辦法擺脫命運的糾纏，但是希臘人覺得那根本是不可能的事。」

我們的車剛好經過底比斯城，兩人都沒說話。我想，老爸一定在沉思他的家族詛咒，因為他久久不吭聲。

我想了一會兒伊底帕斯的悲劇，最後還是掏出我的放大鏡和小圓麵包書，先看書再說。

方塊 2

……老主人從家鄉收到重要的訊息……

隔天一大早，我被公雞啼叫聲喚醒。有那麼一刻，我以為自己醒在呂北克的家中，可是後來，我想起了船難。還記得我把救生船推到小礁湖的岸邊，岸邊盡是棕櫚樹。後來我漫無目的往小島內陸一直走，途中看到一個大湖泊，跳下去游泳，發現裡面的金魚多得數不清，上岸後在湖邊睡著了。

我現在人在哪裡？我是不是夢見一位老水手在小島上住了五十多年——而且，島上還住了五十三個活蹦亂跳的小矮人，這些人還是他一手創造出來的？

在睜開眼之前，我努力想釐清這些疑惑。

原來這不是夢！我睡在佛羅德的小木屋裡，山下有個小鎮……

我睜開眼。早晨的太陽灑落金黃色光線，照亮了陰暗的小木屋。這一刻我終於明瞭，先前經歷的種種遭遇和日出月落一樣真實。

我從床上爬下來，沒看見佛羅德的身影。我注意到門的上方有架子，架上有一只小木箱。

我把箱子拿下來，看看裡面——裡頭是空的。那副撲克牌在大變身之前，一定放在這只箱子裡。

我把箱子放回原處，走到屋外。佛羅德兩手放在背後站著，靜靜眺望下方的小鎮。我走上前站在他身旁，兩人沒說一句話。

小矮人已經開始忙碌了，小鎮和山丘四周全籠罩在陽光下。

「小丑日……」老人家總算開口了，臉上閃過一絲憂慮。

「小丑日？」我問。

「孩子，我們要在屋外吃早餐。你先找位置坐下來，等我端食物過來。」

他手比著小木屋牆邊一張小型長凳，凳子前面有一張小桌子。我坐下來欣賞美妙的景色。有的小矮人正拉著小推車正往小鎮外圍走，看樣子梅花要準備下田工作了；有一間大工廠不時傳出敲敲打打的聲音。

佛羅德回來了，手上端著麵包、起司、六腳獸的乳奶，以及熱騰騰的凝灰岩飲料。他在我旁邊坐下來，沉默片刻之後，開始說起更多他在島上早年的生活。

「那些日子，我的時間全花在單人紙牌遊戲，」他說。「我有說不出的孤單。大概因為這樣，所以那五十三張撲克牌最後全部幻化成人形。可是，重點還在後頭。島上後來施行的曆法，和這些小矮人有非常密切的關係。」

「曆法？」

「沒錯。一年有五十二個星期，一張撲克牌代表一個星期。」

我開始有點懂了。

「五十二乘以七等於三百六十四。」我大聲地說。

「沒錯。可是一年有三百六十五天，我們把最後一天叫做小丑日。這一天不屬於任何一個月份，也不屬於任何一週。這是額外多出來的一天，這一天，什麼事都可能發生。每隔四年有兩個這樣的小丑日。」

「真是妙啊……」

「五十二個星期——也就是五十二張撲克牌——又可以分成十三個月，每個月有二十八天，因為二十八乘以十三也等於三百六十四。第一個月是么點，最後一個月是國王。每隔四年有兩個小丑日。第一年是方塊，第二年是梅花，接著是紅心年，最後是黑桃年。如此一來，每一張紙牌都有自己專屬的星期和月份。」

老人家迅速瞄了我一眼，對於自己精心發明的曆法，得意之餘又有些不好意思。

「一開始聽起來有點複雜，」我說，「但是這套曆法真的是妙極了！」

佛羅德點點頭。

「反正閒閒沒事，動動腦也是好的。一年又分為四季：方塊代表春天，梅花表夏天，紅心表秋天，黑桃表冬天。一年起始的第一週是方塊么點，其餘的方塊紙牌依序替入。夏天第一週是梅花么點，秋天第一週是紅心么點。冬天第一週由黑桃么點帶頭，年底最後一週是黑桃國王。」

「現在是第幾週？」我問。
「昨天是黑桃國王週的最後一天，同時也是黑桃國王月的最後一天。」
「所以今天是——」
「今天是小丑日——是連續兩天小丑日的第一天，所以會舉辦一場盛大的宴會。」
「真是怪啊……」
「就是啊，同鄉，你來到島上的時間，正好遇上我們準備打出小丑牌迎接新的一年，而且正好也是四年週期循環的另一個開始。可是……」
老水手靜靜坐著陷入沉思。
「怎麼了？」
「島上的『年代』其實也是這些撲克牌組成的。」
「這我有點聽不懂了。」
「是這樣的，每一張撲克牌各自代表不同的星期和月份，我用這種方式掌握一年的天數。每一張撲克牌代表一年。我把來到島上的第一年訂名為方塊么年，接著是方塊二年，其他方塊按照大小順序依此類推，和五十二個星期的表示法是一樣的。可是我剛不是說了，我已經在島上住了整整五十二年……」
「然後呢……」
「水手啊，我們剛過完黑桃國王年，可是我沒想過再往下走要怎麼算，因為在島上待個五十二年以上——」

「是你料想不到的事情？」

「沒錯，我確實沒想到。今天，小丑會正式宣布新的一年是小丑年，下午會舉辦慶祝大會。黑桃和紅心正忙著把木工廠佈置成宴會場地，梅花忙著採水果，方塊忙著準備玻璃杯。」

「我……我也要參加宴會嗎？」

「你會是我們的貴賓。可是，在我們到鎮上之前，有件事你必須知道。水手，我們還有幾個鐘頭，我們必須趁這段時間……」

他把棕色飲料倒入玻璃工廠製作的酒杯。我小心啜飲幾口，老人家繼續往下說：「小丑大會如果不是年底最後一天舉行，就是新年第一天舉行，都可以。可是單人紙牌遊戲每四年才玩一次……」

「單人紙牌遊戲？」

「沒錯，每四年會進行一次所謂的『小丑接龍遊戲』。」

「我想，這你得好好說明一下。」

他咳了兩聲清嗓子：「我剛也說了，在島上獨居的頭幾年，我必須找事做打發時間。有一天，我拿著整疊撲克牌開始一張張撥動，假裝他們在說話，一人說一句，想辦法把全部的句子記下來成了一種遊戲。最後我總算把每一張撲克牌說的話，全數記在心裡。接下來進入遊戲第二階段。我開始洗牌，讓每張紙牌的句子自然而然串連起來，那些句子在意義上會形成某種連貫性。每次整副牌翻撥到最後一張，往往會串成一個故事——說起來，這故事是由每張紙牌『自己想出來』的句子組合起來的，他們各想各的，沒有事先套招。」

「這就是小丑接龍遊戲嗎？」

「嗯，沒錯——每當我覺得孤單，就開始玩單人紙牌遊戲。後來這種玩法升級了，變成大型的小丑接龍遊戲，每四年一次在小丑日當天進行。」

「請繼續。」

「在中間的四年當中，下一輪的小丑日來臨之前，五十二名小矮人每個都要想出一個句子。聽到這裡，你或許覺得沒什麼大不了，但是你不要忘了，他們腦筋很遲鈍。即便想出來了，還要把句子背下來。天天背誦句子這件事對頭腦簡單的小矮人來說，並不容易。」

「他們會在小丑大會那天把句子唸出來嗎？」

「沒錯。但是，這只是遊戲第一階段，接著就看小丑的表現了。他不用準備任何句子，可是在其他小矮人唸句子的時候，他會坐在寶座上邊聽邊記錄。宴會進行當中，他會調動紙牌順序，把所有的句子組成意義連貫的段落。他會安排小矮人依序就定位，請他們把自己的句子再說一遍，每個獨立的句子拼湊起來，最後變成意義深遠的童話故事。」

「妙極了。」

「確實，但是也非常驚人。」

「怎麼說？」

「你或許會認為小丑很有本事，因為他想盡辦法運用他的才智，從混亂無章的句子中理出一個頭緒，看出關聯、創造秩序。那些句子都是小矮人各想各的，沒有事先討論過。」

「所以呢？」

「所以，我一直有種感覺，我覺得這個秩序——也就是句子組合起來的童話故事——其實早就存在了。」

「有這種可能嗎？」

「我也不知道。可是，如果真是這樣，那五十二個小矮人可就非常特別了，他們不單單是五十二個獨立的個體，而是彷彿有一條看不見的絲線將他們纏繞一起——我還有很多事沒告訴你。」

「快說啊！」

「剛到島上的前幾年，當我一個人坐著玩單人紙牌遊戲的時候，很想用撲克牌『算出』未來。當然，那只是遊戲。可是，記得以前跑船走遍各大港，我就常常聽到其他船員說，從一副撲克牌可以看到自己的未來。結果果然如此。梅花傑克和紅心國王是島上最先出現的紙牌人物，而在他們出現之前，我玩撲克牌時，這兩張牌就經常在關鍵時刻出現。」

「這真奇怪。」

「小丑遊戲剛開始的時候，我不覺得有什麼特別的。可是，等紙牌人物全部就定位後——你知道去年的小丑大會，故事的最後一句是什麼嗎？我是說四年前喔。」

「我怎麼會知道？」

「嗯，那你現在注意聽好了：『年輕的水手在黑桃國王年最後一天來到小鎮。水手和玻璃工廠的傑克小矮人大玩字謎遊戲。老主人從家鄉收到重要的訊息。』」

「這……這真是怪了。」

「四年來這幾句話我一直沒特別放在心上，可是昨晚你出現在鎮上的時間，恰好是黑桃國王年、黑桃國王月、黑桃國王週的最後一天——我不禁突然想起那年的預言。少年水手啊，你的出現似乎已在預料中……」

剎那間，我想起了一件事。

「老主人從家鄉收到重要的訊息，」我重覆一遍那句話。

「怎麼了？」

老人家眼睛一亮，直盯著我。

「你先前不是提到一位叫絲黛的女生？」

老人家點點頭。

「她是呂北克人？」

「我的父親名叫奧圖，他從小沒有父親，但是他的母親也叫絲黛。她在幾年前過世了。」

「這個名字在德國很常見。」

「是沒錯……別人都說我的父親是私生子，因為我的祖母終生未嫁。她……她從前和一位水手有婚約，可是他在海上失去蹤影。他們最後一次見面那天，彼此都不知道女方已經有身孕了……後來大家議論紛紛。有人說，那段感情只是曇花一現，那個水手不是認真的，才會偷偷跑掉不願負責任。」

「嗯……孩子，你父親是哪一年出生的？」

「——……」

「快告訴我！孩子，你父親在哪一年出生？」

「他是一七九一年五月八日出生的，大約五十年前。」

「至於當年那個水手——他的祖父是玻璃工匠，對不對？」

「我不清楚。我的祖母很少提起他，或許是怕人閒言閒語吧。關於祖父的事，我只記得小時候她對我們說過，有一回帆船準備從呂北克出港，他爬到桅杆的高處，向岸上的祖母揮手道別，一不小心摔了下來，摔傷一條手臂。每次說起這件往事，她總是淺淺微笑，因為祖父是為了她摔傷的。」

老人家坐著久久不發一語，眼睛直直望著遠方的小鎮。

「你絕對想不到，」老人家總算開口了，「那條手臂其實離你非常近。」

話說完，他把外套的袖子往上翻捲，露出手臂上一道舊傷疤給我看。

「祖父！」我大喊。我張開雙臂緊緊擁抱他。

「乖孫子，」他話說完，靠在我的臂彎啜泣。「我的孫子，乖孫子……」

方塊3

……她追著自己的倒影一路到了這裡……

現在連小圓麵包書也出現這種家族詛咒的主題，我覺得故事情節愈來沉重了。

我們在一間鄉村旅店稍作休息，在大樹下找了一張長桌坐下來。旅店被一大片橘園圍繞，橘子樹長得非常茂盛。

我們吃了串燒烤肉、希臘鄉村沙拉搭配山羊起司。等餐後甜點送來了，我對老爸說起奇幻島上的曆法。當然，我不能告訴他這個想法怎麼來的，我只能撒謊，說這是我坐在汽車後座太無聊想出來的。

老爸驚訝得說不出話。他掏出一枝原子筆，在餐巾紙上開始計算。

「五十二張撲克牌代表五十二個星期，這樣算起來一共是三百六十四天。一年有十三個月，每個月有二十八天，相乘也是三百六十四天。這兩種算法最後都必須再加一天……」

「這一天就是小丑日，」我說。

「哇塞，我的天啊！」

他坐著久久不說一句話，呆呆地望著橘子園。

「漢斯，你是哪一年出生的？」

我不懂他問這個要做什麼。

「一九七二年二月二十九日，」我回答。

「我知道啊，可是你知道這一天是什麼日子嗎？」

我恍然大悟：對啊，我是閏年出生的。根據奇幻島的曆法，這一天算是小丑日。我看書的時候怎麼沒想到這點？

「是小丑日，」我說。

「沒錯！」

「你覺得這個巧合和我是小丑的兒子有關係，還是因為我自己本身也是小丑？」我問。

老爸表情嚴肅地看著我，說：「當然兩個都是。我在小丑日那天有了兒子，你在小丑日那天出生。這是有意義的。」

我覺得老爸發現我是小丑日出生的，看起來是很開心，可是我從他的聲音聽得出，他好像有點害怕我會奪走他小丑的地位。

總之，他很快轉移話題，又談起了曆法。

「這是你剛剛想出來的嗎？」他再問一遍。「妙啊！一張撲克牌代表一個星期，點數A到K代表一年十三個月，四種花色代表一年四季。漢斯，你應該拿這個申請專利。就我所知，目前還沒有人發明撲克牌曆法這種東西。」

他端著咖啡杯呵呵笑了幾聲，然後說：「我們最早使用的曆法是羅馬儒略曆，後來改成現在通行的陽曆。看樣子，修改曆法的時候又到了。」

老爸顯然比我對曆法還要感興趣。他埋頭在餐巾紙上拼命計算，不一會兒，他抬頭看了我一眼，眼底閃爍著小丑狡黠的神采，他說：「還沒玩完……」

我靜靜看著他。

「如果你把同一種花色十三張撲克牌的點數全部加起來，」他繼續說，「總共是九十一。么點表示點數一，國王是十三，皇后是十二，依此類推，加起來一共九十一。」

「九十一？」我說。我聽得一頭霧水。

他放下原子筆，擱在紙巾上，專注地看著我的眼睛。

「九十一乘以四是多少？」

「九四三十六……」我說。「啊！答案是三百六十四！哇塞！我的天啊！」

「沒錯！一副撲克牌的總點數是三百六十四——小丑要另外加上去。但是，在某幾年裡一年會遇上兩個小丑日。漢斯，或許這就是為什麼一副撲克牌會有兩張小丑牌。天下不可能有這麼巧的事。」

「所以，你認為撲克牌在設計當初已經把這個考慮在內了？」我問。「你認為，撲克牌的設計暗藏這麼多時間的表示方法，譬如一年的天數，也是刻意的？」

「這我不敢說。不過，我倒是認為，由此可見，天底下許多顯而易見的事情其實背後暗藏玄機，可惜人們不會解讀。你看，這世界玩撲克牌的人多到數不清，可是卻沒有人想到把紙牌的點數加看看。」

他靜靜坐著陷入沉思，表情突然變得凝重。

「可是我發現一個大問題。萬一小丑牌被納入曆法的運作，這樣以後我要跟別人討小丑牌就沒那麼容易了，」他說完馬上狂笑。顯然這不會是個大問題。

我們已經回到車上了，他還在咯咯笑個不停，顯然還在想曆法的事情。

我們快到雅典了，這時，我注意到路旁有個大型路標。這個路標一路上我已經看過好幾次了，但是這回看到，我的心雀躍不已。

「停下來！」我大叫。「停車！」

老爸被嚇得一陣慌，連忙把車子開到路旁，緊急煞車。

「怎麼一回事？」他轉過頭來問我。

「下車！」我用命令的。「我們現在馬上下車！」

老爸打開車門，跳下車。「你是不是身體不舒服？」他問。

我舉起手比著幾公尺外的路標。

「你看到那個路標了沒？」

老爸還是滿臉驚恐與問號，我這樣嚇他真是不該，可是沒辦法，我滿腦子都想著路標。

「什麼路標？」老爸問。他大概以為我瘋了。

「把它唸出來，」我說。

「雅西娜（Athinai），」老爸唸了，他總算慢慢回神了。「這是希臘文，意思是雅典。」

「難道你只看出這個嗎？把它反過來唸看看。」

「伊雅妮塔（Ianihta），」他大聲地唸。

我一句話也沒說，表情嚴肅地看著他，再點點頭。

「沒錯，聽起來很像艾妮塔，」他說完，點了一根菸。

他的反應太冷靜，我忍不住生氣了：「這樣很好玩嗎？你想說的只有這些嗎？我只想說，她人在這裡，這樣你還不知道嗎？她到這裡來了，她追著自己的倒影一路到了這裡，這是她的命運。這裡頭是有關聯的，你要看清楚！」

老爸總算被我激得有點生氣了。

「漢斯，你冷靜一點好不好。」

看得出來，他不太喜歡聽我提到命運和倒影。

我們回到車上。

「你會不會太濫用你的……你的想像力了，」他說。

原來如此，他指的不只是路標，之前我看到小矮人，還有那套特別的撲克牌曆法，他把這些全算進去了。如果真是這樣，我覺得他不公平，他最沒資格批評別人的「想像力」。畢竟，一開始提到家庭詛咒的人，不是我。

在往雅典的路上，我偷偷翻開小圓麵包書，看看奇幻島的小矮人如何迎接小丑大會。

方塊4

……她小小的手像朝露一樣冰涼……

我在奇幻島和自己的祖父相見了，我的父親是他當年離開德國尚未出生的兒子；結果我祖父出海橫越大西洋，遇上那場命中註定的船難。

這兩件事哪件比較奇怪？是意識裡一顆小小的種子一天天長大，最後化成人形這件事？還是人們的想像力太豐富了，讓想像世界裡的人物最後通通跳了出來，走進真實世界裡？可是，活蹦亂跳的人類難道不也是想像出來的嗎？是誰讓我們進入這個世界？

佛羅德一個人在島上活了大半個世紀，我們是否還能一同回到德國？是否有那麼一天，我還能回到呂北克的故鄉，走進我父親的麵包店，把身旁的老人家介紹給他，對他說：「老爸，我回來了，我從異鄉回來了。我還帶了佛羅德回家——他是您的父親。」

我緊緊擁抱佛羅德的同時，我想起了這個世界、歷史變遷以及世代交替，萬千思緒在腦海翻騰。可是，就在此時，一群紅衣小矮人從小鎮趕到山丘上。

「你看！」老人家輕聲說。「有訪客上門了。」

「是紅心，」他的聲音嘶啞。「每次都是她們負責帶我去參加小丑大會。」

「我很期待。」

「孩子，我也是。我有沒有告訴你，當年把來自家鄉重要訊息那句唸出來的人是黑桃傑克？」

「沒有……怎麼了？」

「黑桃是厄運的使者。發生船難之前，我在港口的酒吧早已聽人這麼說，等我來到這島上，發現這種說法在這裡也應驗了。每次我在小鎮上不小心被黑桃絆倒，後來一定會發生其他意外。」

他沒能繼續說下去，因為紅心二到十正在小木屋前面快樂跳舞。她們個個金色長髮披肩，身上的紅衣裳印著紅心。看看佛羅德一襲棕色粗布衣，再看看我一身破舊的水手服，紅心的紅衣裳顯得格外鮮豔耀眼，我忍不住揉揉眼睛。

我們走向紅心一行人，她們馬上把我們團團圍住。

「小丑日快樂！」她們歡呼大笑。

她們圍著我們，邊走邊唱，還一邊舞動裙襬。

「好了！夠了，」老人家說。

他對小矮人說話的模樣，好像在對家中寵物說話。

紅心女孩瞬間安靜下來，簇擁著我們一同下山。紅心五拉起我的手，牽著我一路走到鎮上。她小小的手像朝露一樣冰涼。

鎮上的街道和市集一片靜悄悄，但是附近幾間小木屋不時傳出嚷嚷尖叫聲，紅心女孩全部湧進其中一間木屋不見蹤影。

那是間木工廠，雖然現在太陽還高掛天空，屋外卻懸掛一排油燈。

「我們到了，」佛羅德說。我們跟著走進宴會廳。

小矮人都還沒到，但是裡面已經擺好四張大圓桌，桌上水果疊得高高的，分別用玻璃淺盤和缽碗盛裝。現場還有好幾瓶亮晶晶的飲料，全部裝在玻璃瓶和玻璃壺裡。每張桌子分配了十三張椅子。

這間小木屋用淡色原木打造，彩色玻璃油燈懸掛在天花板橫樑的下方。室內最遠那端，牆上開了四扇窗，窗檯和茶几擺了許多玻璃魚缸，紅色、黃色、藍色的金魚在裡面游來游去。柔和的日光穿透窗戶，落在玻璃瓶和金魚缸上，在地板和牆面反射出忽隱忽現的虹彩光芒。房間另一頭的牆邊，有三張高椅背的座椅排排站，讓人想起法庭裡的法官席。

我還來不及把每個角落看清楚，只見大門猛然被撞開，小丑從門外蹦蹦跳跳彈進宴會廳。

「各位好！」他笑嘻嘻地說。

他隨便動一下，紫藍小丑裝的小鈴鐺綴飾就叮叮噹噹震天響。他輕輕點個頭，紅綠相間的驢耳帽發出刺耳的叮鈴聲。

他突然輕快地跳到我面前，單腳站立，伸手拉拉我的耳朵。他全身上下發出的噪音，聽起來很像掛滿鈴鐺的雪橇被嚇得失控的馬兒瘋狂拖行。

「喂，」他說，「你受邀參加我們盛大的宴會，開不開心啊？」

「謝謝你們的邀請，」我回答。這個小地精讓人有些害怕。

「這樣啊——原來你懂得怎麼表達感謝，不賴嘛，」小丑說。

「你這個傻子，可不可以安靜一點，」佛羅德厲聲說道。

小丑轉頭看著老水手，眼底寫著懷疑。

「在這個大節日來臨之前，你早已緊張得兩腿發軟，我沒說錯吧！可惜啊，小丑我在此對你說，現在後悔已經來不及了，因為今天的撲克牌會全部掀牌——真相就藏在紙牌中。到此為止，話不多說！」

小丑又溜到屋外去了，佛羅德緩緩搖搖頭。

「這島上到底誰才是發號施令的人？」我問。「是你？還是小丑？」

「目前為止還是我，」他的語氣帶著為難。

沒多久，小丑又進來了。他在牆邊一張高椅坐下，然後表情嚴肅地示意我和佛羅德到他旁邊的椅子坐下。佛羅德坐中間，小丑坐他右手邊，我坐左邊。

「安靜！」小丑下令。這時我們早已坐定，現場根本沒有人說話。

屋外隱約傳來悠揚的笛聲，樂聲愈來愈響亮——全體方塊成員蹦蹦跳跳進門來了。由個頭小小的國王領軍，接著是皇后、傑克以及其他方塊成員，方塊么點殿後。除了王室成員以外，每個方塊女孩手中都有一把迷你的玻璃長笛，她們正吹奏美妙的華爾滋舞曲，玻璃長笛的音色清脆純淨，聽起來很像教堂管風琴中最小的風管在演奏。方塊家族穿得一身粉紅，銀色的頭髮配上藍得發亮的眼睛。除了國王和傑克，其餘的方塊都是女生。

「太棒了！」小丑鼓掌叫好。看到佛羅德也在鼓掌，我也跟著拍拍手。

方塊退到屋裡的一角站著，圍成四分之一圓。現在輪到穿深藍制服的梅花進場了。皇后和梅花么點的衣服顏色相同。梅花成員清一色是棕色捲髮、深色皮膚、棕色眼睛。和方塊相比，梅花的體格顯得胖嘟嘟。皇后和梅花么點是這一組唯一的女生。

梅花隊伍加入方塊的陣容，兩組人馬共同圍成二分之一圓。紅心接著上場，他們還是一身紅衣裳。國王和傑克是唯一的男性，身穿暗紅色的制服。紅心家族臉色紅潤，有著金色的頭髮和綠色的眼睛。隊伍中，紅心么點最與眾不同。

她穿的是那天我樹林裡遇見她的那件黃衣裳。紅心么點走到梅花國王旁邊站著。第三組小矮人加入後，現場圍起了四分之三的圓。

黑桃最後進場。他們黑色的頭髮硬得像鋼絲，眼睛是黑色，制服也是黑色的。在所有小矮人當中，就屬他們的體格最壯碩。他們的表情和身上黑色的制服同樣嚴峻陰鬱。皇后和黑桃么點是這一組唯一的女生，她們的衣服是紫色的。

黑桃么點走到紅心國王旁邊站著，五十二個小矮人最後圍成一個圓。

「太壯觀了，」我小聲地說。

「小丑大會每年都是這樣開場，」佛羅德小聲地回應。「這個排場代表一年五十二個星期。」

「為什麼紅心么點穿黃衣裳？」

「她代表夏至，每年這一天太陽升到最高點。」

黑桃國王和方塊么點之間預留了一個位置，小丑從椅子上跳下來，站到他們兩人中間。至此，整個圓才算真正完整。紅心么點和小丑兩人面對面站著。

小矮人手牽手，一同高喊：「小丑日快樂！新年快樂！」

小丑張開雙臂，鈴鐺跟著叮噹響，這時他大聲宣布：「今天不只代表一年過去了，同時也是五十二年一個循環的結束！未來掌握在小丑的手裡。小丑老弟，生日快樂啊！到此為止，話不多說！」

他伸出右手握左手，彷彿在跟自己道賀。現場的小矮人儘管不懂小丑在說什麼，還是用力拍拍手。然後，四大撲克家族各自帶開，走到專屬的桌位。

佛羅德伸手搭在我肩上。「他們根本不曉得自己在做什麼，」他壓低音量。「以前，我每到新年都會把紙牌攤開圍成一個圓，他們只會年年重複我做過的事。」

「可是——」

「孩子，你有沒有看過馬戲團的馬兒和狗兒表演？這些小矮人就像受過訓練的動物，也是在表演。至於那個小丑……」

「怎麼了？」

「今天還是我第一次看到他這麼傲慢、自信滿滿。」

方塊5

……沒想到，我這杯酒喝起來甜甜的，好好喝……

我的小書看到一半被老爸打斷，他說我們快到雅典了，把我拉回了現實世界。

老爸緊盯著地圖的指示，費了一番功夫，總算找到遊客服務處。老爸下車詢問服務處人員哪裡有合適的飯店，我坐在車上等候，看著街上來來往往的希臘人。

他回來時臉上笑嘻嘻的。

「泰坦尼亞飯店，」他回到車上對我說。「那裡有停車場和空房——這個當然很重要——可是，我還告訴服務處的人，說我們打算在雅典待上好幾天，希望住的地方看得到衛城，結果他們告訴我這間有露天平台的飯店，可以清清楚楚看到整個雅典衛城。」

老爸沒有誇大事實。我們的房間在十二樓，雖然室內窗景已經符合老爸的要求，但是我們一放下行李，還是立刻搭電梯前往露天平台，直接到戶外欣賞雅典衛城的全景。

老爸目不轉睛地看著遠方古老的神殿，看得目瞪口呆。

「好壯觀啊！漢斯，」他終於說話了。「實在太壯觀了。」

他走過來又走過去，激動的情緒總算平靜下來，然後向服務生點了一杯啤酒。我們在露天平台的盡頭挑了一張靠近欄杆的桌子，那裡面向雅典衛城。不一會兒，神廟四周的泛光探照燈全部亮起，老爸又興奮了起來，差點坐不住。

他的目光總算從遠方收回，他說：「漢斯，明天我們會到雅典衛城走走。我帶你去逛逛一處古老的市集，我想帶你看看古希臘偉大哲學家常去的地方，他們常在那一帶邊走邊討論人生最重要的問題，可惜這些已經被現在的歐洲人遺忘了。」

他開始高談闊論談起雅典的哲學家，我聽了一會兒，忍不住打斷他：「我們到這裡來不是要找媽咪的嗎？你該不會忘了吧？」

他已經喝了二、三杯啤酒。

「怎麼可能忘了，」他回答。「可是，我們和媽咪了分開這麼多年了，如果我們沒有先到衛城參觀一下，到時候見到媽咪，萬一找不到話題和她聊，這樣不是尷尬得要命嗎？漢斯，你說對不對？」

眼看即將抵達終點，我遲遲到了這一刻才明瞭，原來老爸很怕見到媽咪。這樣的領悟太痛苦了，我有種一腳踩進成人世界的感受。

直到目前為止，我一直一廂情願地以為，等我們到了雅典，自然會見到媽咪，等我們見到了她，所有的問題自然會解決。我現在才知道，原來事情不是這樣。

我竟然這麼晚才瞭解這一點，但這不是老爸的錯。因為旅途中，他已經說了不只一次，他沒把握媽咪會跟我們回家，偏偏我沒把這些話聽進去。我竟然看不出來，儘管我們費勁千辛萬苦來到這裡，但確實可能空手而歸。

我現在才知道自己太天真了，我突然替老爸感到很難過——當然也替自己感到難過。接下來發生的小插曲，肯定和這樣的心情脫不了關係。

老爸隨興聊聊媽咪和古希臘人，然後突然轉頭對我說：「漢斯，你要不要來一杯酒試試看？我打算叫一杯，可是我覺得一個人喝有點無聊。」

「不要，我不喜歡喝酒，」我說。「而且，我又不是大人。」

「我會點你喜歡的口味，」他信心滿滿地說。「而且，你已經愈來愈有大人的架勢了。」

他把服務生叫住，點了一杯甜馬丁尼給我，一杯希臘白蘭地給自己。

服務生滿臉詫異地看了我一眼，再看看老爸。「真的嗎？」他問。

老爸點點頭，就真的點了這兩杯酒。

沒想到，我這杯酒喝起來甜甜的，好好喝，加上裡面有碎冰塊，喝起來特別清涼有勁。結果我一連喝了兩、三杯，接下來大事不妙了。

我頓時臉色慘白，差點從椅子摔落平台地板。

「天啊，兒子，」老爸語中充滿歉意。

他抱我下樓回房。隔天早上醒來，我對昨晚醉倒以後的事幾乎沒什麼印象。可是我知道自己睡得非常不安穩，老爸也是。

方塊6

……常常跑下山混入人群中……

隔天早上醒來，閃過我腦中的第一個念頭就是：我再也受不了老爸這種酗酒的習慣，我受夠了。

我的父親極可能是阿爾卑斯以北最聰明的人，結果這個人卻因為沉迷於喝酒，腦筋也跟著迷糊了。我決定了，在找到媽咪以前，我們一定要把這件事徹底解決。

老爸一跳下床，馬上開始大談雅典衛城。我想，這件事還是等到早餐時間再談比較好。等我們用完早餐，老爸請服務生再端一杯咖啡來，然後點了第二根菸，邊抽菸邊把雅典大地圖攤開。

「你不覺得自己愈來愈過分了嗎？」我問。

他轉頭看我。

「你知道我在說什麼，」我開始施壓。「你酗酒的習慣我們已經談過幾次了，現在你連自己的兒子也拖下水，我覺得你已經失去分寸了。」

「漢斯，對不起，」他馬上認錯。「我想，昨晚那幾杯酒對你說來太烈了吧。」

「或許吧。但是，你不覺得自己喝酒應該節制一點嗎？萬一阿倫達爾唯一的小丑最後成了庸庸碌碌的廢人，這樣不是太可惜了嗎？」

他的臉上寫著內疚。頓時，我不禁替他感到難過，可是現在不對他說重話是不行的。

「我會好好想想。」他回答。

「那你最好快點想清楚。我覺得媽咪應該很不喜歡看到一個成天醉醺醺、邋裡邋遢的哲學家。」

他在椅子上不自在地動來動去。任何一個當父親的被兒子這樣教訓，心裡一定不好受。他接下來的反應，完全在我意料中，他說：「漢斯，其實這件事我已經想很久了。」

他的意思是，他會認真考慮，所以我想，這個話題先到此為止。可是不知道為什麼，我忽然覺得，他並沒有把老媽真正離開我們的原因告訴我。

我們回到正題。

「我們等一下怎麼到衛城？」我的手比著地圖問他。

為了節省時間，我們搭計程車直達衛城的山門，再從入口沿著林蔭大道緊挨著山壁慢慢往上走。

我們終於來到衛城裡面最大的一座古神廟「帕德嫩神廟」。老爸走過來又走過去。

「壯觀……真是太壯觀了，」他讚嘆連連。

我們在裡面繞了幾圈，然後走到一處陡峭的山崖邊，俯瞰下方兩座史上最古老的劇場，依底帕斯的悲劇曾在這裡上演過。

老爸伸手比著一塊大石頭，對我說：「坐下吧。」接著開始高談闊論聊起雅典人。

等老爸講完了，太陽已經高高掛在天空，地面幾乎沒有任何陰影。我們參觀衛城裡面的每座神廟，仔細研究它們的建築結構。老爸的手一下比這裡一下比那裡，教我怎麼辨別多利克柱式和愛奧尼亞柱式。他還告訴我，帕德嫩神廟的結構體完全看不到直線，邊說邊比給我看。偌大的神廟空盪盪的，裡面只有一座十二公尺高的雅典娜神像，是雅典的守護神。

老爸還告訴我，從前住在希臘北部奧林帕斯山的希臘眾神怎麼打發時間。他說，眾神常常跑下山混入人群中。人類好比一副超大型撲克牌裡的各張牌，眾神像小丑，偷偷混入其中。

這裡也有小型的博物館，但是，我和上回一樣，拜託老爸放我一馬。老爸答應放行，交代我要乖乖坐在外面等他。

本來我是很想和老爸一起參觀博物館，因為他的講解一定很生動。可惜，塞在我口袋裡的東西讓我走不開。

聽完老爸講解這麼多古神殿的事蹟後，我現在最想知道的還是那場小丑大會後續如何發展。奇幻島上五十二個小矮人已經在場中圍起一個大圓圈，他們正準備一個個朗誦自己的句子。

方塊7

……像是大型的化妝舞會，賓客事先被告知必須以撲克牌造型現身……

五十二個小矮人坐著開始閒聊，可是沒多久小丑拍了拍手，對著會場大喊：「『小丑接龍遊戲』要唸的句子，大家準備好了嗎？」

「準備好了，」小矮人的回答整齊劃一，聲音在大廳裡迴盪。

「那我們開始吧！」小丑宣布。

聽到這裡，小矮人紛紛朗誦自己的句子，五十二個人的聲音嗡嗡糊成一片，沒多久，又突然整個安靜下來，彷佛遊戲已經結束。

「每一次都是這樣，」佛羅德小聲地說。「大家同時各唸各的，最後只聽到自己的聲音。」

「大家注意聽我這邊，」小丑說。「從現在起，我們一個一個來。先從方塊么點開始。」

這位小公主站了起來，她把瀏海撥到一旁，然後說：「**命運有如往四方生長的花椰菜心。**」

「花椰菜心啊，嗯……」小丑搔搔頭。「這個句子很有……智慧。」

方塊二接著馬上跳起來，他說：「**放大鏡的玻璃和金魚缸的缺口吻合。**」

「這樣啊、」小丑說。「如果你可以告訴大家是哪個放大鏡、哪個金魚缸，這樣會更好。沒關係，時間到了自然會知道！只有兩個方塊是得不到真相的。下一個！」

現在輪到方塊三：「**父與子找尋一位美麗女子，因為她找不到自我。**」她說完開始吸鼻子哭了起來。

我還記得上一回看到她，她也在哭。方塊國王走上前安慰她。小丑說：「她為什麼找不到自我？等到撲克牌全部掀開，答案自會揭曉。下一個！」

其餘的方塊依序唸出自己的句子。

「**真相是，玻璃工匠之子愚弄自己幻想出來的人物。**」方塊七說。那天在玻璃工廠，她也對著我說了同樣的話。

「**虛幻人物從魔術師的袖口抖了出來，憑空出現，活蹦亂跳。**」方塊九說得信心滿滿。記得那天她說，她希望自己能想一些難到自己的腦袋也想不出來的事。我想，她辦到了。最後輪到方塊國王發表：「**單人紙牌遊戲是一場家族的詛咒。**」

「很有意思，」小丑大聲說。「雖然才走了四分之一輪的人次，許多重要的訊息已經出籠了。有人懂得這當中隱藏什麼深刻的意義嗎？」

現場窸窸窣窣，大家交頭接耳討論。小丑接著說：「命運轉輪目前還剩下四分之三的人次。下一組——梅花上場！」

「**命運像一條餓過頭的蛇，最後連自己也吞了。**」梅花么點說。

「金魚不會洩露小島的祕密，但是小圓麵包書會。」梅花二說。現在我終於知道，這個句子他一定一天到晚放在嘴邊唸個不停。那天他倒臥田野呼呼大睡前，還不忘一口氣丟出這句，唯恐自己會忘記。

所有的小矮人依序發表。其餘的梅花成員唸完了，接下來還有紅心和黑桃。

「內盒開啟外盒那一瞬間，外盒也開啟內盒。」紅心么點背誦出這個句子。我初次在樹林遇見她，她唸的也是這句。

「某個美麗的早晨，國王和傑克從意識的監牢翻牆而出。」

「他在上衣胸前的口袋藏了一副撲克牌，撲克牌被攤在陽光下晾乾。」

就這樣，五十二名小矮人站起來按照順序，一個人唸一句，一句比一句還要離譜。有人唸得很小聲，有人邊唸邊哈哈大笑；有人信心滿滿，有人說到一半啜泣、掉眼淚。整體的感覺是——如果他們那些雜亂無章的句子還有一絲絲整體感可言——完全看不出任何意義或連貫性。

然而，小丑還是認真地把大家發表的句子依序記錄下來。

末了，輪到黑桃國王登場。他銳利的眼神掃了小丑一眼，接著說出全場最後一句：**「能夠看穿命運的人也必須熬過命運的考驗。」**

整場接龍遊戲下來，我認為末了這一句最有智慧。小丑顯然也這麼認為，因為他用力鼓掌，身上的鈴鐺也叮噹響不停，聽起來很像單人樂隊在演奏。佛羅德無奈地搖搖頭。

我們起身跳下高椅，走進場中，這時小矮人已經在桌邊吵吵鬧鬧擠成一團。

我的思緒剎那間倒流。說不定，這裡真的和我先前想的一樣，奇幻島是精神病院，專門收容無藥可醫的弱智患者。佛羅德可能是醫護官，到這裡沒多久也跟著精神錯亂。萬一真是如此，那麼，即便下個月有醫師來到島上，恐怕也無濟於事了。

佛羅德對我說過的每件事，譬如船難、撲克牌，還有那些忽然蹦蹦跳跳的幻想人物，很可能只是老人家神志不清、胡言亂語。目前唯一能推翻這點的確切證據是，我的祖母確實名叫絲黛，我的父親和母親確實提過我有個祖父以前從桅杆摔下來，手臂也受傷了。

或許，佛羅德真的在島上住了五十年。我以前聽過船難的故事，有人劫後餘生確實也活了這麼久。佛羅德或許以前真的有一副撲克牌，但我無法相信那些小矮人是他的想像力變出來的。

這整件事，其實還可以從另一個角度來看：這一連串荒謬的事件全是我的想像。或許，突然發瘋的不是別人，是我。剛到小島的時候，我在一個湖裡有許多金魚的岸邊，摘了漿果來吃，說不定是漿果有問題？總之，現在想這些已經來不及了……

我的思緒被打斷了，因為我聽到了叮噹聲。起初我以為是船鈴在響，後來有人猛拉我的水手服——原來是小丑。不是船鈴在響，是他衣服上的小鈴鐺。

「你覺得這場撲克牌大會如何啊？」他問話時眼睛一直盯著我，露出明知故問的表情。我沒回答。

「我問你，」小丑繼續說。「如果說，某人心裡想的事情有一天突然從他的腦袋裡全部跳了出來，你會不會覺得很詭異？」

「這還用說，」我說。「當然，這……這太不可思議了。」

「是啊，確實不可思議，」他也同意。「可是，又有那麼幾分真實性。」

「這話怎麼說？」

「你看，我們現在站在這裡，你看我、我看你，我們的頭上同樣有一片藍藍的天，這也就是說……我們是有生命的。你倒是說說，一個人要怎麼從『意識的監牢翻牆而出』？這要用什麼樣的梯子才辦得到？」

「說不定，我們就是一直待在這裡，」我這樣說，企圖挑戰他的想法。

「確實，可是問題還是沒解決。水手，我們是誰？我們從哪裡來？」

我不喜歡他用這種態度找我探討深奧的人生哲理，而且，坦白說，他的問題我真的答不出來。

「我們是一群幻想人物，從魔術師的袖口抖了出來，憑空出現，蹦蹦跳跳，」他用喊的。

「小丑我說啊，這實在太奇怪了！不曉得水手你怎麼想？」

我突然發現佛羅德不在座位上。

「佛羅德呢？」我問。

「你應該先回答我的問題，再提你的問題才對啊，」他說完便哈哈大笑。

「佛羅德去哪裡了？」我再問一遍。

「他去外面透透氣。小丑接龍遊戲每回進行到這個階段，他一定會出去透透氣。因為有些句子他聽了會焦慮得尿濕褲子，所以小丑我覺得他到外面走走比較好。」

一想到我獨自被留在寬廣的宴會大廳面對這麼多小矮人，我頓時覺得好無助。小矮人多半離開了座位，他們穿得五彩繽紛，像孩子般在我身邊跑來跑去，彷彿這裡正在舉辦盛大的生日派對。這裡實在太擁擠了，根本沒必要把全鎮的人都請來。

當我看著他們歡樂嬉鬧，又覺得這不像一般的生日派對——比較像大型的化妝舞會，受邀賓客事先被告知必須以撲克牌造型現身，每個人在進門前還必須喝下一種身體會縮小的飲料，這樣小屋才能容納所有賓客。我太晚進來了，沒能喝一口那種神祕的飲料。

「你想不想喝一口亮晶晶的飲料啊？」小丑說話時笑得齜牙咧嘴。

他把一個小瓶子伸到我面前，思緒紊亂的我沒有多想，抓起瓶子湊到唇邊喝了一口。我想喝一點點應該不礙事。

然而，即便只是小小一口，我整個人已被收服。從出生到現在短短歲月裡嚐過的千般萬種滋味，瞬間在體內衝擊，有如欲望之海波濤洶湧。我有一隻腳趾頭咬了一口草莓，我有一撮頭髮不曉得嚐到了桃子還是香蕉。我的左手肘冒出西洋梨汁泡泡，各種香氣從我的鼻腔竄了出來。

這種感覺太美妙了，我愣了幾秒無法動彈。當我望著那一群來回奔跑的小矮人，我以為他們是我想像出來的。剎那間，我整個人陷入自己的意念之海，看著一群幻想人物紛紛從我的腦中衝出來，不願意繼續受困在我的意識裡。

許多稀奇古怪、不可思議的念頭不斷冒出，持續在我腦中打轉。我的腦中有個念頭蠢蠢欲動：我決定了，這輩子不能沒有這瓶飲料，瓶子空了也要立即添滿，因為，能夠痛快過癮地喝這種亮晶晶的飲料，才是世上最重要的事。

「這東西的滋味……好不好啊？」小丑笑嘻嘻地問。

這是我頭一回看到他露出牙齒，當他微笑的時候，身上的鈴鐺隱隱叮噹響，彷彿，他的牙齒和鈴鐺在不知不覺中融為一體。

「我還要喝一口，」我說。

這時，佛羅德從街頭一路往裡衝，途中還不慎被黑桃十和黑桃國王絆倒，最後一把奪下小丑手中的瓶子。

「你這個流氓，」他大吼。

現場的小矮人抬頭看著我們，但，沒多久又開始繼續嘻嘻鬧鬧。

忽然，我發現小圓麵包書在冒煙，手指有熱熱的燒灼感。我趕緊把書本和放大鏡丟到一旁，附近的人們見狀，直盯著我看，大概以為我被毒蛇咬了。

「沒事！」我大喊，隨即撿起放大鏡和小圓麵包書。

放大鏡無意中成了聚光生熱的凸透鏡。當我把書頁翻開，發現剛剛看的最後一頁出現一大塊燒焦痕跡。

書本以外的地方也燒起來了，只是速度慢了些——我的心也在燒。我已經發現了，小圓麵包書的內容，反映了我經歷過的許多事。

我坐下來低聲喃喃自語，唸了幾句奇幻島小矮人說過的話：

「父與子找尋一位美麗女子，因為她找不到自我……放大鏡的玻璃和金魚缸的缺口吻合……金魚不會洩露小島的祕密，但是小圓麵包書會……單人紙牌遊戲是家族的詛咒。」

絕對不會錯：我的生命經驗和小圓麵包書有種神祕的關聯。至於為什麼會這樣，我完全沒有頭緒。佛羅德的奇幻島是很神奇，但是這本小書的存在同樣神奇。

有那麼一刻，我甚至懷疑這本小書是隨著我經驗的累加自動寫出來的。可是，當我把這本書往後翻，發現內容早已完成。

即便外面氣溫很高，我的背脊還是一陣涼。

老爸總算出現了，我從岩石上跳了下來，趕緊連問老爸三、四個關於雅典衛城和希臘人的問題。我必須找點事情想想轉移心思。

方塊8

……像耍戲法一般，我們被變出來又被變不見……

我們回到雄偉的雅典衛城山門，老爸靜靜站著遠眺山下的城鎮。

他舉起手比著一座叫做亞略巴古斯的山丘。他說，使徒保羅就是在那座山上對雅典人傳道，發表一場重要的演說，當中提到有個默默無聞的上帝不以人類打造的神殿為家。

雅典有個古老市集位在亞略巴古斯的山腳下，叫做亞哥拉。古希臘偉大的哲學家經常來這裡，在高大的廊柱間漫步沉思；歷史上燦爛輝煌的神殿、官方建築以及法院，如今只剩斷垣殘壁。小山丘上唯一矗立的建物，是一座大理石造的古老神殿，裡面供奉火神兼工匠之神海菲斯特司。

「漢斯，我們快點往下走，」老爸說。「對我來說，到亞哥拉走走，很像回教徒的麥加朝聖之旅，只可惜，我的聖地麥加早已成了一堆廢墟。」

我想，他在擔心，期待已久的亞哥拉之行可能會令他非常失望。可是，等我們走進擁擠的古老市集後，在大理石建築間來回穿梭，我們邊走邊看，古城的文化也在老爸的心中慢慢甦醒，他手邊幾本雅典導覽手冊正好派上用場。

這裡幾乎沒什麼人。山丘上的衛城人群熙熙攘攘，山下的亞哥拉只有一、兩個小丑在徘徊。

記得以前聽人說過，說我們人已經活了好幾輩子，如果真是這樣，那麼我想，老爸想必在一千年前已經來過亞哥拉了。因為，當他提起古雅典人的生活，感覺像在「回憶」。

我的懷疑馬上獲得證實，因為他突然停下腳步，舉起手比著眼前一片廢墟，他說：「從前有個小孩坐在沙地堆沙堡。他常常堆新的城堡，城堡堆好，只欣賞片刻，隨即整個推倒。同樣地，『時間』也是這樣堆起一顆星球，堆好、推倒重新再來。世界的歷史被寫在沙地上，發生過的事件被記錄下來，然後抹平，重新再來。生命的生生滅滅，好比巫婆湯鍋裡的泡沫。有一天，我們也會在沙地被雕塑成形，我們的身軀和前人一樣脆弱短暫。時間像一陣風對著我們陣陣吹，把我們吹向空中、和我們結合，最後再把我們往下一扔。像耍戲法一般，我們被變出來又被變不見。隱隱約約不斷有其他生命準備蘊釀成形，隨時可能取代我們的位置。因為我們既不是站在堅固的土地上，也不是踩在沙地裡——我們就是沙塵。」

他這番話把我嚇到了——不僅僅是因為他的用字遣詞，也是因為他說話時字字鏗鏘有力。

他繼續說：「你躲不過時間的追逐。或許你躲得過國王的緝捕，甚至連上帝你可能也躲得過，但是你絕躲不過時間的追逐。時間跟隨我們的腳步前進，我們周遭萬事萬物全被這股瞬息萬變的力量所包圍。」

我認真地點點頭。但是這只是開場白，老爸才正要大談時間如何施展毀滅的力量。

「漢斯，時間不會成為過去，時間不會滴答流逝。會成為過去的是我們，會滴答流逝的是錶面的光陰。時間一點一滴吞噬歷史，像日出日落一樣無聲無息、毫不留情。時間推倒偉大的文明，把古老的歷史建築啃咬成碎塊，把一代又一代的人們大口咀嚼吞入腹中。這就是為什麼人們常說時間具有毀滅的力量。時間會嘶咬、會咀嚼——被它咬在口中的正是我們。」

「古代的哲學家是這麼說的嗎？」我問。

他點點頭，繼續說：「我們是一生庸庸碌碌、盲目奔波不停的螞蟻。我們在地球來回奔忙，彷彿奔忙最能顯示我們的存在。你剛剛不也看到了在衛城爬來爬去的小螞蟻。可是這一切都會消失。我們這批人會消失，另一批人會取而代之，空出的位置隨時有人準備遞補。形形色色的生命體來來去去，各種構想不斷推陳出新。生命的主題絕不重來，生命的排列組合絕不重複……世上最精細繁複的稀世珍品莫過於人——可是，我們卻被當成了垃圾。」

我覺得這段談話未免過於悲觀，於是忍不住斗膽發表淺見：「事情真的這麼絕望？」

「我話還沒說完呢，」老爸把我的話打斷，我沒機會往下說。「我們像童話故事裡的人物在地球上蹦蹦跳跳。大家見了面會點點頭、微微笑，好像在說：『嗨，你好，我們活在同一個時空耶！我們活在同一個現實世界——或許應該說，活在同一個童話世界……』漢斯，你說，這是不是太神奇了？我們目前住在宇宙同一個星球，但是我們很快就會被甩出軌道之外。天靈靈地靈靈——我們就不見了！」

我靜靜看著他。他是我這世上最親、最愛的人，可是，當他站在雅典古市集，仔細研究這裡的大理石建築時，卻不知怎麼地，好像變了個人。感覺上，說話的人好像不是老爸，我猜，他可能是被阿波羅或什麼小精靈控制了吧。

「如果我們活在另一個世紀，」他往下說，「那些與我們共同活在地球上的人，會是另一批。今天，我們能夠和同時代的人輕輕點個頭、微笑、打招呼，然後對他們說：『哈囉！大家好！我們怎麼會活在同一個時空？真是奇怪啊。』說不定有一天我遇見某個人，還可以打開他身體的一扇小門，對裡面的他大聲說：『嗨！裡面的靈魂，你好！』」

他伸出雙手做個樣子，打開自己身上的門，去看裡面的靈魂。

「我們現在是活著沒錯，但也只活這麼一次。我們張開雙臂，對眾人宣示自己的存在，可是等時間一到，我們就會被甩到一旁，拋進歷史的深淵。因為我們的去留不能自主。人生好比永不散場的化妝舞會，我們只是路過的賓客，一批又一批的人們戴上各種不同的面具來來去去。但是漢斯，我們的存在不該只有這樣。你和我應當在什麼特別的地方烙下永恆的足印，讓它永遠不會在地球這片大沙坑上被沖刷淹沒。」

他在一塊大理石上坐下來喘口氣。我現在終於明瞭，原來這番話在老爸心中醞釀已久，他準備到了這個雅典古市集才要發表。老爸說出內心的想法，等於和古代哲人進行一場心靈的對話。

老爸說話的時候，心中的觀眾其實不是我。他今天的每句話，都是說給偉大的古希臘哲學家聽的；他的每句話，都是說給遙遠的過去聽的。

雖然我還是個不成氣候的哲學家，但我想，我還是有權發表個人看法。

「難道你不認為，大沙坑裡的東西不見得每樣最後都會消失無蹤嗎？」

他轉過身，這次他總算對著我說話了。不知神魂在何方的老爸總算被我叫回來了。

「這裡，」他說，舉起手比著自己的腦袋。「這裡面的東西永遠不會消失無蹤。」有那麼一刻，我以為他得了自大妄想症，但其實他指的不完全是自己腦袋裡的東西。

「漢斯，人的念頭不會流走。其實，我的故事才說了前半段。雅典的哲學家相信世上有樣東西不會一去不復返，這個東西就是柏拉圖提到的『理型的世界』。在我剛剛說的那個故事裡，沙堡不是真正的重點，我真正想說的是：小孩子在準備堆沙城堡之前，心中已經存在一個完美的城堡形象。不然你倒說說，小孩子為什麼城堡堆好沒多久，馬上推倒？」

坦白說，我覺得後半段的故事比前半段更難懂，可是老爸繼續說：「你有沒有過這種經驗，譬如說，你很想把某樣東西畫下來，或者做個什麼東西，但一旦弄出來了，卻怎麼看都不對勁？所以你一試再試，堅持不放棄。這是因為你努力用雙手具體再現的形式，永遠無法完全複製你心中的影像。我們眼睛看到的人事物也是同樣的道理。我們總以為每件事可以更趨完美——可是，漢斯，你知道人們為什麼會這樣想嗎？」

我拼命搖頭。他的情緒亢奮到最高點，反而輕聲地說：「這是因為我們腦中所有的影像全部來自理型的世界，那裡才是我們的居所——地球這片沙坑不是我們的居所，因為時間會一一奪走我們心愛的東西。」

「所以還有另一個世界的存在囉？」

老爸神祕兮兮地點點頭：「我們的靈魂在找到新的身體之前，就是住在那個地方。有一天，等身體被時間摧殘得再也不堪使用了，靈魂會離開，再度回到那個地方。」

「真的嗎？」我話說完，抬起頭敬畏地看著他。

「嗯，柏拉圖是這麼想的。我們身體的命運最終和沙坑裡的城堡沒兩樣，這也是無可奈何。但是我們有樣東西是時間無法奪走的，因為它不屬於這裡。我們必須細心觀察萬事萬物如何運動變化，看出背後的玄機，這樣你就會知道一切只不過是表象。」

老爸說的話我不是每句都聽得懂，但是我知道哲學是一門了不起的學問，老爸是一個了不起的哲學家。我覺得，我對於古希臘人有了進一步的認識。我知道，今天，我只能在這裡欣賞古希臘人殘留世間的歷史遺跡，但是他們的思想會永久流傳，歷久彌新。

老爸演說末了，舉起手比著蘇格拉底從前被拘禁的地方。他的罪名是誘導年輕人誤入歧途，最後被判喝下一小瓶毒藥結束性命。不用說，他絕對是當時雅典唯一的小丑。

方塊9

……因為我們是一家人……

我們離開了古市集亞哥拉和雅典衛城，沿著購物街走，來到了議會大樓前面的「憲法廣場」。

老爸在路上買了一副很特別的撲克牌，他迫不及待把外包裝撕開，抽出小丑牌，把剩下的給我。

我們在露天廣場挑了一間餐館坐下來吃晚餐。老爸一口氣把咖啡喝光，然後告訴我，他要去打聽媽咪的下落。可是我的腳好酸，今天參訪希臘歷史古蹟，一整天階梯爬上爬下，我已經不行了。我們講好，我留在咖啡館等候，老爸自己出去打電話，走一趟附近一家模特兒經紀公司。

老爸離開之後，我獨自一人留在擠滿了希臘人的偌大廣場。起初，我把撲克牌全部攤在桌上，幫每一張牌想一個簡短的句子，再合起來編成一個故事。可是我沒有鉛筆又沒有紙，腦筋亂成一團，沒多久就放棄了。

我索性把放大鏡和小圓麵包書拿出來，繼續看奇幻島的故事。我知道，故事情節即將進入關鍵。五十二個小矮人想出一堆意義完全不連貫的句子，現在小丑準備進行整合，說不定，到時候我可以從中找到更多線索，看看這個很久很久以前貝克・漢斯對艾伯特說的精采故事，究竟和我有什麼樣的關聯。

小瓶子裡的飲料喚醒我全身上下每一個細胞，我的身體亢奮過了頭，感覺腳下的地板搖搖晃晃的，彷彿又來到了海上。

我聽見佛羅德說：「你怎麼可以把那瓶飲料拿給他喝？」

我聽見小丑回答：「呃，可是他後來自己也開口要了。」

我不太確定他是不是這樣說，因為下一秒我已經倒下睡著了。沒多久，我覺得好像有人在輕輕踢我的身側，想把我弄醒。等我睜開眼，看到佛羅德的臉正對著我。

「你一定要醒醒！」他說。「小丑準備解開重大謎題了。」

我馬上整個人坐直：「什麼謎題？」

「你忘了嗎？小丑接龍遊戲啊！他會把全部的句子整合成一個故事。」

我手忙腳亂地從地面站起來，看到小丑正在指揮全體的小矮人依照特定順序站好。他們和先前一樣也是圍個圓，唯一的差別是，現在紙牌花色全部打散，但是我馬上就注意到，數字相同的小矮人並肩站在一起。

小丑回到寶座，佛羅德和我也跟著坐回去。

「所有的傑克請出列！」小丑大喊。「你們站到四位國王和四位十點的中間；四位皇后必須站在四位國王和四位么點的中間。」

他搔搔頭，想了一會兒才說：「梅花九和方塊九位置互換！」

圓嘟嘟的梅花九輕手輕腳快步走，站到活潑的方塊九旁邊，接著方塊九蹦蹦跳跳跑過地板，站到梅花九原本的位置。

小丑陸續調整幾個位置，這才覺得滿意。

「這叫做牌陣，」佛羅德壓低音量說。「首先，每張牌都有一個意思，之後洗牌，再重新發牌。」

他在說什麼我幾乎聽不懂，因為檸檬的酸在我的腿上狠狠咬了一口，紫丁香醉人的香氣在我的左耳呵癢。

「每個人都造了一個句子，」小丑說，「但是這些句子要全部組合起來，單人紙牌遊戲的意義才能完整呈現，因為我們是一家人。」

場內突然一片鴉雀無聲。黑桃國王打破沉默說：「那我們誰先開始？」

「每次最不耐煩的人都是他，」佛羅德小聲地說。

小丑張開雙臂，對眾人宣布：「當然囉，故事的起頭通常會替後來的情節發展定調，因此，我們的故事有請方塊傑克打頭陣。出場了，玻璃工廠的方塊傑克，請說吧。」

「**銀色雙桅帆船在茫茫大海中滅頂。**」方塊傑克大聲宣讀。

黑桃國王馬上站到他旁邊跟著唸：**「能夠看穿命運的人也必須熬過命運的考驗。」**

「不行！不行！」小丑苦著臉制止他。「出場順序依照日出日落的方向走。黑桃國王最後才出場。」

佛羅德的表情變得緊繃又嚴肅，他說：「跟我擔心的一樣。」

「在擔心什麼？」

「黑桃國王是最後一個。」

我沒辦法回話，因為我突然感覺到蛋奶酒像瀑布一樣從我的頭上澆淋，有一種說不出的好滋味，這種飲品在我們故鄉呂北克可不是每天都喝得到的。」

「我們現在從頭開始，」小丑說。「四位傑克先出場，接著是四位十點，其他人按照太陽方位先後出場。各位傑克，請開始吧！」

四位傑克依序一口氣把自己的句子唸完。

「銀色雙桅帆船在茫茫大海中滅頂。水手被沖到島嶼的岸邊，這個島愈變愈大。他在上衣胸前的口袋藏了一副撲克牌，撲克牌被攤在陽光下晾乾。五十三張紙牌長年陪伴玻璃工匠之子。」

「還不錯，」小丑說。「故事就是這樣起頭的。一開始聽起來好像不怎麼樣，但好歹也是個開始。好了，輪到十點！」

四位十點接著說：**「紙牌還沒褪色前，五十二個小矮人全活在孤獨水手的腦海裡。一群奇怪的人物在主人的腦中跳舞。只要主子睡著了，小矮人就自由自在。某個美麗的早晨，國王和傑克從意**

識的監牢翻牆而出。」

「讚！說的真是太妙了。九點！」

「幻影從想像空間進入天地之間。虛幻人物從魔術師的袖口抖了出來，憑空出現，活蹦亂跳。想像人物雖有美麗的外衣，但是他們全都腦筋失常，只有一個例外。只有孤獨的小丑一眼看穿幻境。」

「沒錯！因為真相是孤單的。八點！」

「亮晶晶的飲料會麻痺小丑的知覺。小丑吐掉亮晶晶的飲料。少了令人糊塗的迷人佳釀，小丑的思緒更清晰。五十二年後，遭遇船難的孫子來到小鎮。」

小丑刻意看了我一眼。

「七點！」他下令。

「真相就藏在紙牌中。真相是，玻璃工匠之子愚弄自己幻想出來的人物。幻想人物發動一場奇幻叛變推翻主人。主人沒多久便喪命，小矮人殺了他。」

「唉唷我的天啊！換六點！」

「太陽公主迷途找路來到了海邊。奇幻島從中心全面崩落。小矮人變回了紙牌。麵包師的孫子趕在童話故事書闔上之前逃離了。」

「還不錯喔。四位五點，輪到你們了。一定要字字大聲說清楚，發音咬字只要出一點差錯，後果可能會不堪想像。」

我實在不懂為什麼他會說後果不堪想像，一直想，結果四個五點唸的第一句沒聽到。

「麵包師的兒子逃到山區，在偏僻的小鎮定居。麵包師把奇幻島的寶物藏了起來。未來就藏在紙牌中。」

小丑用力鼓掌喝采。

「每個人都表現得很不錯，」他說。「這齣牌戲有個特點，它不僅反映過去到目前為止發生的事，同時還預言未來——我們的單人紙牌遊戲才進行了一半。」

佛羅德伸出手臂搭著我的肩膀，我轉過頭看著他，他用小到幾乎聽不見的音量對我說「孩子，他說得沒錯。」

「我不懂你的意思。」

「我活不了多久了。」

「胡說！」我激動地說。「你千萬不要把這場無聊的遊戲當真。」

「孩子，這不只是一場遊戲。」

「你不准死！」我喊得太大聲了，場中幾位小矮人轉身抬頭看我們。

「孫啊，人老了難免一死，但是只要知道後繼有人，我就很欣慰了。」

「或許我也會死在島上。」

他慈祥地對我說：「難道你剛才沒注意聽嗎？他們說『**麵包師的兒子逃到山區，在偏僻的小鎮定居。**』難道你不是麵包師的兒子嗎？」

小丑再度拍拍手，整間屋子只聽見鈴鐺叮叮噹噹響。

「安靜！」他命令。「四點，請接下去。」

我滿腦子只擔心佛羅德可能會死去，所以後來只聽到梅花四和方塊四的句子。

「小男孩因為母親過世乏人照料，小鎮成了他的避風港。麵包師給他一瓶亮晶晶的飲料，還把美麗的金魚拿給他看。」

「現在輪到四位三點上場。開始吧！」

我只聽到兩個三點說的話。

「水手娶了美麗的女子為妻，女子生下小男嬰便遠赴南國找尋自我。父與子找尋一位美麗女子，因為她找不到自我。」

四位三點朗誦完畢，小丑再度打岔。

「這段講得太棒了！」他說。「我們現在要航向未來國度了。」

我轉過頭看看佛羅德，發現他眼眶泛著淚水。

「他們在說什麼我完全聽不懂，」我覺得好沮喪。

「噓！」佛羅德說。「孩子，你要注意聽歷史說什麼。」

「歷史？」

「也可以說是未來，因為未來也算歷史的一部分。這場遊戲說出我們世世代代未來的命運。小丑剛才說『未來國度』，就是這個意思。就算我們沒辦法完全弄懂紙牌背後的意義，我們的下一代照樣到來，時間不停留。」

「二點！」小丑大喊。

我努力想把他們說的話全部記下來，但是我只聽到三句。

「雙手冰涼的小矮人指引來自北國的小男孩前往偏遠的小鎮，還送了一只放大鏡伴他同行。放大鏡的玻璃和金魚缸的缺口吻合。金魚不會洩露小島的祕密，但是小圓麵包書會。」

「真是妙啊！」小丑說。「我就知道放大鏡的玻璃和金魚缸是故事的關鍵……現在輪到四位么點登場。各位公主們，開始吧！」

我勉強聽到三句。

「命運像一條餓過頭的蛇，最後連自己也吞了。內盒開啟外盒那一瞬間，外盒也開啟內盒。命運有如往四方生長的花椰菜心。」

「皇后們請出列！」

我整個人昏昏沉沉，只聽到了兩句。

「小圓麵包先生對著神奇的漏斗大聲呼喊，他的聲音傳遍千里。水手把烈酒吐掉。」

「現在四位國王準備來幾句至理名言，替我們這場單人紙牌遊戲做總結。各位國王，請開始吧，大家等著聽呢！」

除了梅花國王，每位國王我都聽到了。

「單人紙牌遊戲是一場家族的詛咒。這世間永遠有個可以一眼看穿幻境的小丑。能夠看穿命運

的人也必須熬過命運的考驗。」

熬過命運的考驗那句，黑桃國王整場說了三次。小丑拍拍手，小矮人也全部跟著拍手。

「太精采了！」小丑大喊。「這場紙牌遊戲每個人都很賣力，大家應該要很驕傲才是。」

小矮人又鼓掌了，接著小丑拍拍胸膛。

「小丑日，小丑萬歲！」他說。「因為未來掌握在他手中！」

方塊10

……一個小小的身影站在書報攤後方……

我抬起頭，手中拿著小圓麵包書，腦海中閃過各種念頭，思緒糾結成一團。

我坐在遼闊的憲法廣場想得出神，望著手裡拿份了報紙、提著公事包的希臘人匆匆走過，這時我愈來愈肯定，小圓麵包書一定是一本預言書，一百五十年前發生在奇幻島上的事，和我這趟旅程絕對有關聯。

我不斷來回翻頁，查找剛剛看過的段落。

那段古老的預言貝克．漢斯雖然漏聽了幾句，但看得出裡面許多句子彼此是有關聯的。

「麵包師的兒子逃到山區，在偏僻的小鎮定居。麵包師把奇幻島的寶物藏了起來。未來就藏在紙牌中。小男孩因為母親過世乏人照料，小鎮成了他的避風港。麵包師給了他一瓶亮晶晶的飲料，還把美麗的金魚拿給他看……」

故事中的麵包師根本就是貝克．漢斯。這點佛羅德想必已經知道了。那個偏僻的小鎮一定就是朵夫，至於那個死了母親的小男孩不用懷疑，絕對是艾伯特。

雖然四張三點的句子貝克．漢斯漏聽了兩句，可是，當我把聽到的那兩張三點，和四張二點的句子擺在一起，看得出那內容也是有關聯的。

「水手娶了美麗的女子為妻，女子生下小男嬰便遠赴南國找尋自我。父與子找尋一位美麗女子，因為她找不到自我。雙手冰涼的小矮人指引來自北國的小男孩前往偏遠的小鎮，還送了一只放大鏡伴他同行。放大鏡的玻璃和金魚缸的缺口吻合……金魚不會洩露小島的祕密，但是小圓麵包書會……」

這一段的意思很清楚，可是有幾個句子我還是不懂。

「內盒開啟外盒那一瞬間，外盒也開啟內盒。小圓麵包先生對著神奇的漏斗大聲呼喊，他的聲音傳遍千里。水手把烈酒吐掉……」

如果最後一句指的是老爸會戒掉每晚喝酒的壞習慣，那我一定會非常佩服老爸和古老的預言的力量。

問題是，貝克．漢斯只聽到四十二張紙牌的句子，他當時沒辦法從頭到尾、全神貫注把每個句子記下來。這也難怪，因為，隨著小丑接龍遊戲持續進行，時間也一直往未來推移，距離他生存的年代也愈來愈遠。況且，佛羅德和貝克．漢斯一定覺得那段預言晦澀難懂，因為不是平鋪直敘的語言，漢斯記不清楚是理所當然的。

這段古老的預言對現在大部分人而言也是同樣晦澀難懂。只有我知道那個手指冰涼的小矮人是誰，而且那只放大鏡就在我手中；只有我知道，那句「小圓麵包書會洩漏島上的祕密」是什麼意思。

儘管如此，我還是很氣貝克．漢斯怎麼沒把全部的句子聽清楚。都是因為他不夠專心，讓預言裡不少重要的訊息永遠石沉大海，最讓人懊惱的是，這部分剛好講到我和老爸的未來。我相信一定有小矮人提到我們見到媽咪，說她很想和我們一起回到挪威的家……

正當我快速來回翻著小圓麵包書時，我從眼角餘光看到一個小小的身影站在書報攤後方偷看我。起先我以為那是個小孩子，以為他看到我一個人坐在這裡，出於好玩於是偷窺我。可是後來我發現，他根本就是加油站那個小矮人。他只出現一下子，隨即不見蹤影。

我嚇得全身僵直愣了幾秒，可是我後來念頭一轉：我幹嘛這麼怕小矮人？他雖然一直跟蹤我，可是看不出他想傷害我。

說不定，他也知道奇幻島的祕密。一定是這樣。說不定，他把放大鏡送我，還指引我到朵夫小鎮，目的正是希望我可以讀這本小書。這麼說來，他跟蹤我就沒什麼好奇怪的，他只是想知道我這本書讀得怎麼樣了，畢竟這種書不是隨便讀得到的。

我記得老爸曾開玩笑說，小矮人是幾百年前魔法師變出來的假人。當然，他只是開開玩笑，可是，萬一這是真的，那小矮人很可能認識艾伯特和貝克．漢斯。

我不能再想了，看書也要暫停，因為老爸正快步跑過廣場，向我這邊跑來，他的個子比其他人高出許多。我連忙把小圓麵包書藏到口袋裡。

「你等很久了吧？」他氣喘吁吁地問。

我搖搖頭。

這一次，我決定不把看見小矮人的事告訴老爸。小矮人跟著我們在歐洲四處跑根本是芝麻綠豆小事，我在小圓麵包書裡看到的內容才叫做天大的事。

「這段時間你在做什麼？」老爸說。

我把撲克牌拿給他看，說我在玩單人紙牌遊戲。

這時，服務生出現了，準備跟老爸收我剛才點的汽水錢。

「好小啊！」服務生說。

老爸搖搖頭，滿臉疑問。

我當然知道服務生指的是那本小圓麵包書，我因為擔心祕密會曝光，趕緊掏出放大鏡在服務生面前舉高，對他說：「很聰明吧。」

「對對對！」他說。總算巧妙化解了尷尬的局面。

等我們離開咖啡館，我對老爸解釋：「我剛剛用放大鏡檢查撲克牌，看看上面有沒有什麼用肉眼看不到的東西。」

「結果如何？」老爸問。

「先賣個關子，」我神祕兮兮地說。

方塊傑克

……老爸向來以小丑的形象自詡……

等我們回到旅館房間，我問老爸打聽媽咪的下落有沒有什麼進展。

「我跑了一間經紀公司，他們專門負責模特兒的業務聯絡。他說雅典沒有一位模特兒叫做艾妮塔．朵拉。他說他絕不會弄錯，還說他認識這裡所有的模特兒——至少，外籍模特兒他都認識。」

我想，我的臉色一定沉了下來，一副準備落淚的模樣，淚水已經在我的眼眶打轉。老爸連忙又說：「後來我把時尚雜誌裡面那一頁照片拿給他看，這個希臘人的眼睛才為之一亮。他告訴我，書頁上的人名叫『陽光海岸』，這當然是她的藝名。他還說，她是雅典最紅的模特兒，已經紅了好幾年了。」

「然後呢？」我說話時，緊盯著老爸的眼睛。

他兩手一攤，說：「那要我等先吃過午餐再打電話才知道。」

「就這樣？」

「沒錯！漢斯，我們只能耐心等候了。我們今天晚上到露天平台用餐，等明天開車到畢雷埃夫斯港，那裡一定有電話。」

他一提到露天平台，我突然想起一件事。我鼓起勇氣說：「還有一件事。」

老爸滿臉困惑地看著我，可是他好像已經猜到我要說什麼了。

「有件事你要好好想想才行，而且我們講好了，你得快快想清楚。」

他故作瀟灑哈哈大笑，可惜裝得不太好。

「喔，那件事啊！」他說。「漢斯，我不是說過了嗎，那件事我會好好想一想，可是今天還有很多事也需要我好好想想。」

我想到一個好方法了——我火速衝到他的旅行箱前，從一堆襪子和襯衫當中挖出一瓶還剩下一半的威士忌，接著我馬上衝進浴室，把酒倒入馬桶。

老爸跟著我來到浴室，發現我做的好事，站在原地發楞，眼睛直盯著馬桶。或許他的內心正在掙扎，到底該不該趁我把馬桶的水沖掉之前，蹲在馬桶旁邊把殘餘的酒撈起來喝。幸好，他不至於這麼沒骨氣。他轉身面向我，不曉得自己是否應該像老虎發威大聲怒吼，還是像小狗搖搖尾巴討饒。

「好吧，漢斯，算你厲害！」他總算說話了。

我們回到臥室，在窗戶旁的椅子坐下來。

我看著老爸，老爸靜靜看著遠方的雅典衛城。

「**亮晶晶的飲料會麻痺小丑的知覺，**」我喃喃自語。

老爸驚訝地看著我。

「漢斯，你窸窸窣窣在說什麼？是不是那晚喝了甜馬丁尼還沒醉醒？」

「才不是！我是說，真正的小丑絕不碰酒，因為他覺得不喝酒腦袋會比較清楚。」

「你怎麼這樣瘋瘋癲癲的。唉，沒辦法，這大概是遺傳。」

我知道我這招擊中老爸的弱點，因為老爸向來以小丑的形象自詡。

可是，我擔心老爸可能還在念念不忘已經倒進馬桶的東西，於是我說：「走吧，我們現在到頂樓的露天平台坐坐，把菜單上每一種口味的汽水都點來喝喝。你可以點七喜汽水、柳橙汁、蕃茄汁，或者梨子汽水——還是你想把這些口味全部混在一起？你還可以在杯裡加碎冰塊，用長調羹攪拌攪拌——」

「好了，謝了，不要再說了，」他打斷我的話。

「可是我們不是講好了？」

「遵命，長官！老水手一定說話算話。」

「太好了！那我等一下說個超神奇的故事給你聽，當做是獎勵。」

我們快步走到屋頂的露天平台，坐在昨晚坐的桌位。沒多久，之前那位服務生出現了。

我用英語問他有哪些汽水可以選擇。最後我們點了四瓶飲料，附上了兩個玻璃杯。服務生邊抄單邊搖搖頭，嘴裡嘀咕著，好像在說，這對父子真怪，昨天兩個才喝酒醉得亂七八糟，今天卻轉性改喝汽水了。老爸跟他說，這個那個全部試試看，取個均衡有什麼不好。服務生離開之後，老爸轉身面向我說：「漢斯，想想真是奇怪。我們現在坐在這個有好幾百萬人的都市，在這麼大一座蟻丘裡，我們卻只想找一隻小螞蟻。」

「而且那隻還是蟻后。」

我覺得自己回答得很妙，老爸顯然也這麼認為，因為他露出大大的微笑。

「幸好，這座大蟻丘規劃得井然有序，要找到編號第三百二十三萬八千九百零五的螞蟻，並非不可能，」他話說完，細細推敲之後才往下說：「地球這麼一個大蟻丘住了五十億隻螞蟻，雅典只不過是蟻丘裡的一間小小蟻室。儘管如此，想要在那五十億隻螞蟻當中和某隻特定的螞蟻連上線，命中率可說接近百分百。漢斯，地球上的電話多到數不清，你只要拿起話筒撥號就行了。不管對方遠在阿爾卑斯山，還是躲在叢林深處，不管他們在阿拉斯加還是在西藏，你都可以把他們找出來——你只要坐在家裡客廳打電話，每一個你都找得到。」

我突然整個人從椅子上跳起來。

「小圓麵包先生對著神奇的漏斗大聲呼喊，他的聲音傳遍千里，」我喃喃唸著。我很興奮，因為剎那間，我知道小丑接龍遊戲裡的那句話在說什麼了。

老爸疲憊地嘆了口氣，說：「現在又怎麼了？」他問。

我不知道該怎麼解釋，可是又不能不說句話。

「當你提起阿爾卑斯山的時候，我想起了那個請我喝汽水還送我小圓麵包的小鎮麵包師。

我記得他店裡也有電話，有了電話他就可以和世界各地的人聯絡。他只要撥電話給總機人員問到電話號碼，這樣就能找到他想找的人了。」

他顯然覺得我的回答很敷衍，轉過頭去望著遠方的雅典衛城。

「你不是因為受不了我大談哲學才講這些的吧？」

我搖搖頭。其實，我滿腦子都是小圓麵包書，要我忍著不講實在很難受。

夜色悄悄覆蓋整座城市，雅典衛城周邊的泛光探照燈全點亮了。我說：「我不是答應你要講一個故事嗎？」

「說來聽聽吧，」老爸說。

於是我開始說了。我把小圓麵包書的重點情節講了出來，艾伯特、貝克・漢斯、佛羅德還有奇幻島的故事全說了。我是答應過朵夫小鎮的老麵包師不能說，但是我覺得這樣不算違背承諾，因為我假裝故事是我即興編造出來的。況且，裡面確實有一點編造的成分。再說，我從頭到尾都沒提到小圓麵包書這五個字。

老爸顯然很佩服我。

「漢斯，你的想像力怎麼這麼豐富？」他說。「看來，你不應該當哲學家，你應該轉行當作家。」

這次被稱讚，我一樣有種心虛的感覺。

當晚回到房間，先睡著的人是我。我在床上躺了一會兒才睡著，老爸拖到很晚才睡。在我閉上眼睛之前，我記得看到老爸下了床，站在窗邊發呆。

我隔天早上醒來，老爸還睡得很熟。我覺得他睡覺的模樣，很像一隻已經進入漫長冬眠的熊。

我把放大鏡和小圓麵包書找出來，繼續往下閱讀，看看奇幻島和小丑盛宴接下來發生了什麼事。

方塊皇后

……小丑瞬間崩潰放聲痛哭……

在小丑拍拍胸膛，說完幾句迎接小丑日的讚詞之後，原本圍成一個大圓的小矮人馬上解散，大家又開始熱鬧慶祝。有些小矮人拿起桌上的水果來吃，有的倒了亮晶晶的飲料猛喝，沒多久便醉得開始大聲嚷嚷，把神奇飲料裡的各種口味喊了出來。

「蜂蜜！」

「薰衣草！」

「可爾莓果！」

「環根！」

「蘆竹！」

佛羅德坐著靜靜看著我。老人家雖然白髮蒼蒼、滿臉皺紋，但他的眼睛依舊像綠寶石一樣閃亮耀眼。常言道，眼睛是靈魂之窗，我覺得這句話很有道理。

小丑又拍拍手了。

「各位看出小丑接龍遊戲背後的意義了嗎？」他的聲音傳遍整個大廳。

現場沒有人回應，他開始不耐煩地揮動雙臂。

「難道你們還看不出來嗎？那個身上帶了一副撲克牌的水手就是佛羅德，撲克牌就是我們。難道你們還和以前一樣呆嗎？」

在場的小矮人根本不懂小丑在說什麼，而且好像也不是很想知道。

「喂，你真是愛搗亂，」方塊皇后大聲抗議。

「就是啊，他真的很討人厭，」另一個小矮人也說話了。

小丑靜靜坐著，苦著一張臉。

「真的沒人知道？」他再問。坐在寶座上的小丑，激動得忍不住全身發抖，鈴鐺也跟著響不停。

「不知道！」小矮人們口徑一致。

「難道你們還不知道，佛羅德把大家耍得團團轉，而我是個傻子？」

有的小矮人趕緊伸手遮住眼睛、捂住耳朵，有的急忙猛灌彩虹汽水。大家使盡渾身解數，不想聽懂小丑說的話。

黑桃國王走到桌旁，隨手抓起一瓶亮晶晶的飲料。他把瓶子舉到小丑面前，說：「我們來這裡是為了解開謎題，還是為了喝彩虹汽水？」

「我們來這裡是為了弄清真相，」小丑回答。

佛羅德抓著我的手臂，在我耳邊悄悄說：「我實在無法想像，等時間一到，我在島上建立的一切，最後會變成什麼模樣？」

「要不要我出面阻止他？」我問。

佛羅德搖搖頭說：「不用了。單人紙牌遊戲有既定的遊戲規則要走完。」

黑桃傑克突然咻地衝到小丑面前，把他拉下寶座。其他傑克見狀也紛紛衝上前，其中三個架著小丑，梅花傑克企圖把飲料強行灌入小丑口中。

小丑嘴巴閉得緊緊，把被強行灌入的飲料吐出來，灑了一地都是。

「**小丑吐出亮晶晶的飲料，**」他唸完，把嘴擦乾。「**少了令人糊塗的迷人佳釀，小丑的思緒更清晰。**」

話一說完，小丑跳起來，甩開傑克的壓制，使勁把梅花傑克手中的瓶子搶過來，往地上一摔。接著，他跑過一張又一張的桌子，把四張桌上大大小小的酒瓶全部砸爛，滿屋子都是玻璃破碎的聲音。即便玻璃碎片如雨灑在小矮人身上，卻沒有人被割傷。只有佛羅德稍微被割傷，我注意到他的一隻手滲出血絲。

亮晶晶的飲料在地上四處流，在各處形成一大灘黏黏的水窪。幾個二點和三點的小矮人趴在地面，在一堆玻璃碎片中舔喝彩虹汽水，有的還因此吃進了玻璃碎片，但他們把碎片吐出來，毫髮無傷。其他小矮人嚇得呆愣一旁。

黑桃國王終於說話了。

「眾傑克聽令！」他說。「馬上把小丑的頭給我砍下來！」

不用國王多說，四位傑克的劍已經出鞘，齊步走向小丑。

我不能再坐視不管了。可是，正當我起身準備介入時，有隻手用力把我拉回座位。

小丑馬上變了表情，五官沮喪得皺成一團。

「只有小丑，」他喃喃自語。「沒有……沒有別人……」

小丑瞬間崩潰放聲痛哭。

四名傑克踉蹌倒退了幾步。連那些遮眼睛、捂耳朵的小矮人也紛紛抬起頭來，一臉疑惑。幾十年來，他們只看過愛捉弄人的頑皮小丑，哭泣的小丑他們從沒見過。

佛羅德的眼裡閃著淚光。這一刻我才明瞭，在所有小矮人中，他最關心這個小小搗蛋鬼。老人家伸手摟著小丑的肩膀，想要安慰他。

「好了，好了……」他說，但小丑把他的手甩開。

看到傑克小矮人把小丑團團圍住，紅心國王介入了。他說：「我必須提醒各位，你們不准把一個正在哭泣的人砍頭。」

「可惡！」黑桃傑克氣得大喊。

紅心國王繼續說：「此外，根據另一條古老的遊戲規則：捉拿的對象話沒說完，也不准砍頭。如今大家都已經攤牌，把自己的句子唸出來了，只剩下小丑還沒說。我現在命令你們，立刻把小丑抬上桌，等他說完再砍頭。」

「親愛的國王，感謝您，」小丑邊啜泣邊說。「這場單人紙牌遊戲中，就只有十三顆愛心的您最慈悲。」

語畢，四名傑克隨即把小丑架起來，扛到桌上。小丑躺了下來，兩手枕著頭，翹起二郎腿，開始發表一段冗長的演說。所有小矮人團團圍著他。

「全部的人就屬我最晚來到小鎮，」他開講了。「而且，大家都知道，我和你們很不一樣，這也是為什麼我習慣獨來獨往。」

小矮人突然全部安靜下來，注意聽小丑想說什麼。因為他們真的很好奇，為什麼小丑和大家這麼不一樣。

「我不屬於任何團體，」他往下說。「我不是紅心或方塊，我也不是梅花或黑桃。我不是國王或傑克，更不是點數八或么點。今天和大家聚在這裡的我，只是一個小丑。至於小丑是誰，我必須自己找答案。每回我頭一甩，身上的小鈴鐺就會叮叮噹噹響，聲聲告訴我，我沒有家。我的衣服上沒數字，我什麼技藝也不懂。方塊會吹玻璃，紅心會烤麵包，這些我通通不會。梅花懂得打理花花草草，孔武有力的黑桃能夠做粗活，這些我通通不在行。我一直在邊緣觀察你們的一舉一動。所以，你們看不清的事，我看得清。」

小丑躺在桌上一邊講話，一條腿還晃來晃去，鈴鐺發出輕柔的叮噹聲。

「你們每天早上外出工作，可是嚴格說來，你們並沒有醒來。你們看到了天上的太陽、月亮和星星，還有一切會動的東西，可是嚴格說來，你們並沒有看見。可是小丑不是這樣，小丑天生有個缺陷：他能把事情看得很透澈。」

方塊皇后突然打岔：「小丑，有話直說！如果真有什麼事我們看不清但你看得清，儘管說出來。」

「我看到了自己，」小丑說。「我在樹林裡和矮樹叢間，看到自己在爬行。」

「你可以從空中看到自己啊？」紅心二突然發問。「你的眼睛是不是和鳥兒一樣長了翅膀？」

「可以這麼說。說實在的，成天從口袋掏出小鏡子照自己有什麼意義？四位皇后老在鎮上做這種事，這些人只在乎自己看起來美不美，卻不曉得自己為什麼活著。」

「我從沒聽人講話這麼放肆的，」方塊皇后忍不住了。「難道我們就這樣任由小丑繼續胡鬧嗎？」

「我不只是嘴巴說說而已，」小丑繼續說。「我從心底感覺到它的存在，我覺得自己是一個充滿……充滿生命力的形體……一個奇特的生命體……有皮膚、頭髮、指甲還有其他……一個永遠清醒、有生命的木偶……又像個可以隨意掐捏的橡皮人……小丑我很想知道，這個橡皮人是從哪兒來的？」

「我們還要讓他繼續講下去嗎？」黑桃國王打岔。紅心國王點點頭。

「我們是有生命的！」小丑張開雙臂大聲地說，弄得鈴鐺瘋狂亂響。「我們活在一個奇妙的童話世界裡，抬頭竟然看得到藍藍的天空。小丑說，好怪啊！小丑不時捏捏自己，小丑想確定自己是不是活著。」

「這樣會不會痛啊？」紅心三眨眨眼。

「每當身上的鈴鐺響起，我就知道自己是活著的——每次只要動一下，我就有這種感覺。」

他舉起手臂拼命搖晃，嚇得幾個小矮人倒退幾步。

紅心國王清清喉嚨說：「你知道橡皮人是從哪兒來的嗎？」

「這個謎題的答案你們已經想過了，可惜你們只懂得一點點。因為你們腦中只剩一點點的知覺，把你們的腦袋全部湊在一起，也只能想出最簡單的道理。一切只怪你們喝太多的彩虹汽水。小丑說，他是個神奇的小木偶，你們每個人也是，只可惜你們看不出來——你們甚至也感覺不出來。自從你們喝了彩虹汽水後，除了蜂蜜、薰衣草、可爾莓果、環根、蘆竹的滋味，什麼也不知道。你們已經和大地的花花草草變成一體，忘了自己的存在。因為，不管是誰，只要嚐過天下所有美味，就會忘了自己有一張嘴；只要曾在全身上下嚐遍天下各種滋味，就會忘了自己是個神奇的小木偶。小丑一直很想把真相說出來，可惜你們聽不進去。是啊，你們的臉兩側確實各長了一小塊皮囊，但是裡面的通道已經被蘋果、梨子、草莓和香蕉給堵住了。你們的視覺能力也是如此。沒錯，你們是有一雙眼睛，但是，如果你們成天只會找美酒喝，那眼睛又有什麼用？小丑說話絕不會錯，因為只有小丑知道真相。」

在場的小矮人你看我、我看你。

「那個橡皮人到底打哪兒來的？」紅心國王再問一遍。

「我們全是佛羅德想像出來的，」小丑說著，忽然又揮舞著雙臂。「想像世界的人影太逼真，最後一個個從他的腦袋跳了出來。於是小丑大喊，這實在太神奇了！和日出月落一樣神奇。可是小丑說，日出月落卻一點也不假。」

小矮人全部轉過頭盯著佛羅德，個個神情錯愕，老人家緊緊握著我的手。

「可是，我話還沒說完，」小丑繼續。「那佛羅德是誰？說穿了，他也是個會活蹦亂跳、奇怪的小木偶。他是從另一副撲克牌裡掉出來的一張牌，他是島上唯一的一張，天知道他在外面還有幾個紙牌同伴？天知道到底是誰在背後發牌？小丑只知道一件事：佛羅德也是某天早上憑空出現、蹦蹦跳跳的小木偶。至於他是從誰的腦袋蹦出來的，小丑也很想知道，所以小丑會一直不停問下去，不找到答案絕對不罷休。」

現在，這些小矮人好像從長長的冬眠醒過來，動了起來。紅心二和紅心三各拿起一隻掃把開始清掃地板。

四位國王的手臂彼此緊緊搭在一起，圍成一個圓。他們在原地站了一會兒，窸窸窣窣地交談。最後，紅心國王轉過來面向小丑，正式宣布：「現在，我們小鎮四國王以沉痛的心情一致判決，小丑說的是事實。」

「既然說出了事實，心情為什麼沉痛呢？」小丑問。本來還躺在桌面的他，現在轉向側邊，單手撐起身體，抬起頭看著紅心國王。

這次換方塊國王說話：「小丑說出的事實之所以沉痛，是因為這表示主人非死不可。」

「為什麼主人非死不可？」小丑問。「要砍人總得先說說是哪條遊戲規則規定的。」

梅花國王回答：「如果看到佛羅德繼續在鎮上活動，我們就會不斷想起自己不是真的，所以他必須死在傑克的劍下。」

小丑現在從桌上爬下來。他舉起手比著佛羅德，面向四位國王，說：「主人和他一手創造的人物本來就不該靠太近，這樣容易造成彼此不安。可是，這件事也不能全怪到佛羅德頭上，誰叫他想像力太豐富，幻想人物最後一個個從他腦中跳出來。」

梅花國王把迷你王冠戴正，說：「喜歡幻想什麼是個人的自由，可是他有責任告知他的幻想人物，說他們全是別人幻想出來的。否則，他就是在耍他們，這樣的話，他們有權殺了他。」

一大朵厚厚的雲層飄來，太陽消失不見蹤影，會場瞬間變得更暗了。

「眾傑克們，難道你們沒聽到國王說的話嗎？」黑桃國王用吼的。「快把主人的頭給我砍下來！」

我馬上從椅子上跳下來，可是這時黑桃傑克卻說：「報告陛下，不需要了，因為主人已經死了。」

我轉頭一看，發現佛羅德躺在地上毫無生命跡象。雖然我以前也看過死人，但是今天感覺特別不同，我知道佛羅德再也不會用他那雙亮晶晶的眼睛看著我了。

島上突然剩下我一人，我的內心有說不出的孤單與失落。雖然我的身邊圍繞著一群活蹦亂跳的紙牌人，但他們畢竟不是人類，他們和我不一樣。

小矮人團團圍著佛羅德，個個表情空洞——比我昨天剛到小鎮看到的他們還要空洞。

我看到紅心么點湊近紅心國王的耳邊說悄悄話，說完後立即往門口的方向跑去，不見蹤影。

「我們現在自由了，」小丑最後宣布。「佛羅德死了，他的幻想人物殺了他。」

哀傷又憤怒的我大步走向小丑，一把抓起他拼命在空中搖晃，鈴鐺發出嘈雜的叮噹聲。

「是你殺了他，」我大喊。

「是你把彩虹汽水從佛羅德的小木屋偷出來的，是你把佛羅德的紙牌祕密洩露出去的。」

我把他放下來，黑桃國王現在宣布：「我們的客人說得對，我們應該把小丑的頭砍下來！那些把我們耍得團團轉的人必須全部做掉，包括小丑在內！眾傑克們！快把那個搗亂鬼的頭給我拿下！」

小丑一溜煙往前衝，邊跑邊把擋路的七點和八點用力推到一旁，跑出門外，和不久前離開的紅心么點一樣，消失不見蹤影。我想，我也該告辭了。夕陽在小鎮街上鋪上一層閃亮的金黃色地毯，但是小丑和紅心么點不知人在何方。

方塊國王

……我們必須在脖子戴個鈴鐺……

在我看到佛羅德之死那段時，老爸就已經開始在床上翻來覆去，可是我看得太入迷了，捨不得把小圓麵包書放下。一直拖到老爸嘴裡發出咕噥聲，我才匆匆把小書偷偷塞進口袋。

「睡得好不好？」老爸一從床上坐起來，我馬上問他。

「睡得很好啊，」他說話時眼睛睜得又圓又大。「我還作了一個奇怪的夢。」

「什麼樣的夢？」我問。

他在床上靜靜坐著不動，彷彿擔心一下床夢境就會跟著消失。

「我夢見你在露天平台告訴我的那群小矮子。他們雖然也有生命，但是只有你和我很想知道人為什麼活著，他們不覺得活著有什麼好稀奇。後來，有個老醫師出現了，他發現那些小矮人腳趾頭的拇指指甲都有一個小小印記，你必須用放大鏡或顯微鏡才看得清楚。這些印記的組成包括一個撲克牌符號和一組幾位數的號碼。譬如說，有個小矮人的腳指甲印了一顆紅心，編號728964；有個小矮人的符號是梅花，編號60143；還有一個小矮人印了方塊符號，編號2659。這好像一種人口普查，檢查結束以後，才發現每個人的號碼都不一樣。這些人好像在進行一場大規模的單人紙牌遊戲，可是後來——我要講的重點來了——他們突然發現有兩個小矮人沒有任何撲克牌符號，而且這兩個人——沒錯，這兩個人就是你和我。其他小矮人知道這件事以後都很怕我們，還求我們必須在脖子戴鈴鐺，以便掌握我們的行蹤。」

我覺得老爸的夢真的很怪，可是我想，他應該只是把我昨晚告訴他的故事帶進夢裡。

最後他說：「我們的念頭和想法實在不可思議，它們平時潛藏內心深處，只有趁我們睡著時才會偷偷跳出來。」

「不然就是趁我們喝一點小酒的時候跑出來。」

他只是看著我，笑了笑，這是他頭一次不想反駁我。還有一件事也很不尋常：今天早餐時間他沒有抽菸。

泰坦尼亞飯店的早餐樣式簡單卻非常可口，幾樣含在住房費內的平價餐點已經事先擺在我們桌上。這裡當然有很大的自助餐區，如果你錢夠多付得起，也可以自行取用精緻美味的佳餚。

老爸的食量一向不大，今天居然點了果汁、優格、蛋、蕃茄、火腿和蘆筍。我也跟著大吃一頓。

「你說的對，我酒喝太多了，」他一邊剝蛋殼一邊老實說。「喝到差點快忘了這世界有多美妙。」

「可是如果不喝酒了，你會不會從此就不跟我講人生哲理了？」我問。

我有點擔心，老爸這麼會講，是因為喝酒給了他靈感，一旦戒了酒，說不定他從此就會變了個人。

他抬頭看著我，滿臉困惑。

「怎麼會，你腦袋有沒有問題啊？以後探討人生哲理，我只會變得更犀利。」

我鬆了一口氣。他接著馬上開講：「這世間的人們東奔西跑非常忙碌，對周遭一切事物從不覺得好奇，你知道這是為什麼嗎？」

我搖搖頭。

「這是因為這個世界大家住慣了，」他說話時，拿起鹽罐在蛋上灑。「大家在這個世界待太久了，熟悉到沒有一點疑問。這點，我們可以從小孩子的行為觀察起。小孩子不管看到什麼都覺得非常驚奇，就好像不敢相信自己的眼睛一樣，所以他們才會常常伸手比這比那、問東問西。可是我們大人就不是這樣了。我們覺得世間的一切不曉得看過幾百遍了，覺得世界的存在是理所當然。」

我們靜靜坐著吃起司和火腿，久久沒說一句話。等盤子快見底了，老爸才說：「漢斯，我們來做個約定好不好？」

「那要看是什麼事，」我回答。

他直直看進我的眼裡說：「我們要約好，在沒有弄清楚我們是誰、我們從哪裡來之前，誰都不可以離開這個星球。」

「一言為定，」我說，然後和坐在桌子對面的老爸握握手。

「可是，前提是必須找到媽咪，」我說。「因為沒有她，我想，這些問題我們也解決不了。」

紅心牌

紅心A

……我把紙牌翻過來，原來是紅心么點……

我們鑽進車裡準備前往畢雷埃夫斯港，老爸卻顯得躁動不安。

我不太確定，他會躁動不安，究竟是因為我們快到畢雷埃夫斯港了，還是因為中午過後他會打電話給經紀公司。或許到時候，我們就會知道上哪兒可以找到媽咪。

我們把車停在港都的市中心，徒步前往國際大港畢雷埃夫斯。

「十七年前，我們的船在這裡靠岸，」老爸話說著，舉起手比著前方一艘俄羅斯籍的貨輪，然後談起生命的循環。

「你什麼時候要打電話？」我問。

「三點以後。」

他看了手錶一眼，我也是。現在才十二點半。

「命運有如往四方生長的花椰菜心。」我說。

老爸煩躁地兩手揮來揮去說：「漢斯，你嘴裡又在唸什麼？」

我知道，他想到要和媽咪見面，很緊張。

「我餓了，」我回答。

其實我不餓，可是一時又想不到什麼話題可以和花椰菜扯上邊，只好這麼說。後來，我們到了知名的邁克羅馬諾遊艇船塢用午餐。

路上，我們看見一艘小船正要開往聖托里尼小島。老爸告訴我，那座島在史前時代比現在大多了，後來因為經歷了一場劇烈的火山爆發，島上大部分的土地已沉入海中。

我們午餐點了希臘焗烤千層派。用餐途中，老爸看到餐廳下方幾名漁夫正在修補漁網，偶爾評論幾句，此外我們兩人沒多說什麼，但手錶倒是看了至少三、四次。我們都是偷偷看，不想讓對方知道，不過顯然我們兩人偷看的技術都不好。

老爸總算說他要去打電話了——現在兩點四十五分。老爸離開前，幫我點了一大碗冰淇淋。冰淇淋還沒端上桌前，我已經偷偷把放大鏡和小圓麵包書拿出來。

這一次，我把小書藏在桌面下，身體貼著桌緣，這樣看書應該不會讓人發現才對。

我爬上山丘，往佛羅德的小木屋一直跑。奔跑的同時，隱約感覺到腳下的土地傳來低沉微弱的隆隆聲，地好像要塌陷了。

等我到了小木屋，轉身望向山下的小鎮，看到許多小矮人也離開了宴會廳，成群結隊在街道上穿梭。

其中一人還高聲大喊：「殺了他！」

「把他們兩個都殺了！」另外一個也叫喊。

我用力把門打開。屋裡空空盪盪，讓人心慌，因為我知道佛羅德再也不會走進這裡。我整個癱軟倒在長凳上，喘不過氣來。

當我重新站起來，我的視線不知不覺落在前方桌上那個大玻璃魚缸。同時，我也注意到角落有一只白色粗布袋，或許是用六腳獸的獸皮縫製而成的。窗邊有張長凳，上面有一只空瓶，我把缸裡的水和金魚倒進瓶子裡，再小心翼翼把瓶子和金魚缸放進白色粗布袋。大門上方有個架子，我把架上的空木箱搬下來，佛羅德剛到島上的那段時間，習慣把撲克牌收在箱裡，現在這個箱子也被我放進粗布袋。正當我拿起一座六腳獸的玻璃雕像時，小木屋外面傳來叮噹聲，下一秒小丑已經從大門撞了進來。

「我們得快點趕到海邊，」他說得上氣不接下氣。

「我們？」我問，一時沒會過意。

「是啊，我們兩個。可是，水手，你動作要快一點。」

「為什麼？」

「**奇幻島從中心全面崩落，**」他說——我這才想起了小丑接龍遊戲。

我把粗布袋的束帶拉緊的同時，小丑開始在櫥櫃東翻西找，不一會兒他轉過身，手上拿著一只閃閃發亮的瓶子，裡面裝了半瓶彩虹汽水。

「還有這個，」他說。

我們走到屋外石階，恐怖的場景迎面而來。一整組小矮人正往山丘前進，有的步行，有的騎六腳獸。四名傑克領軍走在隊伍最前面，劍已出鞘。

「往這邊走，」傑克說。「快點！」

我們快步繞到小木屋後面，改走小路，這條小徑穿越一片樹林，往下走就是小鎮。我們衝進樹林，這時，第一批小矮人已經來到山丘上了。

小丑跑在我前面，像山羊一樣蹦蹦跳跳。那時我心想，要是這隻山羊沒有掛鈴鐺該有多好，因為有了叮噹聲當前導，後面的人要追上我們真是太容易了。

「麵包師之子必須找到通往海邊的路，」我們一邊跑他一邊大喊。

我告訴他，我在遇見梅花二和梅花三之前，經過一大片草原，那裡有大蜜蜂和六腳獸。

「我們要走這邊，」小丑說話時，手比著左邊那條岔路。

沒多久，我們從樹林裡鑽出來，站在懸崖上，俯瞰下方遼闊的草原。我第一次遇見小矮人就是在那裡。

小丑沿著峭壁往下攀爬，結果腳步打滑不小心滾了下去，撞到銳利的石頭，小丑服上的鈴鐺叮叮噹噹在山間迴響。我擔心他會受重傷，結果他若無其事地跳起來，張開雙臂，開心地哈哈大笑，身上連一點擦傷也沒有。

我覺得還是小心一點比較好，一步一步慢慢爬。等我來到地面，感覺腳下的大地在晃動。

我們穿越草原，我覺得這裡好像比我印象中小了許多。不久，我們看到了那群大蜜蜂，牠們的體積還是比故鄉德國的蜜蜂大上許多，可是我覺得牠們現在好像沒有我第一次看到的那麼大。

「我想應該要走那邊，」我伸手比著高山對他說。

「這樣不是要爬過去嗎？」小丑很沮喪地說。

我搖搖頭說：「當時我是從山上一個狹窄的洞口爬出來的。」

「水手，你要快點把洞口找出來。」

他伸手比向草原的另一端，一大群小矮人正往我們這邊殺過來。大約十隻六腳獸領軍跑在最前面，牠們奔跑所經之處捲起滾滾沙塵。

這回，我又聽到奇怪的聲響，很像遠方的轟隆雷聲，可是這聲音不是奔馳中的六腳獸傳來的。我覺得我們先前經過的那條路好像縮短了，現在小矮人一下子就通過了。

眼看著六腳獸和我們距離只剩不到幾公尺，在這關鍵時刻，我發現山上有個小洞。

「在這裡！」我大喊。

我鑽進洞口擠過去，等我進入洞穴裡，小丑也想跟著鑽進來。雖然他的個子比我小很多，我還是得使勁兩臂力氣又拖又拉，才總算把他拉進來，弄得我渾身汗流浹背，可是小丑的身體還是和山壁一樣冷冰冰。

這時，我們聽到六腳獸跑到洞穴前停下腳步。不一會兒，洞口探進了一張臉——是黑桃國王。他只來得及看我們一眼，因為下一秒洞口已經完全合攏，我們看著他在最後一刻趕緊把手抽走。

「我覺得這座島一直在縮小，」我小聲地說。

「可能是因為它正從中間塌陷，」小丑回答。

「我們得趁它完全陷下去之前想辦法逃離。」

我們在洞穴裡一直跑，一下子便逃到外面，來到了幽深的河谷。草地上還看得到蹦蹦跳跳的青蛙和四處爬行的蜥蜴，但是牠們已經沒有兔子那麼大隻了。

我們沿著河谷一路往上跑，每跨一步，就彷彿縱身飛躍幾百公尺。沒多久，我們便來到那片黃玫瑰矮樹叢，蝴蝶飛來飛去嗡嗡作響，和之前一樣熱鬧。蝴蝶的體型還是大得出奇，可是，看起來比之前小了很多。牠們的嗡嗡聲現在也聽不到了，但這可能是因為小丑身上的鈴鐺太吵了。

不久，我們抵達了山頂。記得船難後來到島上的隔天早晨，我就是在這裡望著太陽升起。現在，彷彿我們雙腳才稍稍離地，人已經騰空飛躍了整片大地。我們越過山頭到了山的另一邊，我看到了那個湖泊，我曾在那裡游泳，湖裡有成群的七彩金魚。現在湖泊看起來比印象中小了許多，而這一刻——這一刻我們看到海了！遠遠地看到白色的浪花拍打著岸邊。

小丑像個孩子雀躍地蹦蹦跳跳。

「那是海洋嗎？」他興奮地問。「水手，你看到了海洋了沒？」

我無法回應他，因為腳底又感覺到小山在轟隆隆劇烈晃動，耳邊同時傳來嘎吱嘎吱的聲音，聽起來很像有人在大口咀嚼石頭。

「山要把自己吃掉了！」小丑大叫。

我們拼命往山下跑，不一會兒，我們已經來到了湖邊。之前，我曾潛入湖裡游泳，如今湖泊看起來和小池塘沒兩樣。裡面的金魚還在，但空間縮小了，魚兒密密麻麻擠在一起，彷彿天上的彩虹摔落湖裡，在裡頭沸騰。

小丑四處張望，我趁機解開肩上的白色粗布袋，小心取出玻璃魚缸，垂直放進湖裡撈魚。正當我準備把魚缸拿起來時，魚缸翻了。可是我的手根本還沒碰到魚缸——它是自己倒下的——不然，就是缸裡的魚互相碰撞造成的。我注意到魚缸出現缺口，可是，小丑這時轉過頭來對著我說：「水手，我們動作要快。」

他幫我把魚缸裝滿金魚，我把上衣撕開，用上衣的布把魚缸牢牢地包裹好。我把粗布袋甩過肩頭，把魚缸緊緊抱在懷裡。

突然，我們聽到一聲恐怖巨響，感覺好像整個島要分崩離析了。我們跑過高大的棕櫚樹林，一下子便來到兩天前才來過的礁湖。我一眼就看到那艘小船，小船穩固地躺在兩棵棕櫚樹之間，和我當初離開時一樣。當我回過頭，我發現原先那座大島現在看起來很像茫茫大海中的沙洲小島，我的視線穿越棕櫚樹群，隱約看見了小島的另一端。礁湖和我剛到那天看到的也不盡相同。海面一如往常風平浪靜，可是小島岸邊的海水已經激起白色泡沫。我知道，小島快沒入海中了。

我從眼角餘光看見棕櫚樹下閃過一抹黃，原來是紅心么點。我把粗布袋和金魚缸放進船裡，轉身走向她。上了船的小丑像個孩子興奮地跳來跳去。

「紅心么點？」我輕聲呼喚。

她回過頭來看著我，眼底寫著深情企盼，那一刻，我還以為她準備奔向我，緊緊摟著我。

「我總算逃出了迷宮，」她說。「我知道自己屬於彼岸另一片土地……你聽到了沒？在那時空距離我們非常遙遠的國度，海浪正拍打著岸邊。」

「我不懂妳在說什麼，」我回答。

「有個小男孩在想念我，」她繼續說。「我在這裡找不到他……或許他找得到我。你知道嗎，他和我的距離太遙遠了，我越過重重高山大海，忍受思緒的煎熬，好不容易接近了一點，可是，偏偏有人洗牌把紙牌的順序打亂了……」

「他們來了！」小丑突然高喊。

我回頭一看，發現小矮人大軍正穿越棕櫚樹林，往我們這邊衝過來。隊伍由四隻六腳獸領軍，國王騎在上面。

「抓住他們！」黑桃國王大喊。「把他們抓回來！」

小島的中心突然轟隆一響——剎那間發生了一件事，嚇得我腳步踉蹌。彷彿有人施展了魔法，六腳獸和小矮人瞬間像露水一樣消失在太陽底下。我回頭看看紅心么點，連她也不見了！

她不久前還斜倚著那棵棕櫚樹——紅心么點剛才明明站在那裡，可是等我跑上前一看，只看到一張撲克牌牌面朝下。我把紙牌翻過來，原來是紅心么點。

我感覺淚水開始在眼眶打轉，絕望中夾雜了一股無名火。我火速衝向那片棕櫚樹林，剛剛六腳獸和小矮人明明一路殺進這裡，可是我一進到樹林裡，只見頓時刮起的一陣風，把地面一疊散亂的撲克牌吹到空中打轉。我的手上已經有了紅心么點，現在又加上其他五十一張。這些紙牌破破爛爛的，上面的圖案勉強還認得出來。我把五十二張紙牌收入袋裡。

我低頭看著地面，結果看到了四隻白色甲蟲，每隻都有六條腿。我伸手想抓住牠們，可是牠們爬到石頭底下，不見了。

小島內部再度傳來轟隆巨響，猛浪陣陣往我腿上打來。我發現船裡的小丑已經坐定，正準備搖槳划離小島。我連忙追上去，但海水高度已經及腰，最後我終於追上他，爬進船裡。

「原來麵包師之子還是想一起走啊，」小丑說。「差一點以為我要一個人離開了。」

他遞給我一支船槳，我們拼命划，掌心磨得再痛也要忍耐。眼看著小島漸漸沒入海中，海面湧現泡沫，海水繞著棕櫚樹旋轉；最後一棵樹即將沒頂之際，我看見一隻小鳥飛離了樹梢。

為了逃命，我們必須死命划，這樣才不會被小島沉入海底形成的回流漩渦往下拉。最後我們總算划離了危險區，可以放心地把船槳擺一旁，這時，我的雙手早已破皮流血了。可是我看看小丑，發現和我一樣用力搖槳的小丑，雙手依然白白淨淨，我們前天在佛羅德的小木屋握過手，他的手就是這樣白淨，現在也是。

不久，太陽沒入了地平線，小舟隨風順水飄盪，如此過了一夜又一天。我幾度想找我的同伴聊聊天，可惜他不太想說話，他多半只是靜靜坐著，嘴角掛著大大的微笑。

隔天近黃昏，我們被一艘來自挪威阿倫達爾的大帆船救起。我們告訴船上的人，說我們之前待過「瑪麗亞號」，船隻幾天前翻覆了，我們是船難唯一的倖存者。

大船正航向法國的馬賽港，我們沿著歐洲航行。在這段漫長的旅程中，小丑和之前在小舟上一樣，始終不發一語。船員大概以為這個人是怪胎，但沒人說出口。

帆船在馬賽爾港才剛靠岸，小丑就一溜煙跑過幾個船棚，瞬間不見蹤影。他就這樣跑掉了，連一句再見也沒說。

隔年，我來到了朵夫小鎮。在經歷了這麼多奇特的遭遇之後，我必須利用生命剩餘的歲月好好思索箇中意義。從這點來看，朵夫正好符合我的需求。巧的是，我是五十二年前來到這裡的。

當時，我注意到鎮上沒有麵包師，於是我決定在這裡定居，開一間麵包店。想當年在出海前，我在呂北克的故鄉好歹也當過麵包店的學徒。從那天起，朵夫就成了我的家。

我從沒把小島那段經歷告訴任何人，反正也沒有人會相信我。

當然了，奇幻島這段往事的真真假假，我也不是沒懷疑過。但是，當我的腳步踏上馬賽港時，那只白色粗布袋確實揹在我肩上，粗布袋以及袋裡的每樣東西，這些年來，我都保管得好好。

紅心 2

……說不定她正站在遼闊的海邊，望向大海……

我從小圓麵包書中抬起頭來。時間是下午三點半，我的冰淇淋已經融化了。

我一直到現在才忽然想起一件事，覺得毛骨悚然。記得佛羅德說過，奇幻島的小矮人不像人類一樣會變老。如果真是如此，那麼小丑現在一定在世界四處遊盪吧。

記得老爸在雅典的亞哥拉市集說過，時間會毀滅一切，但是時間對島上的小矮人完全起不了作用。雖然他們和人類、動物一樣在世上蹦蹦跳跳，但他們不是有血有肉的身軀。

小圓麵包書不只一次提到小矮人不會受傷。小丑宴會那段提到，當小丑把玻璃瓶、玻璃壺砸爛時，在場的小矮人沒一個被割傷；小丑從峭壁滾落時，也沒受傷；當他拼命搖槳逃離逐漸沉沒的小島時，雙手也沒破皮。還有——貝克．漢斯也說過，小矮人的手冷冰冰……

我的背脊突然一陣涼意。

是那個小矮人！他的手也冷冰冰的！

我們在加油站遇見的那位怪怪小矮子，會不會就是那個一百五十多年前，一跳上馬賽港、跑過棚屋就瞬間失去蹤影的小丑？那個送我放大鏡，還指引我們前往小圓麵包書所在地，好讓我看到這本書的小矮人，莫非正是小丑本人？

那個在科摩小鎮的嘉年華會、威尼斯橋上、開往帕特拉斯的輪船上、雅典的憲法廣場上閃一下隨即不見影的小矮人，難道就是小丑？

想到這裡，我整個人亢奮了起來，看到面前桌上那杯融化的冰淇淋，頓時沒了胃口。

我東張西望——如果那個小矮人又在畢雷埃夫斯閃一下不見影，那也沒什麼好意外。就在此時，老爸從餐廳前方的上坡街道蹦蹦跳跳向我跑來，我的思緒才猛然中斷，回過神來。

我一看就知道老爸並沒有放棄找到媽咪的希望。

不知道為什麼，我突然想起紅心么點被變回撲克牌之前，站在海邊遙望大海，她還說了什麼距離她所在的岸邊，有一處時空遙遠的彼岸。

「我們今天下午就可以找到她了，」老爸說。

我鄭重地點點頭。我們的旅程即將接近尾聲。

「說不定她正站在遼闊的海邊望向大海，」我說。

老爸坐在我對面說：「沒錯，可以這麼說。你怎麼知道的？」

我聳聳肩。

老爸告訴我，媽咪目前正在愛琴海一個海岬拍照，叫做舒尼恩海岬，位在希臘半島南端，距離雅典南方大約八十公里。

「普塞頓神殿的遺址就位在那個海角斷崖，」他說。「普塞頓是希臘海神。雜誌公司今天準備在神殿前面幫艾妮塔拍照。」

「來自遠方的年輕人在古神廟附近遇見美麗的女子，」我說。

老爸無奈地嘆了口氣。

「你又在碎碎唸些什麼呀？」

「德爾菲神諭，」我說。「你忘了嗎？你那天模仿女祭司畢西雅啊！」

「對喔，沒錯！可是你知道嗎，我當時心裡想的神殿其實是雅典衛城。」

「拜託！你這樣想，可是阿波羅不這麼想！」

他放聲大笑，但我不懂他為什麼笑得這麼激動。

「畢西雅喝得醉醺醺，不記得自己說過什麼了，」他自己招了。

這段漫長旅程經歷了許多事，我的印象多半模模糊糊，但是舒尼恩海岬這趟行程，我卻記得清清楚楚。車子沿著雅典南方各個觀光小鎮一路前行，往右望去是綿延不斷的地中海，藍藍的海面透著絲絲寒意。

老爸和我滿腦子只想著再次見到媽咪會是什麼情景，但是老爸聊天時完全不提這件事。我想，他只是不希望我對這件事寄望太高。聊到一半，他突然一直問我，這次出遊度假好不好玩。

「其實我應該帶你到合恩角或者好望角走走，」他說。「沒關係，起碼你快要看到舒尼恩海岬了。」

這段路程不長不短，正好讓老爸路邊暫停一次來根菸。我們把車停在一處面海凸出的岩棚，這裡的地形景觀很像月球。往下可以看到海浪在險峻的峭壁底部激起團團白色泡沫，幾隻海豹躺在光禿禿的岩石斜坡，有如水精靈的化身。

大海湛藍清澈，看得我的眼睛快要睜不開，幾乎要掉淚了。我猜想，這裡大約二十米深，可是老爸說大概只有八、九米。

之後我們兩人沒多說什麼。整趟旅程下來，這次的途中暫停抽菸可說是最安靜的一次。還沒到達目的地之前，往右望去，已經可以看到海神殿矗立在遠遠的海岬上。

「你覺得呢？」老爸問。

「你是說，她在不在那裡嗎？」

「沒錯。」

「我知道她在那裡，」我回答。「我還知道她會和我們一起回挪威。」

他歇斯底里地狂笑：「漢斯，事情沒那麼簡單。我想你應該也瞭解，一個人離家八年，是不會那麼輕易被拖回家的。」

「她是不得已的，」我說。

我們兩人之後沒吭聲，如此過了十五分鐘後，我們來到了海神殿，把車停神殿在下方。

下了車，我們在兩、三輛遊覽車和四、五十名義大利人之間穿梭，見縫就鑽。我們假裝自己也是觀光客，付了兩百元德拉克馬進入神殿。行進間，老爸掏出一把梳子，邊走邊把那頂在德爾菲買的呆呆遮陽帽摘下來。

紅心3

……打扮得非常漂亮的女子，頭頂著寬邊帽……

從那一刻起，每件事都發生得太快了，快到記憶纏成一團，難以整理。

老爸在海岬的盡頭看見兩名攝影師，旁邊站了一組人馬，一看就知道不是一般遊客。等我們走近一看，發現一名打扮得非常漂亮的女子，顯然是眾人視線的焦點。她穿了一件亮黃色連身長裙，頭頂著寬邊帽，戴著一副深色墨鏡。

「她在那裡，」老爸說。

他愣在原地無法動彈，我卻直接邁步走向她。

「各位的拍照工作可以暫時告一段落了，」我大聲宣布。在場兩名希臘籍攝影師即便完全聽不懂我說的話，還是被我的音量嚇得回過頭來。

我記得我當時很生氣，我覺得這實在太過分了，這麼多人圍在媽咪身旁，從各個角度用鏡頭盡情捕捉媽咪的身影，可是八年多來，我們父子倆卻連看她一眼的機會也沒有。

現在輪到媽咪愣在原地無法動彈。她摘下墨鏡，低頭看著我，我們兩人相距大約十到十五公尺。她看了老爸一眼，然後再看著我。

她一時嚇得不知所措，在事情還沒往下發展這段空檔，我的腦海中閃過各種念頭。我的第一個念頭是，眼前這個人好陌生，可是我確定她真的是我媽咪，認媽咪是小孩子的本能。我接著想到的是，她真的好美。

接下來發生的事，很像電影裡的慢動作播放。老爸雖然是媽咪一眼就認得的人，可是她卻奔向我。我替老爸難過了一會兒，因為這畫面看起來好像媽咪比較在乎我。

她一邊奔向我，一邊甩掉頭上那頂精緻的帽子。她想把我抱起來，可是抱不動——八年過去了，世上不是只有雅典這地方才會物換星移。因為抱不起來，她改用雙臂摟著我，把我抱得緊緊的。

我聞著她身上的香味，感覺好快樂，已經好幾年沒這麼快樂了。這種感覺和吃吃喝喝帶來的喜悅不一樣——這種快樂不只是味覺上的，它在我全身四處竄流。

「漢斯、漢斯，」她邊喘氣邊說，但之後吐不出一個字。除了哭泣，一句話也說不出來。等她再度抬起頭，老爸終於上場了。他往前跨幾步走向我們說：「為了要找妳，我們長途跋涉走遍整個歐洲。」他什麼話也不用多說，因為媽咪兩手直接摟著他的脖子，靠在他身上啜泣。

見證這悲喜交集一幕的，不只是攝影師，幾位觀光客也目瞪口呆望著我們，其實他們有所不知，這中間是經歷了兩百多年的時間才促成了這次的相逢。

媽咪哭了一會兒突然停下來，瞬間轉換回模特兒的身分。她轉過身，對著攝影師說了幾句希臘話。他們聳聳肩回了她幾句，看得出媽咪被惹惱了，雙方起了爭執，氣氛愈來愈火爆，逼得攝影師最後走人。他們收拾好器材，在一陣混亂中快步走出海神殿。臨去前，其中一人還把媽咪剛剛拋到一旁的帽子撿起來。到了出口轉角，其中一人比著自己的手錶，對著我們用希臘語大聲咆哮，很沒禮貌。

閒雜人等退場後，我們三人反而陷入尷尬的僵局，不管說什麼或做什麼都不自在。分別多年重逢那一刻帶來的震撼瞬間就過了，接下來才是最難的。

太陽漸漸西沉，快要沒入海神殿山形牆的下方。一長排圓柱構成的矮牆在海岬投下長長的影子。我發現媽咪衣裳的左下角有一顆紅心，不知為何，我並不意外。

我們在神殿裡走來走去，不知繞了幾圈，可是我知道，需要時間重新認識彼此的，不是只有我和媽咪。對一個來自挪威阿倫達爾的老練水手來說，面對一個長年住在希臘社會、歷練豐富、說得一口流利希臘語的模特兒，想要找話聊聊，確實不容易；對模特兒來說，或許也沒那麼容易。儘管如此，媽咪還是聊起了海神殿，老爸聊起了海上生活。許多年前，老爸航海前往伊斯坦堡途中，也曾經過舒尼恩海岬。

太陽沒入了地平線，古神殿的輪廓顯得更清晰也更深沉。我們開始往出口的方向移動。我把腳步放慢，因為，這次的重逢究竟只是短暫相見，還是代表多年的別離總算可以劃下句點，決定權在兩個大人身上。

無論決定為何，媽咪還是得坐我們的車一起回雅典，因為不會有攝影師在停車場等她。老爸殷勤有禮地打開飛雅特的車門，彷彿這是一輛勞斯萊斯轎車，而媽咪是公主。

老爸的車才剛發動，我們三個人不約而同開口說起話來。驅車返回雅典的路上，老爸一路疾駛，一下子就過了第一個小鎮，這時我不得不提醒老爸，該減速了。

到了雅典，我們把車停在飯店停車場，沿著人行道走向大廳入口。我們在入口處愣了一會兒，沒人說一句話。打從我們離開古神殿那一刻起，三人的話匣子始終沒停過，可是不管怎麼聊，就是沒人提起這趟旅程的最終目的。

最後由我出面打破尷尬的沉默：「我們該想想未來要怎麼打算了。」

媽咪伸手摟著我，老爸則是講了什麼一切順其自然這種令人反感的話。

他們說了一堆「假設與如果」之後，我們三人走到露天平台的用餐區，一起享用冰涼的飲料慶祝這次的團圓。老爸對著服務生招招手，點了一瓶汽水給我們父子倆，上等的香檳則是要給美麗的小姐。

服務生搔搔頭，嘆了口氣說：「一開始是兩位男士喝酒狂歡，今晚怎麼變成小姐大喝特喝了？」

沒人回應他，於是服務生抄下我們點的東西，緩慢地走回吧檯。不明就理的媽咪滿臉困惑看著老爸。老爸轉而看著我，帶著小丑特有的冷峻眼神，媽咪一看，更困惑了。

我們天南地北聊了一個小時，話題完全沒有帶到三人心中共同的疑問，這時媽咪卻硬要我上床睡覺去。和自己的兒子分別八年多，她偏偏挑這個時候來盡管教子女的責任。

老爸看了我一眼，那種眼神很熟悉，他在暗示我「照她的話做」。我這才恍然大悟，原來話題遲遲沒進展，是因為我。畢竟，分離八年了，他們才是事件的真正主角，我的存在只會讓局面變得更複雜。

我和媽咪擁抱一下，她在我耳邊說悄悄話，說明天會帶我去當地最好吃的甜點專賣店。我也有一堆祕密想要告訴她。

我回到飯店的房間，換下外出服之後，馬上把小圓麵包書拿出來往下看，邊看邊等老爸。這本迷你小書剩沒幾頁了。

紅心4

……我們不曉得背後是誰在發牌……

貝克．漢斯出神地凝視著前方。當他講起奇幻島的時候，那雙深藍色的眼睛隱隱散發著光芒，可是等故事說完了，光芒似乎也熄了。

夜深了，小小的房間陰陰暗暗的。傍晚時，壁爐裡還燃燒著熊熊火光，如今只剩黯淡的火苗。貝克．漢斯站了起來，用火鉗撥動爐裡的餘燼。火苗瞬間又活了過來，室內的金魚缸和一些奇奇怪怪的物品被照得一閃一閃。

一整晚下來，老麵包師說的字字句句，我聽得入迷。從他提到佛羅德的撲克牌那時起，我就已經深陷故事當中，差點忘了呼吸，好幾次還發現自己怎麼嘴巴開開的。他說故事時，我絕不敢打岔。雖然佛羅德和奇幻島的故事他只說了一遍，但可以肯定的是，他說的每句話我都記下來了。

「所以，從某種層面來說，佛羅德最後總算回到了歐洲，」他為故事下結語。

我不確定他這句話究竟是對我說的，還是自言自語。我只知道，我不太懂這句話的意思。

「你是說那副撲克牌嗎？」我問。

「嗯，那個也算。」

「放在閣樓裡的撲克牌就是他的？」

老人家點點頭，接著走進自己的臥室，折返時，手中拿著一個小紙盒。

「艾伯特，這就是佛羅德的撲克牌。」

他把紙牌放在我面前的桌上。我的心砰砰跳，愈跳愈快，我把盒中一整疊紙牌小心地抽出來，放在桌上。最上面一張是紅心四，我小心地翻動整疊紙牌，一張一張仔細看。紙牌褪色得厲害，圖案幾乎完全無法辨識，有幾張還算清楚——我認出了方塊傑克、黑桃國王、梅花二紅心么點。

「在島上跑來跑去的……就是這些紙牌？」我忍不住問了。

老人家又點點頭。

這時我有種感覺，彷彿握在手中的每一張紙牌都是活生生的一個人。當我拿著紅心國王我馬上想起他在那個奇幻島上說過的話。很久很久以前，他是一個活蹦亂跳的小矮人，在樹林與花叢間奔跑穿梭。我把紅心么點握在手中久久不放，我記得她說過，單人紙牌遊戲裡沒有她的位置。

「只缺小丑牌，」我說。我把全部的紙牌數了一遍，發現裡面只有五十二張。

貝克．漢斯點點頭。

「他跟著我一同加入了大陣仗的單人紙牌遊戲。孩子，你懂我的意思嗎？其實，我們也是活蹦亂跳的小矮人，只是我們不曉得背後是誰在發牌。」

「你認為……他還在這個世界上嗎？」

「孩子，這還用說嗎。這世界上沒什麼傷得了小丑。」

貝克．漢斯站在壁爐前對我說話，背後的火光在我身上投下團團陰影。有那麼一刻，我感到有些害怕。我發現自己再也不是從前那個十二歲的小男孩了。這麼晚了，我還待在貝克．漢斯這裡沒回家，父親或許現在正在家裡大發脾氣——或許吧。可是我記得，他根本很少等我回家，說不定他現在早就喝得醉醺醺，不曉得醉倒在街頭的哪個角落。貝克．漢斯是我唯一的依靠。

「那他現在一定很老很老了，」我不服氣地說。

貝克．漢斯用力搖搖頭：「你忘了嗎？小丑和我們不一樣，他不會老。」

「你們一起回到歐洲以後，你還有見過他嗎？」我問。

貝克．漢斯輕輕點點頭說：「只有一次……大約是六個月前的事了。那天，我突然發現麵包店門口閃過一個小矮子的身影，可是等我追出去跑到街上一看，他已不見蹤影。艾伯特，你就是在這時走進我生命的。記得同一天下午，我看到幾個小朋友把你欺負得慘兮兮，於是馬上衝上前把他們痛打一頓。那一天……那一天正好是佛羅德的小島沉入海中整整五十二年。我已經來回推算好幾次……我幾乎可以肯定那天一定就是小丑日……」

我目瞪口呆盯著他。

「那個古老的曆法現在還準嗎？」我問。

「孩子，應該是準的。到了那天我才知道，原來那個母親過世、沒人照顧的小男孩就是你，所以我才會給你喝亮晶晶的飲料、看美麗的小金魚……」

我驚訝得說不出話來。現在我才知道，原來奇幻島的小矮人在小丑宴會那天也曾提到我。

我差點被口水噎著。

「那……那故事後來怎麼說的？」我問。

「可惜，他們在奇幻島說過的話，我沒有全部記下來，但是沒關係，我們聽過的每句話會全部儲存在我們的腦海中。有一天，某個句子會突然自己跳出來。譬如，在我對你講起奇幻島故事的時候，我突然想起，當方塊四說完那句請小男孩喝亮晶晶的飲料、看美麗的小魚後接下來紅心四說了什麼。」

「是什麼呢？」

「小男孩長大成人，白髮蒼蒼，可是在他死前，出現一位來自北方、憂傷的軍人。」

我呆坐原地，愣愣看著前方的爐火。這一刻，我對生命充滿敬畏，這種感覺一直放在我心底。一句話道出我的一生。我知道貝克．漢斯快死了，我會成為朵夫下一個麵包師。我也知道，彩虹汽水和奇幻島的祕密會由我傳承下去。我會在小木屋過完我的一生，然後有一天——有一天，有一個來自北方、憂傷的軍人會來到我門前。我知道這些事很久以後才會發生五十二年以後，朵夫小鎮會出現下一任麵包師。

「我從奇幻島帶回來的那些金魚，同樣也會世世代代延續下去，」貝克．漢斯說。「牠們有些只活了幾個月，可是，很多可以活上好幾年。魚缸每次只要少了一條魚兒游去來游去，我都很難過，因為牠們每一條都很特別——艾伯特啊，每一條小魚都是獨一無二的個體，這就是金魚的祕密。或許這也是為什麼我會在小木屋上方的樹林裡，找棵樹把牠們埋下，在寧靜安詳的墳前擺一顆白色小石子，因為我認為，每一條金魚在死後都應該豎立小小墓碑，作為恆久的紀念。」

貝克．漢斯在說完奇幻島故事的兩年後過世了。父親早他一年過世，之後貝克．漢斯收養我當義子，把全部的家產留給了我。他臨終前，我緊緊依偎著摯愛的老人家，聽他說出最後一句話：**「軍人不曉得頭髮被剃光的少女生下可愛的男嬰。」**

我知道，這一定是小丑接龍遊戲那天他漏掉的句子，在他死前這一刻，這句子突然浮現他的腦中。

已經午夜了，我躺在床上陷入沉思，這時老爸敲門了。

「她會不會和我們一起回阿倫達爾的家？」他還沒進門前，我馬上脫口問。

「到時候就知道了，」他回答的時候，我發現他的嘴角閃過一絲神祕的笑容。

「可是媽咪明天早上要帶我去甜點專賣店，」我這樣說，是為了讓自己放心，我相信即將撈上船的魚兒絕對不會溜走。

老爸點點頭。「她明天早上十一點會在大廳等你，」他說。「她已經把排定的工作行程全部取消了。」

當晚，老爸和我兩人躺在床上，眼睛直盯著天花板很久才睡著。入睡前老爸說了一句話，也不曉得是說給我聽的，還是自言自語，他說：「一艘船全速前進的當下，不可能說轉向就轉向。」

「或許吧，」我回答。「可是，命運站在我們這邊。」

紅心5

……時機還沒成熟，現在一定要穩住陣腳……

隔天早上醒來，我努力回想貝克．漢斯臨終前說的頭髮被剃光的女孩那句。老爸已經在床上翻來翻去，但是這回他沒賴床，馬上起來迎接嶄新的一天。

我們用完早餐之後，在大廳和媽咪碰面。今天換老爸自己乖乖晃回飯店的房間，因為媽咪說她只要帶我一個人去甜點專賣店。我們約好，幾小時後再和老爸碰面。

在我們往外走的同時，我私下偷偷對老爸眨了一眼，謝謝他昨天找到了媽咪。我努力用眼神讓他知道，我會盡全力幫助迷途的美女看清方向。

我們來到一間大型的甜點專賣店，點完餐後，媽咪直直看著我的眼睛，說：「漢斯，你大概不懂為什麼我會離開你們。」

我不打算被這樣的開場白亂了陣腳，我冷靜地回答：「妳是說，妳知道為什麼？」

「呃，倒也不是……」她招了。

她話還沒說完，我打算採取緊迫盯人的策略，我說：「或許，妳根本不知道自己為什麼會拋下妳的先生和兒子，收拾行李離開從此不見蹤影，害我們只能在一本希臘時尚雜誌裡面沾到污漬的照片上看到妳。」

服務生端來一盤可口的蛋糕、咖啡、汽水放在桌上，可是我絕不會這樣輕易被收買，於是我繼續說：「如果妳想告訴我，說妳不知道為什麼八年來連一張明信片也不肯寄給自己的兒子，那我現在說聲謝謝妳，我要走了。讓妳一個人坐在這裡喝咖啡，我想妳就會知道為什麼了。」

她摘下墨鏡，開始揉眼睛。我沒看到眼淚，或許她正努力擠出幾滴。

「漢斯，事情沒那麼簡單，」她說。她現在聽起來好像快哭了。

「一年有三百六十五天，」我往下說。「八年就是二千九百二十天，二月二十九日還沒有算進去喔。八年中有兩個閏年，有兩個二月二十九日，可是我的媽媽無消無息完全不理我。在我看來，事情就這麼簡單，算數我很在行的。」

我輕輕點出二月二十九日的意義，巧妙暗示自己的生日，對媽咪造成致命一擊，她馬上緊握我的雙手。現在她不用揉眼睛，就已經淚流滿面了。

「漢斯，你可以原諒我嗎？」她問。

「這要看情況。妳有沒有想過，過去八年來，我一個小男孩玩了幾遍的單人紙牌遊戲？我自己都數不清了，太多次了。撲克牌好像成了我的家人，替代一個完整的家。玩到最後，我只要看到紅心么點，就會想起我的媽媽，這樣不是很怪嗎？」

我故意提紅心么點測試她的反應，可是她看起來一頭霧水。

「紅心么點？」她的語氣很驚訝。

「是啊，紅心么點。妳昨天穿的那件衣服上不是有顆紅心嗎？我想問妳，那顆心究竟為誰跳動？」

「喔，漢斯！」

她現在真的被我愈弄愈糊塗了。說不定，她以為自己的兒子因為媽媽離家太久，腦筋有點不正常了。

「我想說的是，都是因為紅心么點為了找尋自我，一個人跑掉，和其他紙牌群眾混在一起，害得我和老爸陷入家庭單人紙牌遊戲的迷陣，一直走不出來。」

她驚訝得下巴快掉下來了。

我繼續說下去：「希梭伊島的家中有一整抽屜的小丑牌，但是有這麼多小丑牌根本沒用，因為紅心么點不見了，我們只好跑遍整個歐洲找人去。」

她一聽到小丑牌，臉上浮現暖暖笑意。

「他還在蒐集小丑牌嗎？」

「他自己就是一張小丑牌，」我回答。「我覺得妳不太瞭解他，他是怪咖。可是這個怪咖很賣力，一心只想拯救紅心么點逃離時尚童話王國。」

她傾向桌面，伸手想要輕拍我的臉頰，可是我把臉轉走。時機還沒成熟，我現在一定要穩住陣腳。

「我大概知道你想用紅心ㄠ點說什麼，」她說。

「很好，」我回答。「可是千萬不要告訴我，說妳知道自己為什麼會離開我們。因為這個謎題的答案，其實就藏在兩百年前一副神祕撲克牌發生的神奇事件裡。」

「這話怎麼說？」

「我是說，撲克牌早就預言妳會跑到雅典找尋自我。說來，這整件事和一種所謂的家族詛咒有關。這謎團的線索，就藏在吉普賽女郎的占卜結果和阿爾卑斯山麵包師烘烤的小圓麵包裡。」

「漢斯，你現在是在逗我開心嗎？」

我故作神祕搖搖頭，然後東張西望，看看甜點專賣店的四周，接著把身體探向桌面，壓低音量悄悄說：「事情是這樣的，很久很久以前，早在爺爺和奶奶在佛洛蘭相遇之前，太平洋上有個非常奇怪的小島發生了一些事，這些事和妳有關係。還有，妳會大老遠跑到雅典找尋自我也不是偶然的，妳是被自己的倒影吸引到希臘來的。」

「你是說倒影嗎？」

我拿出一隻筆，在餐巾紙寫下「艾妮塔（Anita）」三個字。

「你可以把這幾個字反過來唸嗎？」我問。

「雅提娜（Atina）……」她大聲唸。「喔喔，發音和雅典的別名雅西娜有點像。我之前怎麼都沒想到。」

「妳當然想不到囉，」我擺出優越的姿態說。「妳想不到的事情可能還很多呢。不過，現在這些都不是重點。」

「漢斯，那什麼才是重點？」

「現在的重點是，妳打包行李需要多少時間？」我回答。「我和老爸可以說已經等妳等了兩百多年了，我們的耐心快用完了。」

就在這時，老爸從外面的街道悠哉走了進來。

媽咪看著他，無可奈何地兩手一攤。「這孩子你怎麼帶的啊？」她問。「他講起話來怎麼謎語一籮筐。」

「這孩子乖到沒得挑，」老爸說著，伸手拉了一張空椅子坐下。「唯一的缺點就是想像力太豐富。」

我覺得老爸話接得真妙，因為他根本不曉得，我剛才為了說服媽咪和我們一起回阿倫達爾，話故意說得模模糊糊。

「我才正要開始說呢，」我突然打岔。「我還沒告訴妳，從我們越過瑞士邊境的那時起，有一個神祕小矮人就一路跟蹤我們。」

媽咪和老爸兩人心照不宣互看一眼。老爸說：「漢斯，我想這些以後再說了。」

當天接近傍晚，我們已經知道，我們再也受不了一家人分離的日子。一定是我喚醒了母愛的天性。

當我們還在甜點專賣店的時候，媽咪和老爸很像戀愛中的年輕人，開始依偎在彼此肩上。到了傍晚更不用說，道晚安那一刻，他們兩人已經親吻到忘我的地步。我想我只好忍耐一下，畢竟他們已經八年多沒在一起，有好幾次，為了禮貌起見，我還得轉過頭去不看他們。

至於我們最後怎麼把媽咪弄上車，開著飛雅特往北走，這些已經不重要，不用再說了。

我想，老爸一定很納悶，媽咪為什麼會這麼輕易跟我們走。可是我早就知道了，只要我們在雅典找到媽咪，這難熬的八年會立刻劃下句點。不過，有件事我倒是很意外，那就是她打包行李的速度還真的是世界第一快。既然決定回家，她原本的合約也不得不中止，毀約這種事在阿爾卑斯山以南是非常嚴重的。老爸說沒關係，她回到挪威很快就會找到另一份模特兒工作。

我們在希臘東忙西忙耽擱了兩天後，終於踏上歸途。我們走捷徑回家，穿越南斯拉夫來到義大利北方。我和之前一樣坐在後座，但不一樣的是，現在前座有兩個大人。也就是說，如果我想把剩下沒幾頁的小圓麵包書看完，難度實在太高，因為媽咪經常無預警轉過頭來看我。萬一被她發現朵夫麵包師送我的那本小書，後果讓人不敢想像。

當晚，我們抵達義大利北方，這回我自己睡一間，可以專心看我的小圓麵包書。我拿著小書一直看到天快亮了才睡著，書本就攤在大腿上。

紅心6

……日出月落一樣真實……

艾伯特說了一整晚故事，我聽得入迷，有時還把他想像成十二歲的男孩。

他坐著凝視前方的壁爐，看得出神，昨夜熊熊燃燒的爐火早已熄滅。他說故事的時候，我靜靜地聽，沒打岔——五十二年前的他也是如此，靜靜聽著貝克．漢斯敘述佛羅德和奇幻島的故事。我起身走到窗邊，看著窗外的朵夫小鎮。

天將破曉，新的一天到來了。清晨的小鎮霧濛濛，瓦德瑪西湖的上空籠罩著厚厚雲層。山谷的另一端，太陽正悄悄爬上山坡。

我的心中滿是疑問，卻又不知從何問起，結果什麼也沒說。我在屋裡來回踱步，最後在爐火前坐下來，一旁坐著艾伯特。當初我昏倒在小木屋門前，就是他好心收留我。

爐中餘燼持續飄出縷縷白煙，彷彿屋外的裊裊晨霧。

「路德威，你要在朵夫住下來，」老麵包師的語氣像在詢問，也像是命令，或許兩者都有。

「那當然，」我回答。我知道，自己是朵夫小鎮的下一任麵包師。我也知道，奇幻島的祕密將由我接手傳承下去。

「但我現在想的不是這件事，」我說。

「孩子，那你在想什麼？」

「我在想那場小丑接龍遊戲中說的，因為——假如我真的是那個來自北國憂傷的軍人……」

「怎麼了？」

「那我知道了……我在北方有個兒子，」話說到這裡，壓抑已久的情緒再也忍不住了，我開始掩面哭泣。

老麵包師伸手摟著我的肩膀。

「是的，確實如此，」他說。**「軍人不曉得頭髮被剃光的少女生下可愛的男嬰。」**

他讓我哭個痛快，等我再度抬起頭，老人家繼續說：「可是有件事我一直不懂，或許你可以告訴我為什麼。」

「什麼事？」

「那個可憐的少女為什麼會被剃頭？」

「我不知道她被剃頭了，」我回答。「我不知道他們會這樣折磨她，可是我聽說，挪威宣布獨立後，確實發生過這種事。那些和敵國士兵來往的女孩，不僅頭髮被剃了，還被羞辱。這也是為什麼……這就是我至今不敢和她聯絡的原因。我以為她可能會忘了我。我以為如果我再和她聯絡，對她的傷害反而更深。我以為我們的事情沒人知道，但是我顯然錯得太離譜了。因為，只要有了孩子……什麼也瞞不住。」

「我瞭解……」他說完，靜靜看著漆黑一片的壁爐。

我起身在屋內來回踱步，坐立難安。

這些事是真的嗎？我心想，說不定瓦德瑪爾鎮上的謠傳是真的，艾伯特真的瘋了。

我忽然想到，我無法證明艾伯特說的是真的。他跟我說的那些關於貝克．漢斯和佛羅德的故事，很可能只是一個腦筋不清楚的老人家在胡言亂語。什麼彩虹汽水，什麼古老的撲克牌，我連個影子也沒看到。

唯一可能的證據，就是來自北國的軍人那句，但是，那句也可能是艾伯特自己編出來的。可是，還有被剃頭髮的女孩那句——這是讓我最深信不疑的一句——可是我後來又想，這句說不定是我在睡夢中說出來的。我太掛念琳恩了，所以做夢說出頭髮被剃光的女孩，也是很正常的。或許，我擔心她可能懷孕了，所以做夢說了出來。如此想來——嗯，沒錯，艾伯特應該是把我在夢中說的片片斷斷幾個字，融入到他的故事裡。當他問起那個被剃頭髮的女孩，一副事先知情的樣子……

我目前只敢肯定，艾伯特熬夜說故事，絕不是為了尋我開心。他從不懷疑自己說的話，但或許這正是問題所在。小鎮的流言可能是真的：艾伯特精神失常了，離群索居的他，一個人活在內心的小小世界。

從我來到鎮上那一天起，他一直管我叫孩子。說不定，問題就出在這裡。艾伯特之所以想出這些不可思議的故事，是因為他渴望有個兒子可以繼承麵包店，所以他才會不知不覺編出一個幾可亂真的故事。我以前聽說，精神失常的人在某方面會表現得特別傑出。艾伯特的專長顯然是編故事。

我走過來又走過去。太陽悄悄越上山頭。

「孩子，你看起來心神不寧，」老人家打斷我的思緒。

我在他身邊坐下來，我開始回想，這個晚上的故事究竟是怎麼開始的。還記得那天晚上我和費利茲．安德烈在瓦德瑪爾鎮上坐著聊天，他說艾伯特養了許多金魚。至今我只看過一隻。老實說，我覺得老麵包師一個人生活孤孤單單，養金魚和他作伴熱鬧一下，有什麼好奇怪。可是，那晚我很晚才回來，聽到艾伯特在閣樓的腳步聲，後來我當面向他問起這件事——沒錯，就是這樣，我們才坐下來，開始這漫長的一夜。

「那些金魚……你不是說，貝克．漢斯從奇幻島帶回一些金魚。那些魚還在鎮上嗎？還是——還是你只有一隻？」

艾伯特轉過來，眼睛直直看著我說：「孩子，你對我這麼沒信心啊。」

老人家明亮的棕色雙眸，頓時暗了下來。

我現在已經沒耐心了。或許，是我心中一直掛念著琳恩的關係，所以我和他說話的語氣出乎意料地急躁，我說：「那你回答我啊！那些金魚到哪裡去了？」

「跟我來。」

他起身走向他窄小的臥房。他從天花板拉下一道梯子——和他說的一樣，他說在他小時候，貝克．漢斯也是從天花板拉下一道梯子。

「路德威，我們要上閣樓了，」他低聲說。

他先爬上去，我跟在後面。我心想，假如佛羅德和奇幻島的故事全是虛構的，那麼艾伯特確實病得不輕。

我把頭探進小閣樓的活板門，往裡面一看，這一刻我終於明瞭，艾伯特說了一整晚的故事，和日出月落一樣真實。閣樓裡滿滿的金魚缸，魚缸裡成群的虹彩金魚游來游去。閣樓裡擺滿稀奇古怪的玩意兒，我看到了一尊佛像、一隻六角獸玻璃雕像、刀劍與雙刃劍——在艾伯特小時候，這些東西多半放在樓下。

「這……這太不可思議了，」我話說得結結巴巴，這時我才剛登上小閣樓。我會這麼說不完全是金魚的緣故，而是奇幻島的故事果然不假，我再也不懷疑了。

清晨的藍光從閣樓小窗灑了進來。陽光不到正午通常不會照到山谷這一側，可是現在，閣樓已經滿室的金黃色光芒，而且不是從窗戶照進來的。

「你看那邊！」艾伯特小聲地說，伸手比著天花板斜面的下方。

我看到一只舊瓶子，瓶身散發出璀璨的光芒，把地板上所有的金魚缸、一些古怪的玩意兒、長凳、櫥櫃照得一閃一閃。

「孩子，這就是彩虹汽水。五十二年來這只舊瓶子沒人動過，但是現在，我們要把瓶子拿到樓下。」

他彎腰拾起地面的小瓶子，瓶子一陣搖晃，裡面的液體閃閃發亮、美得眩目，我的眼睛滲出了淚水。

正當我們準備轉身，爬下階梯回到臥室時，我看到了小木箱裡那副破舊的撲克牌。

「我可以……看一下嗎？」我問。

老人家鄭重地點點頭，我小心拾起那一疊破破爛爛的紙牌。紅心六、梅花二、黑桃皇后方塊八還辨識得出來。我數了數。

「這裡只有五十一張，」我驚叫。

老人家看看閣樓四周。

「在這裡！」他說。他的手比著舊板凳旁的一張紙牌。我彎下腰，把紙牌放在整疊撲克牌最上面。原來是紅心么點。

「她還是喜歡到處亂跑，可是我一定可以在閣樓裡把她找回來。」

我把整疊撲克牌放回原處，跟老人家爬下階梯。

艾伯特從桌上拿起一只小酒杯。

「你知道下一個步驟了，」他話不多說。我知道，現在輪到我喝彩虹汽水了。在我之前——也就是整整五十二年前，艾伯特就是坐在這個房間喝下這種神奇的飲料。在他之前——往前再推五十二年，貝克．漢斯在奇幻島上喝了彩虹汽水。

「但是別忘了，」艾伯特的語氣很嚴肅，「你只能喝一小口。下一回你再打開這個軟木塞，至少是走完一輪單人紙牌遊戲以後的事了。這瓶飲料會以這種方式一代傳一代。」

他在小玻璃杯裡倒了幾小滴汽水。

「給你，」他說，把杯子遞給我。

「我有點……不敢喝。」

「可是你也知道，你一定要喝，」艾伯特回答。「如果你不把這幾滴飲料喝下去，就無法證實它有多奇妙，這樣我艾伯特．凱吉斯豈不成了不折不扣精神錯亂的老傢伙，整晚不睡，在那裡胡說八道？老麵包師絕不讓人貼上這種標籤。而且，就算你現在不懷疑故事的真實性，終有一天還是會起疑的。這也是為什麼你一定要把我說的故事喝進去，用你的全身去品嚐。這樣，你才能成為朵夫小鎮的麵包師。」

我舉起杯子就嘴，一口把飲料喝下。短短幾秒內，我的身體湧現千百種滋味，像馬戲團一樣熱鬧繽紛。

我彷彿瞬間來到世界各地的市集。在德國漢堡的市集，我把一顆蕃茄塞入口中；在呂北克，我咬了一口多汁的西洋梨；在蘇黎世，我囫圇吞棗吃下成串的葡萄；在羅馬，我吃了無花果；在雅典，我大嚼杏仁和腰果；在開羅的市場，我大口咀嚼椰棗。各種滋味瞬間席捲全身。有些嚐起來很特別，我彷彿置身奇幻島，邊走邊摘取樹上的果子：這應該是塔夫水果，那應該是環根，那或許是可爾莓果吧，還有很多很多。突然間，我好像回到了阿倫達爾，我嚐到了覆盆子，甚至聞到琳恩淡淡的髮香。

就這樣，我坐在壁爐前感受各種滋味，久久沒對艾伯特說一句話。最後，老人家站起來對我說：「老麵包師現在得上床休息了，可是我必須先把那瓶飲料放回閣樓。你也知道，我只要離開閣樓，一定會把活板門鎖上。當然了，你已經是成年人，你知道蔬果的滋味營養又美味——但我說年輕人啊，我想，你應該不希望自己醉得像植物蔬果一樣毫無知覺才是。」

他最後好像是這樣說的，不曉得我有沒有記錯。不過，他臨睡前提確實提醒了我幾件事大致都與彩虹汽水和佛羅德的撲克牌有關。

紅心7

……小圓麵包先生對著神奇的漏斗大聲呼喊……

隔天早上我很晚才醒來，這時我恍然大悟，我在朵夫小鎮遇到的那位老麵包師，原來是我爺爺。那個被剃光頭髮的女孩，和我住在挪威的奶奶絕對是同一人。

絕對不會錯。雖然小丑接龍遊戲那些句子沒有明確指出那個被剃光頭髮的女孩是我奶奶，也沒說朵夫小鎮的麵包師是我爺爺，可是世上名叫琳恩又剛好有個德國男朋友的挪威女孩，沒那麼多。

儘管如此，真相還是不明朗。小丑接龍遊戲中有許多句子貝克．漢斯根本不記得，當然也不可能告訴艾伯特或其他人。那些遺落的句子有沒有可能重新找回來，讓單人紙牌遊戲能夠完整拼湊？

從奇幻島沉入海中的那時起，所有的線索也跟著消失。貝克．漢斯在生前，應該也打探不了多少。如果想把佛羅德的撲克牌再度注入生命，看看那些小矮人是否還記得一百五十年前自己說過的話，那更是不可能。

目前唯一的線索只剩小丑——假如他還在人世間遊盪，說不定，他還記得小丑接龍遊戲裡的句子。

我一定得想辦法讓兩個大人繞遠路到朵夫一趟，儘管小鎮地處偏遠，而且老爸的假期快結束了，我也管不了那麼多。我必須在不給他們看到小圓麵包書的前提下，讓他們知道這件事。

我真的好想走進那間小小麵包店，對老麵包師說：「我回來了——我從南國回來了，我還把老爸一起帶來了。他是你親生的兒子。」

我等一下會在早餐時間提到爺爺，但是我決定等到快要吃完的時候再揭開這天大的祕密。我知道，因為之前我洩漏了太多小圓麵包書的內容，現在他們已經不太相信我說的話了。沒關係，我還是先讓他們靜靜享用早餐再說。

我趁媽咪起身倒第二杯咖啡時，直盯著老爸，講話時故意加重語氣：「幸好我們在雅典找到了媽咪，可是單人紙牌遊戲還少一張牌，所以沒辦法劃下完美句點。不過，我已經知道那張牌在哪裡了。」

老爸愁眉苦臉看了媽咪一眼，再回過頭看著我，說：「漢斯，你現在又是怎麼了？」

我緊盯著他的眼睛不放：「你還記得朵夫小鎮那位老麵包師嗎？你在瓦德瑪爾旅館和鎮上的人一起喝阿爾卑斯白蘭地，喝得醉醺醺的時候，老麵包師請我喝梨子汽水，還送我四個小圓麵包，記得這件事嗎？」

他馬上點點頭。

「那位麵包師就是你的親生父親，」我說。

「胡說八道！」

他哼了一聲，好像有點煩。可是我知道，他沒辦法就這樣對這個問題置之不理。

「這個問題現在不急著討論，」我說，「可是我要告訴你，這件事千真萬確不會錯。」

媽咪回到座位上了。當她弄清楚我們在談些什麼時，無奈地嘆了口氣。老爸的反應也差不多。但是我們父子畢竟比較有默契，他很清楚，在沒查明事情真相前，他不能把我說的話不當一回事。他知道我也是個小丑，我偶爾會有重大發現。

「你怎麼知道他是我父親？」他問。

我不能告訴他我是從小圓麵包書裡的白紙黑字知道的。於是，我把昨晚事先想好的說詞搬出來。

「嗯，首先，他的名字叫路德威，」我開始了。

「這個名字在瑞士和德國很常見，」老爸說。

「或許吧，但是老麵包師告訴我，他在二次大戰期間待過挪威北部的格里斯達。」

「他是這麼說的嗎？」

「嗯，這些事他不是用挪威話講的。可是當我告訴他，我是從挪威阿倫達爾來的，他聽了馬上大叫，用德語說他待過什麼『格林姆斯塔』。我想，他指的就是格里斯達。」

老爸搖搖頭。

「『格林姆斯塔？』在德文，這幾個字的意思是『糟糕的城鎮』。他指的可能是阿倫達爾……可是，漢斯，待過挪威北部的德國軍人太多了。」

「沒錯，」我回答。「可是當中只有一個是我爺爺，而且這個人就是朵夫小鎮的麵包師。這是直覺，沒辦法解釋。」

講到最後，老爸撥了一通電話給遠在挪威家中的奶奶。我不知道他打電話回家，究竟是因為我說的那些話打動了他，還是因為他覺得應該向自己的母親報告，說我們已經在雅典找到媽咪了。用電話沒聯絡到奶奶，老爸於是打電話給阿姨英格麗，她說奶奶臨時起意到阿爾卑斯山去了。

聽到這裡，我吹了一聲響亮的口哨。

「小圓麵包先生對著神奇的漏斗大聲呼喊，他的聲音傳遍千里。」

老爸的臉上滿是驚愕，彷彿天底下最不可思議的事全讓他遇上了。

「這句話我之前好像聽你說過？」他問。

「對啊，」我回答。「老麵包師可能後來也察覺到了，知道他看到了自己的孫子。而且他也看到了你。老爸，血緣是切不斷的。在那麼多年過後，他在自己店裡看到一個來自阿倫達爾的小男孩，可能覺得可以打電話到挪威問問看。如果這通電話真的打了，想必從前那段情已在朵夫小鎮重新燃起，和雅典的情形一樣。」

終於，我們的車一路火速往北飆，直奔朵夫。其實，媽咪和老爸都不相信老麵包師就是爺爺，但是他們知道，如果沒有親自前去一探究竟，他們的耳根子永遠不得清靜。

我們抵達科摩小鎮後和上回一樣，當晚在那間「迷你巴拉德羅飯店」過夜。嘉年華會已經結束，算命師和其他設施都不見了，全都撤掉了——沒關係，我安慰自己，起碼我今晚又可以一個人睡。雖然一路上長途坐車，我已經很累，可是，我還是決定把小圓包書剩下的部分看完再睡覺。

紅心8

……這世界到處充滿驚喜，讓人不曉得該哭還是笑……

我起身走出小木屋，腳步有些不穩，因為彩虹汽水各種不同的滋味正在我全身奔流。可口的草莓鮮奶油一會兒從我的左肩滑落，一會兒換成我的右膝被紅漿果和檸檬刺激的口感扎了一下。各種滋味在我全身上下不時來回奔流，速度快得我無法一一說出它們的名字。

世界各地的人們不約而同坐下來享用各式各樣的食物，這就是我現在的感受。我的身體嚐到千百種滋味，好像那些菜餚就在我面前——彷彿世界各地的人們吃什麼，我也跟著嚐到了。

我往小木屋上方的樹林慢慢走，熱鬧繽紛的滋味漸漸散去，我感受到某種自此之後未曾喪失的感覺。

我回頭望著山下的小鎮，這是我生平第一次發現，世界真是不可思議。地球上為什麼有人的存在？我對這個自小生長的世界有一種完全嶄新的感受。原來這些年來我一直在沉睡，過去的時光好像長長的冬眠。

我活著！我是人，我充滿了生命力。這是我生平第一次明白身為人的意義何在，而且我也知道，那種神奇的飲料只要多喝幾杯，這種清明的感覺會一點一滴消失，最後完全不見。如果我抱著彩虹汽水不放，常常享受世間各種美味，那不久以後，我也會化成彩虹汽水，我會變成蕃茄或李樹，再也感受不到生命的存在。

我在樹椿上坐下來，在兩棵樹中間發現一頭獐鹿。小鎮山上的樹林經常有野生動物出沒，沒什麼好大驚小怪，但是這回看見獐鹿，我卻有不同的感受：動物怎麼會蹦蹦跳跳，太神奇了。我當然看過獐鹿，而且幾乎天天看到，可是這麼久以來，我竟然不知道，獐鹿的存在是這麼奇妙。現在我知道為什麼了——因為我太常看到這些野生動物了，反而沒有用心感受牠們的存在。

我對世間萬物也是常常這樣視而不見，對腳下這片土地也是。孩童對於環境的感受力很敏銳，可是後來，我們在這世界住久了，對一切也就習以為常了。在成長的過程中，我們漸漸迷失在感官的世界裡。

我現在終於明白，奇幻島小矮人的問題出在哪裡：他們感受不到生命的奧祕。或許，這是因為他們從沒經歷過身為孩童的階段。他們天天喝那種神奇的飲料，想要追回錯過的生命歷程，最後反而變得糊裡糊塗，成了沒有生命的物體。如今想來，佛羅德和小丑能把彩虹汽水丟到一旁不喝，真是了不起。

獐鹿站在原地看了我一會兒後就跳走了。樹林頓時陷入一片深沉寂靜，忽然，夜鶯美妙的歌聲響起。牠小小的身軀竟能發出層次這麼豐富的樂音，真是神奇。

這世界到處充滿驚喜，讓人不曉得該哭還是笑。或許我們應該又哭又笑，但這兩個動作要同時進行，難度太高了。

我不知不覺想起鎮上一位農人的妻子。當時她才十九歲，有一天她抱著一個兩、三個星期大的小女嬰走進麵包店。本來我對小嬰兒沒什麼興趣，可是那天，當我往嬰兒籃偷偷看了一眼，我覺得我從小嬰兒的眼中看到了驚奇。在這之前，我根本不會去留意這種事。可是這一刻，當我坐在林間的樹樁上，靜靜聆聽夜鶯的歌聲，看到遠方山谷中的田野灑滿了陽光——我忽然覺得，如果那個小嬰兒會說話，她或許想說，這世界真奇妙啊。那天，我很懂人情世故地恭喜年輕媽媽生了寶寶，可是現在我認為，應該恭喜小嬰兒才對。只要有新成員加入這個世界，我們都應該彎下腰來對他們說：「哈囉！小小朋友，歡迎你來到這世界！能來到這裡的人，都是超級幸運兒。」

我覺得好可惜，活著的感覺如此美妙，人們卻淡忘了這種感覺。我們把生命的存在視為理所當然，習以為常，忘了活著是什麼感覺，直到我們身體又要和世界說再見了，我們才猛然想到，原來我們曾經活過。

陣陣濃烈的草莓浪突然在我的胸膛奔騰翻湧，滋味美妙不在話下，但是太過濃郁飽滿，嗆得讓我作嘔。不用他人提醒，我已經知道彩虹汽水不能再喝了。因為我知道，樹林裡的藍莓是我的食糧，獐鹿和夜鶯偶爾現身與我為伴，這些對我來說，已經足夠。

我在原地坐了一會兒，身旁的枝葉突然沙沙作響。我抬頭一看，發現有個小矮子從樹林裡探出一顆頭偷看外面。

我的心砰砰跳，因為我知道，那個人是小丑。

他往前跨了幾步，在離我大約十到十五公尺遠的地方說：「嗯，好喝好喝！」

他舔舔小小的嘴唇，對我說：「所以你已經喝過那瓶可口的飲料，脫胎換骨了？」小丑說，「好喝好喝好喝！」

奇幻島的故事我全知道了，所以看到他我並不害怕。乍見他是很震驚，但是這種感覺很快就過了。我覺得我們兩個是一國的，因為我也是撲克牌裡的一張小丑牌。

我從樹樁上站了起來，走向他。他原先那套紫色掛著鈴鐺的小丑服換了，現在改穿有黑條紋的棕色服裝。

我向他伸出一隻手，說：「我知道你是誰。」

他和我握手的同時，我聽見微弱的叮噹聲。我這才知道，他只是把外面這件衣服直接套在原先那件小丑服上。他的手和晨間露水一樣冰冷。

「能夠和來自北國的軍人握握手，真是榮幸啊，」他說。

他說話時，神祕地笑了笑，露出一口珍珠般閃閃發亮的小小牙齒。他接著又說：「今天輪到這個小夥子誕生囉。生日快樂，小兄弟！」

「可是……可是今天不是我的生日，」我結結巴巴地說。

「噓——，小丑說不對喔，人不是只有出生一次。老麵包師的小小朋友昨晚重生了，小丑知道了，所以特地前來祝他生日快樂。」

他說話聲音尖尖細細的，聽起來很像洋娃娃。我鬆開他冰涼的手說：「我……我已經聽說……你和佛羅德還有其他人的事情了……」

「那是當然的，小兄弟，」他說。「因為今天是小丑日。從明天起，新的一輪即將開始，另一個五十二年的循環就要展開，直到下一輪到來。到時候，那個來自北國的小男孩已經長大成人了，可是在他長大之前，他會先到朵夫一趟。小丑說啊，幸好路上有人給他一只放大鏡。很神奇的放大鏡喔，是用精緻的鑽石玻璃做成的。多虧舊的金魚玻璃缸打破了，才能用玻璃做成放大鏡放進口袋裡。小丑真聰明啊，但是最艱難的任務要交給你這個小夥子。」

我聽不懂小矮人在說什麼，可是他愈走愈近，小聲地說：「記得，一定要把佛羅德的撲克牌故事寫成一本小書，然後把小書放進小圓麵包一起烘烤，因為，**金魚不會洩露奇幻島的祕密，但是小圓麵包書會**。小丑說，就這樣！」

「可是……佛羅德撲克牌的故事寫好後，怎麼可能塞進小圓麵包？」我抗議了。

他聽了哈哈大笑：「小老弟，這要看小圓麵包有多大——還是故事書有多小。」

「發生在奇幻島的事……加上一些有的沒的……故事寫起來很長，書一定很大一本，」我又抗議了。「而且小圓麵包也要做得超級大才可以。」

他看著我，眼神中帶著淘氣：「小丑說，做人不要太自信，這是壞習慣。如果字寫得很小很小，小圓麵包就不用做得太大。」

「我不信有人可以把字寫得那麼小，」我的態度沒有動搖。「就算可以好了，大概也沒有人看得懂。」

「小丑說，你只管寫就是了，而且最好快點開始。時間到了，你自然可以把字寫得很小。那個人只要有了放大鏡，自然就能夠讀。」

我望向山谷，早晨的金色陽光已經照亮整個小鎮。

等我回過頭來，小丑已經不見了。我東張西望，小丑早已飛奔到樹林裡，動作像獐鹿一樣敏捷。

我拖著疲憊的腳步走下山谷，準備回家。途中，我正要踏上一塊石頭的時候，一股濃郁的櫻桃滋味冷不防從我的左腿穿過，害我的身體失去重心差點摔跤。

我想起了在鎮上的那些朋友，但願這些事他們也知道。他們沒多久又會在瓦德瑪爾酒館碰面，見了面一定會聊天，要閒聊，不把離群索居住在小木屋的老人家當話題，還能聊什麼？他們大概覺得這個人怪怪的，和大家不太一樣，所以乾脆說他是瘋子。其實他們不知道，這個世界充滿了奧祕，他們的身邊到處都是，連他們自己也是，他們只是看不出來罷了。或許艾伯特真的隱藏了一個天大的祕密，這個天大的祕密，就是我們的世界。

我知道，我今後再也不會上瓦德瑪爾的酒館喝酒。我也知道，有一天鎮民閒聊的主角會換成我。因為不出幾年，我將是鎮上唯一的小丑。

回到家後，我躺在床上沉沉入睡，一直睡到傍晚。

紅心9

……這世界的人還沒準備好，佛羅德的撲克牌和奇幻島的故事不能說給他們聽……

我手拿著小圓麵包書，右手食指忽然被倒數幾頁弄得癢癢的，我這才發現，原來這幾頁是以正常大小的字體書寫的。我把放大鏡放到床頭櫃，繼續看下去。

我的孫啊，不久你就會來到朵夫小鎮，接收佛羅德的撲克牌與奇幻島的祕密。艾伯特對我說過的話，我把記得的全寫下來了。老麵包師在說完故事那晚後的兩個月就去世了，於是我成了鎮上下一任麵包師。

我馬上動筆把彩虹汽水的故事寫下來，而且我決定用挪威語寫，這樣的話，只有你看得懂，鎮上的人就算發現這本書，也看不懂。但是挪威語我現在忘得差不多了。

我想，我會在朵夫和你見面而不是在挪威。一來，我不曉得琳恩還願不願見我；二來，古老的預言我不敢不遵守，因為我知道，有一天你會來到這個小鎮。

這本書的內容是我用一般的打字機打上去的。要寫出比這個還小的字，實在太難了。可是後來——其實就在一個星期前，我聽鎮上的人說，銀行有一種很神奇的機器。他們說那種機器可以影印，還可以縮小——所以，一頁每印一次字體就會小一點。我把稿子拿去印了八次，字體變得很小很小，終於可以弄成一本小小的書。至於你啊，我的孫兒，想必你已經從小丑那裡拿到放大鏡了。

雖然我把故事全寫下來了，可是貝克．漢斯記得幾句，我就寫幾句。幸好，昨天我收到一封信，信中都是小丑接龍遊戲裡面的句子。不用說，那封信是小丑寄來的。

等你們到了朵夫，我就會打電話給琳恩。或許有一天，大家可以聚在一起。

唉——我們這幾個朵夫的麵包師都是小丑，每個人負責把藏在心中那段不可思議的故事傳下去。這個故事絕不可以像其他故事一樣輕易傳出去。單人紙牌遊戲的陣仗不管大或小，裡面一定有小丑，我們小丑的任務就是告訴大家，這世界本身就是一個不可思議的童話。我們知道，要人們睜開眼睛看看這世界有多麼大、有多麼不可思議，其實不容易。太陽底下的世界是一團謎，可惜他們看不清，因為這世界的人還沒準備好，佛羅德的撲克牌和奇幻島的故事不能說給他們聽。

未來會有那麼一天，全世界的人都可以聽聽我寫在小圓麵包裡的故事。在這天到來之前，彩虹汽水必須每隔五十二年倒幾滴出來。

另外，有件事你一定要牢記：小丑一直活在這世界。世界是一場大型的單人紙牌遊戲，每個人都是一張牌，即便人們全看不清真相，但小丑始終相信，有一天，總會有人睜開眼睛。

乖孫，再見了。希望你在南國能夠找到自己的母親。等你長大以後，一定要再來朵夫走走。

小圓麵書最後幾頁是小丑寫的，很久很久以前那場盛大的小丑接龍遊戲，每個小矮人唸過的句子，他全記錄下來了。

小丑接龍遊戲

銀色雙桅帆船在茫茫大海中滅頂。水手被沖到島嶼的岸邊，這個島愈變愈大。他在上衣胸前的口袋藏了一副撲克牌，撲克牌被攤在陽光下晾乾。五十三張紙牌長年陪伴玻璃工匠之子。

紙牌還沒褪色前，五十二個小矮人全活在孤獨水手的腦海裡。一群奇怪的人物在主人的腦中跳舞。只要主子睡著了，小矮人就自由自在。某個美麗的早晨，國王和傑克從意識的監牢翻牆而出。

幻影從想像空間進入天地之間。虛幻人物從魔術師的袖口抖了出來，憑空出現，活蹦亂跳，想像人物雖有美麗的外衣，但是他們腦筋全失常，只有一個例外。只有孤獨的小丑一眼看穿幻境。

亮晶晶的飲料會麻痺小丑的知覺。小丑吐掉亮晶晶的飲料。少了令人糊塗的迷人佳釀，小丑的思緒更清晰。五十二年後，遭遇船難的孫子來到小鎮。

真相就藏在紙牌中。真相是，玻璃工匠之子愚弄自己幻想出來的人物。幻想人物發動一場奇幻叛變推翻主人。主人沒多久便喪命，小矮人殺了他。

太陽公主迷途找路來到了海邊。奇幻島從中心全面崩落。小矮人變回了紙牌。麵包師的孫子趕在童話故事書闔上之前逃離了。

小丑一踩上故鄉土地便悄悄溜走，消失在破舊的船棚中。麵包師的兒子逃到山區，在偏僻的小鎮定居。麵包師把奇幻島的寶物藏起來。未來就藏在紙牌中。

小男孩因為母親過世乏人照料，小鎮成了他的避風港。麵包師給他一瓶亮晶晶的飲料，還把美麗的金魚拿給他看。小男孩長大成人，白髮蒼蒼，可是在他死前，出現一位來自北方、憂傷的軍人。軍人沒有說出奇幻島的祕密。

軍人不曉得頭髮被剃光的少女生下可愛的男嬰。小男孩是敵人之子，必須逃到海上。水手娶了美麗的女子為妻，女子生下小男嬰便遠赴南國找尋自我。父與子找尋一位美麗女子，因為她找不到自我。

雙手冰涼的小矮人指引來自北國的小男孩前往偏遠的小鎮，還送了一只放大鏡伴他同行。放大鏡的玻璃和金魚缸的缺口吻合。金魚不會洩露小島的祕密，但是小圓麵包書會。小圓麵包先生就是來自北國的軍人。

祖父的真實身分就藏在紙牌中。命運像一條餓過頭的蛇，最後連自己也吞了。內盒開啟外盒那一瞬間，外盒也開啟內盒。命運有如往四方生長的花椰菜心。

小男孩終於知道小圓麵包先生就是自己的祖父，小圓麵包先生同時也知道來自北國的小男孩是自己的孫子。小圓麵包先生對著神奇的漏斗大聲呼喊，他的聲音傳遍千里。水手把烈酒吐掉。美麗的女子雖然還是找不到自己，但最後找到了親愛的兒子。

單人紙牌遊戲是一場家族的詛咒。這世間永遠有個可以一眼看穿幻境的小丑。一代換一代，但是小丑永遠在，他會一直遊走世間，絕不會被時間吞噬。能夠看穿命運的人也必須熬過命運的考驗。

紅心 IO

……小丑會一直遊走世間，絕不會被時間吞噬……

坐在「迷你巴拉德羅飯店」看完小圓麵包書最後幾頁後，現在的我有點睡不著。這一刻，這個飯店看起來一點也不「迷你」。把迷你巴拉德羅飯店和科摩小鎮周遭的景物當成一個整體來看，意義無限大。

小丑的事情完全在我意料中。加油站的小矮人，和那個在馬賽港的船棚咻地不見蹤影的小丑，是同一個人。從上岸那天起，古靈精怪的小丑一直待在這個世界。

小丑偶爾會到朵夫麵包師那裡走走。除此之外的時間，他或許在世界各地流浪，居無定所。今天他會待在某個小鎮，明天可能已經到了另一個地方。他用來掩飾真實身分的唯一方法，就是在紫藍色、繫鈴鐺的小丑服外罩上另一套薄薄的衣服。如果不掩飾一身特殊的裝扮，他很難找到地方住下來。而且，他也不能在同一個地方待太久，如果一住十年、二十年或者一百年不走，他本人卻完全沒有任何改變，別人看了會覺得很奇怪。

我記得在奇幻島的故事裡，小丑拼命奔跑、用力划船卻怎麼也不會累，和一般人不一樣。如果我沒猜錯的話，從我們在瑞士國界第一次和他打照面那天起，他應該就一路跟在我和老爸後面。當然了，他也可能是偷偷跳上火車追上來的。

我深信，小丑在逃離奇幻島的迷你單人紙牌遊戲之後，進入我們這個大陣仗的單人紙牌遊戲繼續嬉笑怒罵。無論在奇幻島還是在我們的世界，小丑的任務一樣重要：他每隔一陣子會跳出來告訴大人和小朋友，每個生命的存在，都是不可思議的奇蹟。只可惜，大家對自己的認識實在不夠。

小丑今年待在阿拉斯加或高加索山，明年可能跑到非洲或西藏；這星期他出現在馬賽港，下星期可能在威尼斯的聖馬可廣場上奔跑。

小丑接龍遊戲的句子現在總算拼湊完整。貝克．漢斯遺忘的那幾句補上以後，原貌完美重現。

四位國王唸的句子，貝克．漢斯漏聽一句：「一代換一代，但是小丑永遠在，他會一直遊走世間，絕不會被時間吞噬。」真希望老爸可以親眼看看這一句，讓他知道，時間毀滅的力量沒他想像的那麼悲觀，不是萬事萬物都會被時間輾成碎片。撲克牌中那張小丑牌會在不同的時空來回遊走，時間在他身上永不留痕跡。

好極了！有了這句我就放心了，因為這表示人們永遠不會忘記，生命的存在是一種驚喜。懂得用這個角度看世界，是一種天賦，這種人不多，但絕不會被時間吞噬。只要歷史與人類存在的一天，小丑永遠不缺嬉笑怒罵的舞台，世世代代永遠會有小丑的身影。古雅典有蘇格拉底，阿倫達爾有我和老爸。像我們這樣的人雖然不多，但是我相信，在另一個時空，一定還有其他小丑的身影。

貝克．漢斯在小丑接龍遊戲聽到的最後一句，是黑桃國王唸的，他因為性急搶拍，所以前後總共唸了三遍：「能夠看穿命運的人也必須熬過命運的考驗。」

或許這句話是對小丑說的，他會走過一代又一代。可是，因為我讀過小圓麵包書，從書中一長串的故事裡，我也看到了自己的命運。其他人應該也看得到自己的命運才是。儘管我們在世間的壽命短暫得微不足道，但歷史是超越個體的、是人類共同創造的。我們這一代走了，人類的歷史會繼續書寫下去。我們是命運共同體。不妨到德爾菲神殿和雅典走走吧，多去古蹟走走看看，感受前人留下的創造力和生命力。

我站在旅館望著窗外，後院黑漆漆，我的腦中卻一片光亮，因為我對人類的歷史有了嶄新開闊的認識。人類的歷史有如大陣仗的單人紙牌遊戲。我們一家的單人紙牌遊戲，目前只缺一張牌還沒歸位。

我們會在朵夫小鎮和爺爺相聚嗎？奶奶是不是已經和老麵包師在一起了呢？

我沒換衣服就直接躺在床上睡著了，這時窗外昏暗的後院正漸漸透出藍色的光。

紅心傑克

……有個小矮人在車後座東翻西找……

隔天早上我們開車往北走，一路上沒人再提起爺爺，最後媽咪忍不住了，她說朵夫的麵包師根本是小孩子好玩捏造出來的。

老爸給我一種感覺，他和媽咪一樣不信朵夫的麵包師就是爺爺，但他還是替我說話，我很感謝他。

「反正我們回家也要經過那裡，」他說。「況且，我們還可以在朵夫買一大袋小圓麵包。如果他不是，至少我們可以趁機填飽肚子。至於說小孩子好玩捏造故事，我想，至少這麼多年來，妳的耳根子是清靜的，這點妳沒話說吧。」

媽咪伸出手臂摟著老爸的肩膀說：「我只是隨便說說。」

「不要這樣，」他小聲抱怨。「我在開車。」

於是她轉過頭看著我說：「漢斯，對不起。可是，要是那位老麵包師和我們一樣不曉得你說的爺爺是誰，希望你到時候不要太難過。」

小圓麵包大餐還要再等等，因為我們入夜後才會抵達朵夫小鎮，在這之前，我們必須先吃點東西。傍晚，老爸先把車開進貝林佐納小鎮，把車停在兩間餐廳中間的一條暗巷。

我們正在吃義大利麵和燒烤牛小排的時候，我犯了這趟旅程下來最嚴重的錯誤：我竟然把小圓麵包書的事情告訴他們。

或許，這是因為事情發展至此，這個天大的祕密我再也守不住了……

首先我先告訴他們，老麵包師送我幾個小圓麵包，我在其中一個裡頭找到一本迷你小書，裡面的字體超級小。恰好加油站的小矮人送我一個放大鏡。接著，我把小圓麵包書的故事大意說給他們聽。

從那天起，我不只一次在心裡問自己，我當初不是鄭重答應老麵包師不會說出去嗎？眼看距離朵夫只剩短短幾個小時的車程，我怎麼會笨到在這節骨眼違背諾言？我想，我現在知道為什麼了，因為我多麼希望我在阿爾卑斯山小鎮遇見的那個人就是爺爺，我好希望媽咪相信我說的是真的。結果我弄巧成拙。

媽咪看了老爸一眼，再回頭看看我說：「想像力豐富是一件好事，但也不能想像過了頭。」

「你上星期在雅典那間旅館的露天平台，不也跟我說過類似的故事？」老爸也開口了。「記得當時我說，我很羨慕你想像力好豐富——不過，我現在要站在媽咪這邊了，這個什麼小圓麵包書實在扯太遠了。」

不知道為什麼，最後我哭了起來。我覺得我的內心藏了太多祕密，好沉重，可是當我對媽咪和老爸說出真相後，他們卻不相信我。

「等一下就知道，」我一邊啜泣一邊說。「等我們回到車上，你們就知道了。到時候我拿小圓麵包書給你們看，雖然我答應爺爺要守住這個祕密，但我現在不管了。」

我們火速吃完晚餐。但願老爸至少到這一刻還願意相信我說的話是真的。

老爸在桌上留下一張壹百元瑞士法郎，然後我們三人一起快步衝進巷子裡，連紅綠燈也不等。

正當我們往車子的方向前進時，我們看見有個小矮人在車後座東翻西找。他到底怎麼打開車門鑽進車裡，至今還是令人想不透。

「喂！你在幹什麼！」老爸大喊。「給我住手！」

老爸話一說完，隨即加快腳步往紅色飛雅特飛奔。可是那個人動作也很快，前一刻上半身還在車內，下一秒已經跳到街上，連忙衝到下一個街角。我敢發誓，他跑掉的時候，我真的聽到叮叮噹噹的聲音，絕不會錯。

老爸追上去，腳程還不賴。媽咪和我站在飛雅特旁等了將近半小時後，老爸才拖著沉重的腳步，繞過街角慢慢走回來。

「他怎麼好像沉入地底不見了，」他說。「可惡的傢伙！」

我們開始清點行李。

「我的東西都在啊，」媽咪後來說話了。

「我的也是，」老爸說話時，一隻手還停留在儀表板下方的置物匣裡。「我的汽車駕照、我們三人的護照、我的皮夾、支票簿全在，小丑牌也好好的。他可能只是在找酒喝吧。」

他們兩人坐進車內，老爸打開後車門讓我進去。

我的心突然往下一沉，因為我記得，小圓麵書只用毛衣蓋起來，現在書不見了！

「是小圓麵包書，」我說。「他把小圓麵包書拿走了！」

我又放聲大哭。

「那是小矮人，」我嗚咽著說。「小矮人把小圓麵包書偷走了，都怪我把祕密講出來。」

媽咪跟著鑽進後座，坐下來抱著我。

「可憐的漢斯，」她說了好幾遍。「都是我的錯，我們很快就會回到阿倫達爾了。可是到家之前，你最好先好好睡一覺。」

我突然坐直了身子說：「可是我們不是說好要先到朵夫嗎？」

老爸猛地把車拐上高速公路。

「當然，我們正準備到朵夫，」他向我保證。「水手絕對說話算話。」

我快睡著的時候，隱約聽見老爸壓低音量對媽咪說：「事情真的有點怪，車門全部上鎖了，而且妳也看到了，那個人個子矮矮的。」

「那個小丑或許可以穿透上鎖的車門，」我說。「因為他是假人。」

話說完，我趴在媽咪的腿上沉沉睡著。

紅心皇后

……突然，有位老太太從老酒館走了出來……

兩、三個小時後我睜開眼睛，馬上跳起來坐好，我發現我們已經來到阿爾卑斯山了。

「你醒了啊？」老爸問。「我們大約再半小時就會到朵夫了。我們會在瓦德瑪爾旅館過夜。」

不久，我們的車開進了小鎮——我覺得車上沒有人比我還熟悉這個地方——老爸直接把車停在小麵包店前面。兩個大人偷偷互看了幾眼，但是我還是發覺了。

整間麵包店空盪盪的，沒有一點生氣，只剩小金魚在缺了一大角的玻璃缸裡游來游去。這一刻，我覺得自己好像也成了魚缸裡的小金魚，好孤單。

「你們看，」我說。我把口袋裡的放大鏡掏了出來。「你們看，玻璃魚缸的缺口和放大鏡的大小一模一樣耶。」

這是目前唯一殘留的一點具體證據，證明我沒有瞎掰。

「唉呀，怎麼搞的，」老爸大喊。「看樣子，要找到那位麵包師沒那麼容易了。」

我聽不出來他這樣說，是為了委婉結束麵包師這個話題，還是他打從心底早已相信我說的每句話，現在見不到自己的父親，他有說不出的失落。

我們下了車，拖著腳步往瓦德瑪爾旅館前進。我們一邊走，媽咪一邊開始對我問東問西，想知道我在阿倫達爾平時和誰玩在一起，但我試著擺脫她的問題。老麵包師和小圓麵包書絕不是說著好玩的遊戲。

突然，有位老太太從老酒館走了出來。她一看見我們，馬上快步上前。是奶奶！

「媽媽！」老爸高喊。

老爸這一聲喊得無比悲痛，天地動容。

奶奶張開雙臂抱住我們。媽咪被搞糊塗了，一時間不知如何是好。奶奶後來緊緊抱著我，哭了起來。

「我的孫子，」她在啜泣。「我的乖孫子。」

「可是這是——為什麼……怎麼會……」老爸結結巴巴地說。

「他昨晚死了，」奶奶的語氣很悲傷，靜靜地看著大家。

「誰死了？」媽咪問。

「路德威，」奶奶喃喃地說。「他上星期打電話給我，我們兩人在這裡共度最後幾天。他告訴我，不久前有個小男孩來到他的小麵包店。直到小男孩離開了，他才突然想到，那個小朋友可能是他的孫子，那個開紅車的男子可能是他的兒子。這實在太感傷了，可是又很驚喜，能看到他，我真的好高興。可是後來，他突然心臟病發作，住進鎮上的小醫院，最後他……他死在我懷裡。」

聽到這裡，我放聲大哭，哭得很悽慘。我的悲傷想必感染了在場每個人，三個大人全部上前想辦法安慰我，可是現在安慰對我來說，再也起不了作用。

爺爺這一走，帶走了很多東西，好像全世界也跟著他一起消失了。他再也不能證實，我說過的彩虹汽水和奇幻島的故事是真的。可是或許——或許這是定數吧。畢竟爺爺年紀已經一大把，時候到了；至於他寫的小圓麵包書，只是借我看看，並不屬於我。

我們在瓦德瑪爾旅館坐了幾小時，等我的情緒漸漸平復。後來我們走進窄小的用餐室，找了一張四人桌坐下。

旅館那位胖胖的老闆娘走到我身邊好幾次，說：「咦，這不是漢斯．湯姆斯嗎？」

「他竟然知道漢斯是他的孫子，你們說，這不是很神奇嗎？」奶奶說。「他根本不知道自己有個兒子。」

媽咪頗有同感地點點頭。「真的很神奇，」她說。

但是對老爸來說，神奇的事不只這樁。「我覺得最讓人想不透的，還是漢斯到底怎麼知道那個人是他的爺爺，」他說。

三個大人一同轉過頭來看著我。

「小男孩終於知道小圓麵包先生就是自己的祖父，小圓麵包先生同時也知道來自北國的小男孩是自己的孫子。」

他們全部盯著我，表情很嚴肅，一副不曉得該不該擔心的樣子，於是我繼續說：「小圓麵包先生對著神奇的漏斗大聲呼喊，他的聲音傳遍千里。」

如此一來，我也算扳回了一點顏面，不然他們先前一直不相信我，總認為我在胡思亂想。

可是我也知道，小圓麵包書的祕密，我再也無法與其他人分享了。

紅心國王

……記憶也一點一滴流走、愈流愈遠，逐漸遠離記憶的主體……

我們繼續上路往北走，這回車上一共坐了四個人，比我們一開始往南出發時，多了兩個人。這場單人紙牌遊戲，結局這一招紙牌把戲耍得還不錯，可是，我總覺得紅心國王好像不見了。

我們又經過那個小小加油站，感覺得出來，老爸很想再看一眼那個神祕的小矮人。可惜，那個小丑已經不知去向。我不意外，但是老爸懊惱地咒罵了幾句。

我們在附近稍微打聽一下，結果當地人告訴我們，這裡的加油站自從一九七〇年代發生石油危機後就已經停用了。

於是，這趟哲學家故鄉的偉大之旅就此劃下句點，最後，我們在雅典找到媽咪，在阿爾卑斯山的小鎮遇見爺爺。儘管如此，我還是覺得我的靈魂出現了裂痕，這道裂痕是從歐洲歷史的深處一路向外延伸到我這裡來。

我們回到家後，奶奶過了很久才私下告訴我，她說爺爺原本打算死後把全部的財產留給我。她還說，爺爺甚至開玩笑說，希望我日後可以從他手中接下朵夫小鎮的麵包店。

那趟從阿倫達爾到雅典的漫長旅程，轉眼間已過了好幾年，那年老爸和我一同把迷失在時尚童話王國的媽咪找了回來。

感覺上，我坐在飛雅特老爺車的後座好像只是昨天的事。我很肯定，我在瑞士邊境的加油站確實從小矮人的手中接過一只放大鏡。放大鏡還在我身邊，而且老爸可以作證，放大鏡的確是加油站的小矮人送我的。

我敢發誓，爺爺真的在朵夫小鎮的麵包店裡養了一條金魚，因為我們全看到了。老爸和我都還記得，從朵夫那間小木屋往上走，有一片樹林，林間空地有好幾顆白色小圓石。時間慢慢流逝，但老麵包師送我一袋小圓麵包是千真萬確的事，絕不是時間可以抹滅的。我的身體至今還記得梨子汽水的滋味，我也一直沒忘記爺爺曾說過，有一種汽水比梨子汽水好喝許多。

藏在小圓麵包裡的那本小書到底存不存在？我真的坐在車後座把彩虹汽水和奇幻島的故事看完了？還是這一切只是坐在後座的我想像出來的？

隨著時間流逝，記憶也一點一滴流走、愈流愈遠，逐漸遠離記憶的主體——疑惑也不時悄悄自我心底升起。

因為小丑把小圓麵包書偷走了，我只好憑記憶寫下點點滴滴。我是不是真的記得這些事，或者我有沒有在故事裡加油添醋，一切只有太陽神阿波羅知道。

我當然是因為看了奇幻島故事結尾那段古老的預言，才曉得自己在朵夫小鎮遇見了親爺爺。我們到雅典先找到了媽咪，之後我才突然知道，自己先前遇見了誰。可是，他又是怎麼知情的？

我只有一個答案：小圓麵包書是爺爺寫的，他在二次世界大戰結束那年就已經知道古老的預言說了什麼。

或許，整件事最神奇的，應該是我們相見的地方——瑞士境內山中小鎮的一間小小麵包店。我們怎麼會到那個地方去的？如果不是雙手冷冰冰的小矮人騙我們繞了好長一段路，我們也不會到那裡去。

還是，最神奇的其實是我們在返家途中，在同一個山中小鎮遇見奶奶？

或許，這趟旅程中最神奇的，就是我們最後順利把媽咪從時尚的童話王國中解救出來。愛，是世間最偉大的力量。時間可以慢慢抹去舊時的記憶，但絕對無法輕易讓愛褪色。

現在，我們一家四口住在希梭伊島過著幸福快樂的日子。之所以說四口，是因為我現在有了一個小妹妹。她現在正走在戶外街道，喜歡邊走邊踢著落葉和栗子前進的人，換成了她。她的名字是童恩．安潔莉卡，快要五歲了。她每天有說不完的話，滔滔不絕一直說。說不定，她也會是個偉大的哲學家。

時間慢慢地把我從小孩變成了大人，時間也慢慢地讓古老的神殿倒下成了廢墟、讓古老的島嶼沉入海中。

那年，袋子裡四個小圓麵包中最大的那個，是不是真的藏了一本小書？這些年來，這是在我腦海最常閃過的問題。正如同蘇格拉底說的：「我只知道一件事，那就是我什麼也不知道。」

可是我深信，小丑一直在世間四處遊盪從沒離開，因為他不要世間人睡著了。或許有一天——隨便一個地方都有可能——那個頭戴長長驢耳帽的小丑會突然跳出來，身上鈴鐺叮叮噹噹響。他會直直看進我們的眼底，然後問：我們是誰？我們從哪裡來？